掌握必考單

新日檢N3單字帶著背！

全新修訂版

元氣日語編輯小組　編著

編者序

帶著背！
便能輕鬆考過新日檢N3

「日本語能力測驗N3」考試科目有三，分別是「言語知識（文字・語彙）」、「言語知識（文法）・讀解」、「聽解」。測驗單位運用這三個科目，旨在測驗考生對日常生活中常用的日文，是否達到一定的理解程度。

眾所周知，其實不管哪一種語言測驗、不管考試科目與程度為何，準備的基礎就是「單字」。因為單字會了，句子、文章便容易看懂；單字熟了，對方說的話也容易聽懂。有鑑於此，一直以日語學習第一品牌自我期許的瑞蘭國際出版，於2010年日語能力測驗改制之初，便推出了《新日檢N3單字帶著背！》。

《新日檢N3單字帶著背！》一書，是由こんどうともこ老師根據十數年撰寫日檢考題的經驗，以及參考官方所公布的考試範圍，挑出N3真正必考單字。之後再由元氣日語編輯小組成員，精確地將每一個單字標示出漢字、重音、詞性、中文意思，以期讓讀者擁有全方位的學習。接著依照五十音順序排列，不但方便讀者查詢，在每背完一個小段落，做做「隨堂測驗」後，一定有成就感。最後還有三回完整的模擬試題，並由從事日語教學十數年的我為大家做解說，相信做完之後，面對考試一定信心倍增。

此次承蒙讀者厚愛，《新日檢N3單字帶著背！》推出全新修訂版。期盼讀著藉由此書，掌握必考單字，高分通過N3 ！

瑞蘭國際出版社長

王愿琦

戰勝新日檢，掌握日語關鍵能力

元氣日語編輯小組

日本語能力測驗（**日本語能力試験**）是由「日本國際教育支援協會」及「日本國際交流基金會」，在日本及世界各地為日語學習者測試其日語能力的測驗。自1984年開辦，迄今超過30年，每年報考人數節節升高，是世界上規模最大、也最具公信力的日語考試。

新日檢是什麼？

近年來，除了一般學習日語的學生之外，更有許多社會人士，為了在日本生活、就業、工作晉升等各種不同理由，參加日本語能力測驗。同時，日本語能力測驗實行30多年來，語言教育學、測驗理論等的變遷，漸有改革提案及建言。在許多專家的縝密研擬之下，自2010年起實施新制日本語能力測驗（以下簡稱新日檢），滿足各層面的日語檢定需求。

除了日語相關知識之外，新日檢更重視「活用日語」的能力，因此特別在題目中加重溝通能力的測驗。目前執行的新日檢為5級制（N1、N2、

N3、N4、N5），新制的「N」除了代表「日語（Nihongo）」，也代表「新（New）」。

新日檢N3的考試科目有什麼？

新日檢N3的考試科目為「言語知識（文字・語彙）」、「言語知識（文法）・讀解」與「聽解」三科考試，計分則為「言語知識（文字・語彙・文法）」、「讀解」、「聽解」各60分，總分180分。詳細考題如後文所述。

新日檢N3總分為180分，並設立各科基本分數標準，也就是總分須通過合格分數（=通過標準）之外，各科也須達到一定成績（=通過門檻），如果總分達到合格分數，但有一科成績未達到通過門檻，亦不算是合格。N3之總分通過標準及各分科成績通過門檻請見下表。

從分數的分配來看，「聽解」與「讀解」的比重都較以往的考試提高，尤其是聽解部分，分數佔比約為1/3，表示新日檢將透過提高聽力與閱讀能力來測試考生的語言應用能力。

N3總分通過標準及各分科成績通過門檻			
總分通過標準	得分範圍	0~180	
	通過標準	95	
分科成績通過門檻	言語知識（文字・語彙・文法）	得分範圍	0~60
		通過門檻	19
	讀解	得分範圍	0~60
		通過門檻	19
	聽解	得分範圍	0~60
		通過門檻	19

從上表得知，考生必須總分超過95分，同時「言語知識（文字・語彙・文法）」、「讀解」、「聽解」皆不得低於19分，方能取得N3合格證書。

此外，根據新發表的內容，新日檢N3合格的目標，是希望考生能對日常生活中常用的日文有一定程度的理解。

新日檢程度標準		
新日檢N3	閱讀（讀解）	・能閱讀理解與日常生活相關、內容具體的文章。 ・能大致掌握報紙標題等的資訊概要。 ・與一般日常生活相關的文章，即便難度稍高，只要調整敘述方式，就能理解其概要。
	聽力（聽解）	・以接近自然速度聽取日常生活中各種場合的對話，並能大致理解話語的內容、對話人物的關係。

新日檢N3的考題有什麼？

要準備新日檢N3，考生不能只靠死記硬背，而必須整體提升日文應用能力。考試內容整理如下表所示：

考試科目（時間）		題型			
		大題		內容	題數
言語知識（文字・語彙）考試時間30分鐘	文字・語彙	1	漢字讀音	選擇漢字的讀音	8
		2	表記	選擇適當的漢字	6
		3	文脈規定	根據句子選擇正確的單字意思	11
		4	近義詞	選擇與題目意思最接近的單字	5
		5	用法	選擇題目在句子中正確的用法	5

考試科目（時間）		題型			
		大題		內容	題數
言語知識（文法）・讀解 考試時間70分鐘	文法	1	文法1（判斷文法形式）	選擇正確句型	13
		2	文法2（組合文句）	句子重組（排序）	5
		3	文章文法	文章中的填空（克漏字），根據文脈，選出適當的語彙或句型	5
	讀解	4	內容理解（短文）	閱讀題目（包含生活、工作等各式話題，約150～200字的文章），測驗是否理解其內容	4
		5	內容理解（中文）	閱讀題目（解說、隨筆等，約350字的文章），測驗是否理解其因果關係或關鍵字	6

<table>
<tr><th rowspan="2">考試科目（時間）</th><th colspan="3">題型</th><th></th></tr>
<tr><th colspan="2">大題</th><th>內容</th><th>題數</th></tr>
<tr><td rowspan="2">言語知識（文法）・讀解 考試時間70分鐘</td><td>6</td><td>內容理解（長文）</td><td>閱讀題目（經過改寫的解說、隨筆、書信等，約550字的文章），測驗是否能夠理解其概要</td><td>4</td></tr>
<tr><td>7</td><td>資訊檢索</td><td>閱讀題目（廣告、傳單等，約600字），測驗是否能找出必要的資訊</td><td>2</td></tr>
<tr><td rowspan="5">聽解 考試時間40分鐘</td><td>1</td><td>課題理解</td><td>聽取具體的資訊，選擇適當的答案，測驗是否理解接下來該做的動作</td><td>6</td></tr>
<tr><td>2</td><td>重點理解</td><td>先提示問題，再聽取內容並選擇正確的答案，測驗是否能掌握對話的重點</td><td>6</td></tr>
<tr><td>3</td><td>概要理解</td><td>測驗是否能從聽力題目中，理解說話者的意圖或主張</td><td>3</td></tr>
<tr><td>4</td><td>說話表現</td><td>邊看圖邊聽說明，選擇適當的話語</td><td>4</td></tr>
<tr><td>5</td><td>即時應答</td><td>聽取單方提問或會話，選擇適當的回答</td><td>9</td></tr>
</table>

其他關於新日檢的各項改革資訊，可逕查閱「日本語能力試驗」官方網站http://www.jlpt.jp/。

台灣地區新日檢相關考試訊息

測驗日期：每年七月及十二月第一個星期日
測驗級數及時間：N1、N2在下午舉行；
N3、N4、N5在上午舉行
測驗地點：台北、台中、高雄
報名時間：第一回約於四月初，
第二回約於九月初
實施機構：財團法人語言訓練測驗中心
（02）2365-5050
http://www.lttc.ntu.edu.tw/JLPT.htm

如何使用本書

熟背單字

打開本書精心歸納的新日檢N3出題高頻單字，反複背誦、記憶，考前臨陣磨槍，不亮也光！

N3 必考單字

嚴格篩選新日檢N3考試範圍內的單字用法，讓考生免走冤枉路，可在短時間內，全心衝刺檢定考試，高分過關！

Part 1

N3 必背單字

新日檢N3「文字」主要是考「漢字的發音」和「漢字的寫法」，「語彙」題型則包括「語彙的用法」及「語意的掌握」。本書精選新日檢N3必背單字，依五十音順序排列，只要循序漸進背誦，就能在短時間內記住關鍵字彙，除了讓考生可以輕鬆通過【言語知識】科目的考試外，更能藉此累積【讀解】科目的閱讀能力。

發音與漢字

單字假名發音全部依照N3範圍準確註明漢字，遇到一字多義的情況時，更可藉由漢字用法的不同加以區別，避免誤用。

うちゅう [宇宙] ① 名 宇宙、太空
うつ [打つ] ① 他動 打、敲、拍
うつ [討つ] ① 他動 討伐、斬（首）、攻擊
うつ [撃つ] ① 他動 （用槍、炮）發射、射擊
うっかり ③ 副 恍神、不留神、心不在焉
うつくしい [美しい] ④ イ形 美的
うつす [写す] ② 他動 抄寫、描寫、拍照
うつす [映す] ② 他動 映、照、（電影等）放映
うつす [移す] ② 他動 轉移、傳染
うったえる [訴える] ④③ 他動 起訴、訴說
うつる [写る] ② 自動 拍、照
うつる [映る] ② 自動 映、相稱
うつる [移る] ② 自動 遷移、轉移、感染
うで [腕] ② 名 手臂、腕力、扶手、本領
うどん ⓪ 名 烏龍麵
うなずく ③⓪ 自動 （表肯定、理解）點頭
うなる ② 自動 呻吟、讚嘆
うばう [奪う] ②⓪ 他動 奪、消耗
うま [馬] ② 名 馬
うまい ② イ形 好吃的、美味的
うまれ [生（ま）れ] ⓪ 名 出生、出生地、家世
うまれる [生（ま）れる] ⓪ 自動 出生、誕生、產生
うみ [海] ① 名 海
うむ [有無] ① 名 有無

044 うちゅう ➡ うむ

うめ [梅] ⓪ 名 梅子
うめる [埋める] ⓪ 他動 埋、填、擠滿
うやまう [敬う] ③ 他動 尊敬
うら [裏] ② 名 裡面、背面、後面、背後
うらがえす [裏返す] ③ 他動 翻過來、叛變
うらぎる [裏切る] ③ 他動 背叛、違背、辜負
うらぐち [裏口] ⓪ 名 後門、走後門
うらなう [占う] ③ 他動 占卜、算命
うらみ [恨み] ③ 名 恨
うらむ [恨む] ② 他動 怨恨
うらやましい [羨ましい] ⑤ イ形 羨慕的
うらやむ [羨む] ③ 他動 羨慕
うりあげ [売（り）上げ] ⓪ 名 業績、營業額
うりきれ [売（り）切れ] ⓪ 名 售完
うりきれる [売（り）切れる] ④ 自動 售完
うりば [売（り）場] ⓪ 名 賣場、出售的好時機
うるさい ③ イ形 吵雜的、嘮叨的
うれしい [嬉しい] ③ イ形 高興的、開心的
うれゆき [売れ行き] ⓪ 名 （商品的）銷售狀況
うれる [売れる] ⓪ 自動 暢銷、受歡迎
うろうろ ① 副 徘徊、走來走去
うわぎ [上着] ⓪ 名 上衣、外套
うわさ [噂] ⓪ 名 謠言、傳聞
うわまわる [上回る] ④ 自動 超出

うめ ➡ うわまわる 045

あ行 か行 さ行 た行 な行 は行 ま行 や行 ら行 わ行

重音與詞性

每個單字準確註明重音與詞性，輔助吸收，提升學習功效。

依五十音順序索引

字典式編排，可藉由右頁的五十音順序索引，迅速查詢所需單字，準備檢定考之餘，平時也可當成學習用口袋字典，隨身攜帶，以備不時之需。

隨堂測驗

全書以五十音裡的每一個音為段落，每個段落皆提供隨堂測驗，背完單字後馬上測驗，不僅能即時檢視成效，同時也可加深印象。

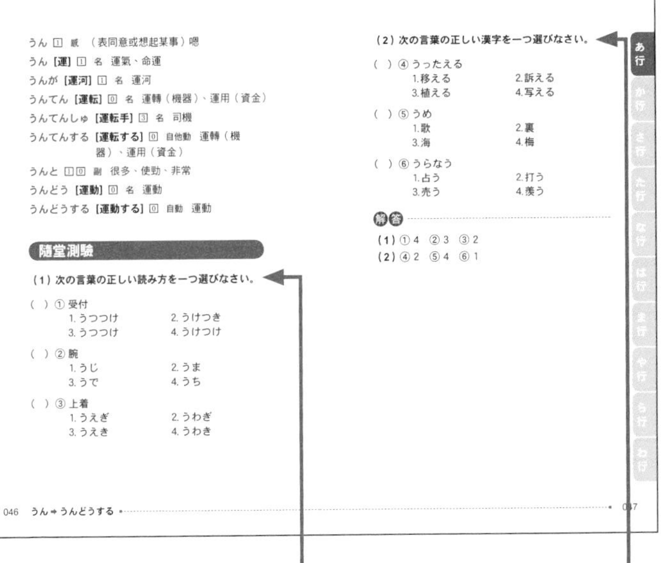

うん 1 感 （表同意或想起某事）嗯

うん [運] 1 名 運氣、命運

うんが [運河] 1 名 運河

うんてん [運転] 0 名 運轉（機器）、運用（資金）

うんてんしゅ [運転手] 3 名 司機

うんてんする [運転する] 0 自他動 運轉（機器）、運用（資金）

うんと 1 0 副 很多、使勁、非常

うんどう [運動] 0 名 運動

うんどうする [運動する] 0 自動 運動

隨堂測驗

(1) 次の言葉の正しい読み方を一つ選びなさい。

( ) ① 受付
1. うつつけ　2. うけつき
3. うつつけ　4. うけつけ

( ) ② 腕
1. うじ　2. うま
3. うで　4. うち

( ) ③ 上着
1. うえぎ　2. うわぎ
3. うえき　4. うわき

(2) 次の言葉の正しい漢字を一つ選びなさい。

( ) ④ うったえる
1. 移える　2. 訴える
3. 植える　4. 写える

( ) ⑤ うめ
1. 歌　2. 裏
3. 海　4. 梅

( ) ⑥ うらなう
1. 占う　2. 打う
3. 売う　4. 羨う

解答

(1) ① 4　② 3　③ 2
(2) ④ 2　⑤ 4　⑥ 1

選出正確的唸法

依照新日檢考題形式、針對讀者最容易混淆的發音出題。

選出正確的漢字

依照新日檢考題形式、針對讀者最容易掉入陷阱的漢字出題。

實戰練習

待熟悉新日檢N3範圍的單字後，利用本書提供的模擬試題實際演練，作答完畢後，參照解析，一一釐清盲點，針對不熟悉處，再次複習與加強。

模擬試題

完全模擬新日檢考題形式出題，模擬試題的練習可增加考生對考題的熟悉度，如此一來，真正上考場應試時就能輕鬆應對，不會緊張而有失平時實力。

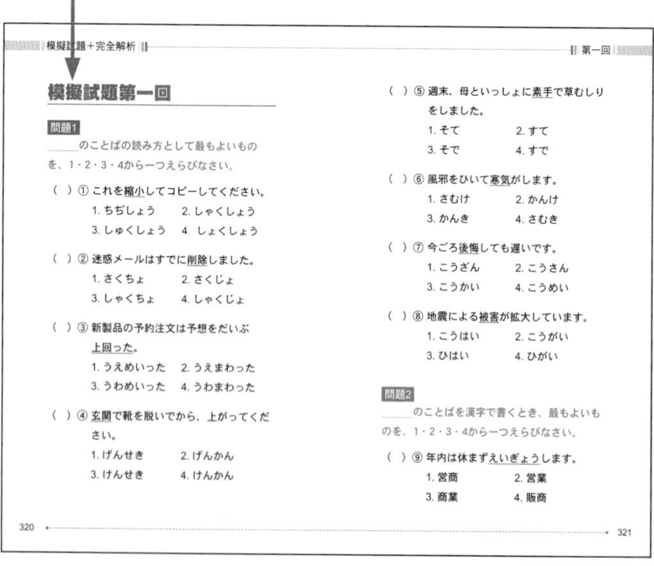

模擬試題＋完全解析　　第一回

模擬試題第一回

問題1

＿＿のことばの読み方として最もよいものを、1・2・3・4から一つえらびなさい。

（　）①これを縮小してコピーしてください。
1. ちぢしょう　2. しゃくしょう
3. しゅくしょう　4. しょくしょう

（　）②迷惑メールはすでに削除しました。
1. さくちょ　2. さくじょ
3. しゃくちょ　4. しゃくじょ

（　）③新製品の予約注文は予想をだいぶ上回った。
1. うえめいった　2. うえまわった
3. うわめいった　4. うわまわった

（　）④玄関で靴を脱いでから、上がってください。
1. げんせき　2. げんかん
3. けんせき　4. けんかん

（　）⑤週末、母といっしょに素手で草むしりをしました。
1. そて　2. すて
3. そで　4. すで

（　）⑥風邪をひいて寒気がします。
1. さむけ　2. かんけ
3. かんき　4. さむき

（　）⑦今ごろ後悔しても遅いです。
1. こうざん　2. こうさん
3. こうかい　4. こうめい

（　）⑧地震による被害が拡大しています。
1. こうはい　2. こうがい
3. ひはい　4. ひがい

問題2

＿＿のことばを漢字で書くとき、最もよいものを、1・2・3・4から一つえらびなさい。

（　）⑨年内は休まずえいぎょうします。
1. 営商　2. 営業
3. 商業　4. 販商

320　　321

日文原文與中文翻譯

對照原文翻譯，讓考生百分百理解題目，方能更快掌握解題要點。

模擬試題第一回　中譯及解析

問題1

請從1・2・3・4當中，選出一個＿＿＿語彙最正確的唸法。

（　）① これを縮小（しゅくしょう）してコピーしてください。

1. ちぢしょう　2. しゃくしょう

3. しゅくしょう　4. しょくしょう

中譯 請把這個縮小後影印。

解析 正確答案選項3的「縮小（しゅくしょう）する」為「動詞」，意為「縮小」。相似的單字「縮（ちぢ）める」（使縮小），發音不同，為「訓讀」唸法，要小心。其餘選項中，選項1無此字；選項2亦無此字；選項4可為「食傷（しょくしょう）」（食物中毒、吃膩）或是「職掌（しょくしょう）」（職務），但均非N3範圍的單字。

（　）② 迷惑（めいわく）メールはすでに削除（さくじょ）しました。

1. さくちょ　2. さくじょ

3. しゃくちょ　4. しゃくじょ

中譯 垃圾郵件已經刪除了。

完全解析

一一破解考題中的陷阱，點出考生最容易陷入的盲點，矯正錯誤，不重蹈覆轍。

目錄

編者序 …… 002
戰勝新日檢，掌握日語關鍵能力 …… 004
如何使用本書 …… 011
本書略語一覽表 …… 019

Part 1 N3必背單字… 021

あ …… 022

い …… 032
う …… 042
え …… 048
お …… 052

か …… 064

き …… 079
く …… 089
け …… 095
こ …… 102

さ …… 114

し …… 123
す …… 148
せ …… 155
そ …… 163

た …… 169
ち …… 181　つ …… 188
て …… 195　と …… 202

な …… 212
に …… 219　ぬ …… 223
ね …… 225　の …… 228

は …… 232
ひ …… 242　ふ …… 250
へ …… 259　ほ …… 262

ま …… 267
み …… 273　む …… 278
め …… 282　も …… 286

や …… 291
ゆ …… 295　よ …… 299

ら …… 304
り …… 306　る …… 309
れ …… 310　ろ …… 313

わ …… 315

Part 2 模擬試題+完全解析… 319

模擬試題第一回 …… 320
模擬試題第一回 解答 …… 329
模擬試題第一回 中譯及解析 …… 330

模擬試題第二回 …… 353
模擬試題第二回 解答 …… 362
模擬試題第二回 中譯及解析 …… 363

模擬試題第三回 …… 385
模擬試題第三回 解答 …… 394
模擬試題第三回 中譯及解析 …… 395

本書略語一覽表

名	名詞
代	代名詞
指	指示詞
感	感嘆詞
副	副詞
副助	副助詞
自動	自動詞
他動	他動詞
自他動	自他動詞
イ形	イ形容詞（形容詞）
ナ形	ナ形容詞（形容動詞）
連體	連體詞
接續	接續詞
接頭	接頭語
接尾	接尾語
接助	接續助詞
連語	連語詞組
造語	造語
補動	補助動詞

Part 1

N3 必背單字

新日檢N3「文字」主要是考「漢字的發音」和「漢字的寫法」，「語彙」題型則包括「語彙的用法」及「語意的掌握」。本書精選新日檢N3必背單字，依五十音順序排列，只要循序漸進背誦，就能在短時間內記住關鍵字彙，除了讓考生可以輕鬆通過【言語知識】科目的考試外，更能藉此累積【讀解】科目的閱讀能力。

あ・ア

あ 1 感 （表驚訝、感嘆或情急之下發出的聲音）啊、唉喲

ああ 0 副 那樣

1 感 （表認同、了解）啊

あい **[愛]** 1 名 愛

あいかわらず **[相変わらず]** 0 副 一如往昔、依然、依舊

あいさつ 1 名 打招呼、問候、寒暄、致詞、回應

あいさつする 1 自動 打招呼、問候、寒暄、致詞、回應

あいじょう **[愛情]** 0 名 愛情、愛護、呵護、疼愛

あいず **[合図]** 1 名 信號、暗號

アイスクリーム 5 名 冰淇淋

あいする **[愛する]** 3 他動 愛、心愛、喜愛、熱愛

あいだ **[間]** 0 名 之間、間隔、關係、中間

あいて **[相手]** 3 名 對方、對象、搭擋

アイデア / アイディア 1 3 / 1 3 名 構想、點子、創意、想法

あいにく 0 ナ形 副 不巧、掃興

あいまい 0 名 ナ形 曖昧、模稜兩可

アイロン 0 名 熨斗、燙髮鉗

あう **[合う]** 1 自動 準、對、合適、正確

あう **[会う]** ① 自動 見面、遇見

あう **[遭う]** ① 自動 遇到（不好的事情）

アウト ① 名 （棒球）出局、（網球、桌球等）出界

あお **[青]** ① 名 藍色

あおい **[青い]** ② イ形 藍色的、蒼白的

あおぐ **[扇ぐ]** ② 他動 煽、煽風

あおじろい **[青白い]** ④ イ形 蒼白的、臉色發青的

あか **[赤]** ① 名 紅色

あかい **[赤い]** ⓪ イ形 紅色的

あかちゃん **[赤ちゃん]** ① 名 嬰兒

あかり **[明かり]** ⓪ 名 光線、燈

あがる **[上がる]** ⓪ 自動 登上、上升、上學、（雨、雪、脈搏）停

あかるい **[明るい]** ⓪③ イ形 明亮的、鮮明的、明朗的、光明的

あかんぼう **[赤ん坊]** ⓪ 名 嬰兒

あく **[空く]** ⓪ 自動 出現空隙、空了、空缺

あくしゅ **[握手]** ① 名 握手、和解、和好

アクセサリー ①③ 名 首飾、裝飾品、配件

アクセント ① 名 重音、語調、重點

あくび ⓪ 名 哈欠

あくま **[悪魔]** ① 名 惡魔、魔鬼

あくまで **[飽くまで]** ①② 副 徹底、始終、堅持到底

あくる～ [明くる～] ⓪ 連體 次～、翌～、下一～

あけがた [明け方] ⓪ 名 黎明

あける [開ける] ⓪ 他動 打開

あける [明ける] ⓪ 自他動 空出、天亮、過（年）

あげる [上げる] ⓪ 他動 增加、提升、舉、抬高

あげる [挙げる] ⓪ 他動 舉、抬高

あげる [揚げる] ⓪ 他動 炸

あげる ⓪ 他動 給～

あこがれる [憧れる] ⓪ 自動 憧憬、嚮往

あさ [朝] ① 名 早晨、早上、上午

あさい [浅い] ⓪② イ形 淺的

あさって ② 名 後天

あし [足] ② 名 腳、腿、步行

あじ [味] ⓪ 名 味道、感觸、滋味

アジア ① 名 亞洲

あしあと [足跡] ③ 名 足跡、腳印、歷程、功績

あした ③ 名 明天

あしもと [足元] ④③ 名 腳下、腳步、處境

あじわう [味わう] ③⓪ 他動 品嚐、欣賞、體驗

あす [明日] ② 名 明天

あずかる [預かる] ③ 他動 代人保管、代為照顧、保留、暫緩

あずける [預ける] ③ 他動 託付、寄放、委託、倚靠

あせ [汗] ① 名 汗

あそこ 0 代 （指離說話者和聽話者都很遠的地方）那裡

あそび **[遊び]** 0 名 遊戲

あそぶ **[遊ぶ]** 0 自動 玩、遊玩、閒置

あたえる **[与える]** 0 他動 給、給予

あたたか **[暖か / 温か]** 3 2 ナ形 溫暖、溫馨

あたたかい **[暖かい / 温かい]** 4 イ形 溫暖的、和煦的

あたたまる **[暖まる / 温まる]** 4 自動 升溫、暖和、溫暖

あたためる **[暖める / 温める]** 4 他動 加溫、弄暖和、重溫、恢復

あたま **[頭]** 3 2 名 頭、頭腦

あたらしい **[新しい]** 4 イ形 新的

あたり **[辺り]** 1 名 附近、大致、～左右

あたりまえ **[当たり前]** 0 名 ナ形 理所當然、應該

あたる **[当たる]** 0 自動 碰撞、猜中、中（獎）、（陽光）照得到

あちこち 2 3 代 到處

2 3 名 ナ形 顛倒、相反

あちら / あっち 0 / 3 代 那裡、那位

あちらこちら 4 代 到處

4 ナ形 顛倒、相反

あっ 1 感 （表感動或吃驚）啊、唉呀

あつい **[厚い]** 0 イ形 厚的、深厚的

あつい **[暑い]** 2 イ形 （天氣）熱的、炙熱的

あつい **[熱い]** 2 イ形 （溫度、體溫）熱的、燙的

あつかう **[扱う]** 0 3 他動 處理、操作、對待、調解

あつかましい **[厚かましい]** 5 イ形 厚顏無恥的、厚臉皮的

あっしゅく **[圧縮]** 0 名 壓縮、縮短

あつまり **[集まり]** 3 0 名 集合、聚集、匯集、聚會

あつまる **[集まる]** 3 自動 集合、聚集、匯集、集中

あつめる **[集める]** 3 他動 收集、聚集、召集、網羅

あてな **[宛て名]** 0 名 收件人、收件地址

あてはまる 4 自動 合適、適用

あてはめる 4 他動 適用、用作、嵌入

あてる **[当てる]** 0 自他動 撞、命中、猜

あと **[後]** 1 名 之後、後方、後來、以外、繼任、後果

1 副 再～

あと **[跡]** 1 名 痕跡、跡象、行蹤、家業

あと 1 接續 之後、以後

あな **[穴]** 2 名 洞、穴、（金錢上的）虧空、空缺

アナウンサー 3 名 主播、播音員

アナウンス 3 2 名 廣播、播送

あなた [2] 代 你、妳、您、（妻子對丈夫的稱呼）老公

あに [兄] [1] 名 哥哥、姊夫、大伯、大舅子

あね [姉] [0] 名 姊姊、嫂嫂、大姑、大姨子

あの [0] 連體 那、那個

[0] 感 喂、嗯

アパート [2] 名 公寓

あばれる [暴れる] [0] 自動 胡鬧、動粗

あびる [浴びる] [0] 他動 淋（溼）、沖（溼）、淋浴

あぶない [危ない] [0][3] イ形 危險的、不穩固的、靠不住的

あぶら [油] [0] 名 油

あぶら [脂] [0] 名 脂肪

アフリカ [0] 名 非洲

あぶる [2] 他動 烘、烤

あふれる [3] 自動 溢出、滿出來、氾濫

あまい [甘い] [0] イ形 甜的、甜蜜的、不嚴格的

あまど [雨戸] [2] 名 擋風板、防雨門板

あまやかす [甘やかす] [4][0] 他動 嬌縱、溺愛、寵

あまり [余り] [3] 名 剩下、（除法）餘數

[0][1] 名 剩餘、（除法）餘數

[0] 副 超過～、過度～、（後接否定）（不）太～

あまる [余る] [2] 自動 剩下、超過

あ行 か行 さ行 た行 な行 は行 ま行 や行 ら行 わ行

あみもの [編（み）物] 2 3 名 編織物、針織物

あむ [編む] 1 他動 編、織

あめ [雨] 1 名 雨

あめ [飴] 0 名 糖果

アメリカ 0 名 美國、美洲

あやうい [危うい] 0 3 イ形 危急的、危險的

あやしい [怪しい] 0 3 イ形 奇怪的、怪異的、可疑的、不妙的

あやまり [誤り] 3 0 名 錯誤、失誤

あやまる [謝る] 3 他動 道歉、賠罪、認錯

あら 0 1 感 （表驚訝，女性用語）唉呀

あらい [荒い] 0 2 イ形 兇猛的、粗暴的

あらい [粗い] 0 イ形 粗糙的、稀疏的

あらう [洗う] 0 他動 洗、淨化、清查、沖刷

あらし [嵐] 1 名 暴風雨、風暴

あらすじ 0 名 概要、大綱

あらそう [争う] 3 他動 爭吵、爭取、競爭、爭奪、戰鬥

あらた [新た] 1 ナ形 新的、新鮮的、重新

あらためて [改めて] 3 副 改天、重新

あらためる [改める] 4 他動 改變、改正

あらゆる 3 連體 一切的、全部的、所有的

あらわす [表（わ）す] 3 他動 表示、表現、代表

あらわす [現（わ）す] 3 他動 出現

あらわす [著（わ）す] ③ 他動 著、著作

あらわれ [表（わ）れ] ⓪ 名 表現、顯現

あらわれる [現（わ）れる] ④ 自動 出現、表現、表露

ありがたい [有（り）難い] ④ イ形 感謝的、感激的、難得的

ありがとう。 謝謝。

どうもありがとう。 非常謝謝。

ある [有る / 在る] ① 自動 （表事物的存在）在、有、發生、舉行

ある [或る] ① 連體 某～

あるいは [或いは] ② 副 或者、也許

② 接續 或、或者

あるく [歩く] ② 自動 走、經過、度過

アルコール ⓪ 名 酒精、酒類、酒

アルバイト ③ 名 打工、工讀生

アルバム ⓪ 名 相簿、集郵冊、書籍式的唱片套

あれ ⓪ 代 那個、那時、那件事

あれ ⓪① 感 （表驚訝或懷疑時）哎呀

あれこれ ② 代 這個那個、這些那些

② 副 各種、種種

あれる [荒れる] ⓪ 自動 荒廢、荒唐、胡鬧、（皮膚）乾燥

あわ [泡] ② 名 氣泡、泡沫、口沫

あわせる [合（わ）せる] 3 他動 合併、相加、一致、調合

あわただしい 5 イ形 慌忙的、不穩定的

あわてる 0 自動 慌張、驚慌

あわれ [哀れ] 1 名 ナ形 憐憫、哀愁、可憐、淒慘

あん [案] 1 名 想法、草案、方案、計畫

あんい [安易] 1 0 名 ナ形 容易、老套

あんがい [案外] 1 0 ナ形 副 意外、沒想到

あんき [暗記] 0 名 背下來、熟記

あんしん [安心] 0 名 ナ形 安心、放心

あんしんする [安心する] 0 自動 安心、放心

あんぜん [安全] 0 名 ナ形 安全

あんてい [安定] 0 名 ナ形 安定

アンテナ 0 名 天線、觸角

あんな 0 ナ形 那樣、那種、那麼

あんない [案内] 3 名 導遊、導引、帶路

あんないする [案内する] 3 他動 導遊、導引、帶路

あんなに 0 副 那麼

あんまり 0 副 很、不太

4 ナ形 過於、過度

隨堂測驗

(1) 次の言葉の正しい読み方を一つ選びなさい。

(　) ① 嵐

1. あやし　　2. あらし
3. あかし　　4. あむし

(　) ② 浅い

1. あさい　　2. あかい
3. あきい　　4. あらい

(　) ③ 合図

1. あうす　　2. あうず
3. あいす　　4. あいず

(2) 次の言葉の正しい漢字を一つ選びなさい。

(　) ④ あじ

1.愛　　2.足
3.味　　4.泡

(　) ⑤ あかい

1.青い　　2.甘い
3.厚い　　4.赤い

(　) ⑥ あわれ

1.悲れ　　2.泡れ
3.哀れ　　4.安れ

解答

(1) ① 2　② 1　③ 4
(2) ④ 3　⑤ 4　⑥ 3

い・イ

い [胃] 0 名 胃

～い [～位] 接尾 第～名、第～位

いい / よい 1 / 1 イ形 好的、優良的

いいえ / いえ 3 / 2 感 不、不是、不對

いいだす [言（い）出す] 3 他動 說出、開始說

いいつける [言（い）付ける] 4 他動 吩咐、告發

いいん [委員] 1 名 委員

いう [言う] 0 自他動 說

いえ [家] 2 名 房子

いか [以下] 1 名 以下

いがい [以外] 1 名 此外、除了～之外

いがい [意外] 0 1 名 ナ形 意外

いかが [如何] 2 副 如何

いがく [医学] 1 名 醫學

いき / ゆき [行き] 0 / 0 名 去的路上、往～

いき [息] 1 名 氣息、步調

いぎ [意義] 1 名 意義

いきいき [生き生き] 3 副 生動、有活力

いきおい [勢い] 3 名 力量、勢力、氣勢、形勢

3 副 勢必、當然

いきなり 0 副 突然

いきもの [生き物] 3 2 名 生物

いきる **[生きる]** ② 自動 生活、生存

いく～ **[幾～]** 接頭 多少～、無數～

いく / ゆく **[行く]** ⓪ / ⓪ 自動 去

いくじ **[育児]** ① 名 育兒

いくつ **[幾つ]** ① 名 幾個、幾歲、多少

いくぶん **[幾分]** ⓪ 名 一部分

⓪ 副 少許、一些

いくら **[幾ら]** ① 名 多少、多少錢

①⓪ 副 多少

いくら～ても **[幾ら～ても]** 連語 無論怎麼～也～

いけ **[池]** ② 名 池塘、水窪

いけばな **[生け花]** ② 名 插花、花道

いけん **[意見]** ① 名 意見

いご **[以後]** ① 名 以後、之後、往後

いこう **[以降]** ① 名 以後、之後

イコール ② 名 ナ形 相等、等於、等號

いさましい **[勇ましい]** ④ イ形 勇敢的、大膽的

いし **[石]** ② 名 石頭

いし **[医師]** ① 名 醫師

いし **[意思]** ① 名 意思、想法、打算

いし **[意志]** ① 名 意志、意願、決心

いじ **[維持]** ① 名 維持

いしき **[意識]** ① 名 意識

いじめる ⓪ 他動 欺負、虐待、折磨

いじょう【以上】①名 以上、上面、再、更

①接助 既、既然

〜いじょう【〜以上】接尾 （表程度、數量、等級等）〜以上

いじょう【異常】⓪名ナ形 異常、反常、非比尋常

いしょくじゅう【衣食住】③名 食衣住

いじわる【意地悪】③②名ナ形 壞心眼、使壞、心術不正的人

いす【椅子】⓪名 椅子

いずみ【泉】⓪名 泉水

いずれ ⓪代 哪個、什麼

⓪副 反正、遲早、不久

いぜん【以前】①名 以前、缺乏

いそがしい【忙しい】④イ形 忙碌的

いそぐ【急ぐ】②自他動 急、趕緊、趕快

いた【板】①名 木板、平板、砧板、舞台

いたい【痛い】②イ形 痛的、痛苦的

いだい【偉大】⓪ナ形 偉大

いだく【抱く】②他動 抱、懷抱

いたす【致す】②他動 （「する」的謙讓語、禮貌語）做

いたずら ⓪名ナ形 惡作劇、調戲

いただきます。（用餐前說的）我要開動了。

いただく **[頂く]** 0 他動 （「もらう」的謙讓語）得到、收下；（「食べる」、「飲む」的謙讓語、禮貌語）享用、吃、喝

いたみ **[痛み]** 3 名 痛、痛苦、毀損、腐壞

いたむ **[痛む]** 2 自動 疼痛、痛苦、破損、腐壞

いたる **[至る]** 2 自動 抵達、到

いち **[一]** 2 名 一、第一

いち **[位置]** 1 名 位置

～いち **[～一]** 接尾 ～第一

いちいち **[一一]** 2 名 副 一一、逐一

いちおう **[一応]** 0 副 姑且、大致

いちじ **[一時]** 2 名 （時間）一點、一時、當時、一次

いちだんと **[一段と]** 0 副 更加、越來越～

いちど **[一度]** 3 名 一次

いちどに **[一度に]** 3 副 一次、同時

いちば **[市場]** 1 名 市場

いちばん **[一番]** 2 名 第一、最初、最好
0 2 副 最～、首先～

いちぶ **[一部]** 2 名 一部分、局部、一冊

いちりゅう **[一流]** 0 名 一流、一派

いつ **[何時]** 1 代 何時、平時、通常

いつか **[五日]** 3 0 名 五號、五日

あ行 か行 さ行 た行 な行 は行 ま行 や行 ら行 わ行

いつか [何時か] 1 副 總有一天、（好像）曾經

いっか [一家] 1 名 一家、一派

いっさくじつ [一昨日] 4 名 前天

いっさくねん [一昨年] 0 4 名 前年

いっしゅ [一種] 1 名 一種、某種

1 副 一些、稍微

いっしゅん [一瞬] 0 名 瞬間

いっしょ [一緒] 0 名 一起、相同、同時

いっしょう [一生] 0 名 一生、一輩子、畢生

いっしょうけんめい [一生懸命] 5 名 ナ形 拚命、全力以赴

いっせい [一斉] 0 名 一齊、同時

いっせいに [一斉に] 0 副 一齊、同時

いっそう [一層] 0 副 更加、愈～

1 名 一層

いったい [一体] 0 名 一體、同心協力、一尊

0 副 一般、究竟、本來

いったん [一旦] 0 副 一旦、暫時、姑且

いっち [一致] 0 名 一致

いつつ [五つ] 2 名 五個、五歲

いってい [一定] 0 名 一定、固定、穩定

いってきます。 （出門時說的）我走了。

いってまいります。 （比「いってきます。」更為客氣）我走了。

いってらっしゃい。（對外出者說的話）慢走、路上小心。

いっていらっしゃい。（比「いってらっしゃい。」稍微客氣）慢走、路上小心。

いつでも ①副 隨時

いつのまにか ⑤④⓪ 連語 不知不覺地

いっぱい **[一杯]** ① 名 一杯、一碗
⓪ 副 滿滿地、很多、全部

いっぱん **[一般]** ⓪ 名 ナ形 一般、普通、普遍

いっぱんに **[一般に]** ⓪ 副 一般而言

いっぺん **[一変]** ⓪ 名 完全改變

いっぽう **[一方]** ③ 名 一方、一方面、單方

いつまでも ① 副 永遠

いつも ① 名 副 平時、總是

いてん **[移転]** ⓪ 名 轉移、搬家

いと **[糸]** ① 名 線、絲、弦、線索

いど **[井戸]** ① 名 井

いど **[緯度]** ① 名 緯度

いどう **[移動]** ⓪ 名 移動、移送

いとこ **[従兄弟 / 従姉妹]** ①② 名 堂兄弟姊妹或表兄弟姊妹

～いない **[～以内]** 接尾 ～以內

いなか **[田舎]** ⓪ 名 鄉下、故鄉

いぬ **[犬]** ② 名 狗

いね [稲] ① 名 稻子

いねむり [居眠り] ③④ 名 打瞌睡

いのち [命] ① 名 生命、壽命

いのる [祈る] ② 他動 祈求、祈禱、祈盼

いばる [威張る] ② 自動 自負、高傲、逞威風

いはん [違反] ⓪ 名 違反、違背

いふく [衣服] ① 名 衣服

いま [今] ① 名 現在、目前、剛才

① 副 更、再

いま [居間] ② 名 客廳

いまに [今に] ① 副 遲早、至今仍

いまにも [今にも] ① 副 不久～、快要～

いみ [意味] ① 名 意思、意義

イメージ ②① 名 形象

いもうと [妹] ④ 名 妹妹

いや [否] ① 感 （表否定）不

いや [嫌] ② ナ形 討厭、不願意

いやがる [嫌がる] ③ 他動 不願意、討厭

いよいよ ② 副 終於、越來越～、果真

いらい [依頼] ⓪ 名 依賴、委託

～いらい [～以来] 接尾 ～以來、往後～

いらいら ⓪ 名 焦急感

① 副 焦躁、焦慮、著急

いらっしゃい。 歡迎、你來了。

いらっしゃいませ。　歡迎您、您來了、歡迎光臨。

いらっしゃる ④ 自動 （「行く」、「来る」、「居る」的尊敬語）去、來、在

いりぐち **[入（り）口]** ⓪ 名 入口、開端

いりょう **[医療]** ①⓪ 名 醫療

いる **[居る]** ⓪ 自動 （生物的）存在、在、有

いる **[要る]** ⓪ 自動 需要

いる **[煎る / 炒る]** ① 他動 煎、炒

いれもの **[入れ物]** ⓪ 名 容器

いれる **[入れる]** ⓪ 他動 放入、加入、泡（茶、咖啡）

いろ **[色]** ② 名 顏色

いろいろ **[色々]** ⓪ 名 ナ形 各式各樣、多種顏色
⓪ 副 各式各樣、種種

いわ **[岩]** ② 名 岩石

いわい **[祝い]** ②⓪ 名 慶祝、祝賀、賀禮

いわう **[祝う]** ② 他動 祝賀、恭賀、慶祝、祝福

いわば **[言わば]** ①② 副 舉例來說、說起來

いわゆる ③② 連體 所謂的

～いん **[～員]** 接尾 ～（人）員

インク / インキ ⓪①/⓪① 名 墨水、油墨

いんさつ **[印刷]** ⓪ 名 印刷

いんしょう **[印象]** ⓪ 名 印象

いんたい **[引退]** ⓪ 名 引退、退出

インタビュー ①③ 名 採訪、訪問、專訪

いんよう [引用] ⓪ 名 引用

いんりょく [引力] ① 名 （指物體間的吸引力）引力

隨堂測驗

(1) 次の言葉の正しい読み方を一つ選びなさい。

（　）① 勢い

1. いきおい　　2. いきあい
3. いきかい　　4. いきよい

（　）② 育児

1. いくし　　2. いくじ
3. いくこ　　4. いくご

（　）③ 糸

1. いつ　　2. いし
3. いと　　4. いこ

(2) 次の言葉の正しい漢字を一つ選びなさい。

（　）④ いそがしい

1. 忙しい　　2. 痛しい
3. 祝しい　　4. 斉しい

（　）⑤ いだい

1. 巨大　　2. 拡大
3. 寛大　　4. 偉大

(　) ⑥ いさましい

1.忙ましい　　2.致ましい

3.勇ましい　　4.敢ましい

(1) ① 1　② 2　③ 3

(2) ④ 1　⑤ 4　⑥ 3

う・ウ

ウイスキー ③④② 名 威士忌

ウーマン ① 名 （成年）女人、婦女

ウール ① 名 羊毛、羊毛編織物

うえ / うわ **[上]** ⓪/⓪ 名 上面

ウエーター / ウエイター ②/② 名 男服務生

ウエートレス / ウエイトレス ②/② 名 女服務生

うえき **[植木]** ⓪ 名 種在庭院或花盆內的樹、盆栽

うえる **[植える]** ⓪ 他動 種（花、樹）、植（牙）、播種

うえる **[飢える]** ② 自動 飢餓、渴望

うお **[魚]** ⓪ 名 魚

うがい ⓪ 名 漱口

うかがう **[伺う]** ⓪ 他動 （「聞（き）く」、「尋（たず）ねる」、「訪問（ほうもん）する」的謙讓語）請教、拜訪

うかぶ **[浮（か）ぶ]** ⓪ 自動 浮、漂、飄、浮現

うかべる **[浮（か）べる]** ⓪ 他動 漂浮、浮現、浮出、露出

うけつけ **[受付]** ⓪ 名 受理、詢問處（櫃檯）、接待室

うけとり **[受（け）取り]** ⓪ 名 收下、領取、收據、回條

うけとる **[受（け）取る]** ⓪③ 他動 收、領、理解

うけもつ **[受（け）持つ]** ③⓪ 他動 負責、擔任

うける **[受ける]** ② 他動 接受、受到、取得、獲得

うごかす **[動かす]** ③ 他動 啟動、移動、動搖、推動

うごく **[動く]** ② 自動 動、晃動、發動、變動

うさぎ **[兎]** ⓪ 名 兔子

うし **[牛]** ⓪ 名 牛

うしなう **[失う]** ⓪ 他動 失去、迷失

うしろ **[後ろ]** ⓪ 名 後面

うすい **[薄い]** ⓪② イ形 薄的、（顏色）淺的、（味道）淡的

うすぐらい **[薄暗い]** ④⓪ イ形 昏暗的、微暗的

うすめる **[薄める]** ⓪③ 他動 稀釋、沖淡

うそ **[嘘]** ① 名 謊言、錯誤

うた **[歌]** ② 名 歌

うたう **[歌う]** ⓪ 他動 唱

うたがう **[疑う]** ⓪ 他動 懷疑

うち **[内]** ⓪ 名 內、中、裡面

うち **[家]** ⓪ 名 家、房子

うちあわせ **[打（ち）合（わ）せ]** ⓪ 名 事先商量、事前磋商

うちあわせる **[打（ち）合（わ）せる]** ⑤⓪ 他動 相撞、事先商量

うちけす **[打（ち）消す]** ⓪③ 他動 否認、消除、（音量）蓋過

うちゅう [宇宙] ① 名 宇宙、太空
うつ [打つ] ① 他動 打、敲、拍
うつ [討つ] ① 他動 討伐、斬（首）、攻擊
うつ [撃つ] ① 他動 （用槍、炮）發射、射擊
うっかり ③ 副 恍神、不留神、心不在焉
うつくしい [美しい] ④ イ形 美的
うつす [写す] ② 他動 抄寫、描寫、拍照
うつす [映す] ② 他動 映、照、（電影等）放映
うつす [移す] ② 他動 轉移、傳染
うったえる [訴える] ④③ 他動 起訴、訴說
うつる [写る] ② 自動 拍、照
うつる [映る] ② 自動 映、相稱
うつる [移る] ② 自動 遷移、轉移、感染
うで [腕] ② 名 手臂、腕力、扶手、本領
うどん ⓪ 名 烏龍麵
うなずく ③⓪ 自動 （表肯定、理解）點頭
うなる ② 自動 呻吟、讚嘆
うばう [奪う] ②⓪ 他動 奪、消耗
うま [馬] ② 名 馬
うまい ② イ形 好吃的、美味的
うまれ [生（ま）れ] ⓪ 名 出生、出生地、家世
うまれる [生（ま）れる] ⓪ 自動 出生、誕生、產生
うみ [海] ① 名 海
うむ [有無] ① 名 有無

うめ **[梅]** 0 名 梅子
うめる **[埋める]** 0 他動 埋、填、擠滿
うやまう **[敬う]** 3 他動 尊敬
うら **[裏]** 2 名 裡面、背面、後面、背後
うらがえす **[裏返す]** 3 他動 翻過來、叛變
うらぎる **[裏切る]** 3 他動 背叛、違背、辜負
うらぐち **[裏口]** 0 名 後門、走後門
うらなう **[占う]** 3 他動 占卜、算命
うらみ **[恨み]** 3 名 恨
うらむ **[恨む]** 2 他動 怨恨
うらやましい **[羨ましい]** 5 イ形 羨慕的
うらやむ **[羨む]** 3 他動 羨慕
うりあげ **[売（り）上げ]** 0 名 業績、營業額
うりきれ **[売（り）切れ]** 0 名 售完
うりきれる **[売（り）切れる]** 4 自動 售完
うりば **[売（り）場]** 0 名 賣場、出售的好時機
うるさい 3 イ形 吵雜的、嘮叨的
うれしい **[嬉しい]** 3 イ形 高興的、開心的
うれゆき **[売れ行き]** 0 名 （商品的）銷售狀況
うれる **[売れる]** 0 自動 暢銷、受歡迎
うろうろ 1 副 徘徊、走來走去
うわぎ **[上着]** 0 名 上衣、外套
うわさ **[噂]** 0 名 謠言、傳聞
うわまわる **[上回る]** 4 自動 超出

うん 1 感 （表同意或想起某事）嗯

うん [運] 1 名 運氣、命運

うんが [運河] 1 名 運河

うんてん [運転] 0 名 運轉（機器）、運用（資金）

うんてんしゅ [運転手] 3 名 司機

うんてんする [運転する] 0 自他動 運轉（機器）、運用（資金）

うんと 1 0 副 很多、使勁、非常

うんどう [運動] 0 名 運動

うんどうする [運動する] 0 自動 運動

隨堂測驗

（1）次の言葉の正しい読み方を一つ選びなさい。

（　）① 受付

1. うつつけ　　2. うけつき
3. うつつけ　　4. うけつけ

（　）② 腕

1. うじ　　2. うま
3. うで　　4. うち

（　）③ 上着

1. うえぎ　　2. うわぎ
3. うえき　　4. うわき

(2) 次の言葉の正しい漢字を一つ選びなさい。

(　) ④ うったえる

1.移える　2.訴える
3.植える　4.写える

(　) ⑤ うめ

1.歌　2.裏
3.海　4.梅

(　) ⑥ うらなう

1.占う　2.打う
3.売う　4.羨う

解答

(1) ① 4　② 3　③ 2
(2) ④ 2　⑤ 4　⑥ 1

え・エ

えっ ① 感 （表驚訝、懷疑或反問時）咦、啥

え [絵] ① 名 圖畫、（電影、電視的）畫面

えいえん [永遠] ⓪ 名 ナ形 永遠

えいが [映画] ①⓪ 名 電影

えいがかん [映画館] ③ 名 電影院

えいきゅう [永久] ⓪ 名 ナ形 永久

えいきょう [影響] ⓪ 名 影響

えいぎょう [営業] ⓪ 名 營業、經營、業務

えいご [英語] ⓪ 名 英語

えいせい [衛生] ⓪ 名 衛生

えいぶん [英文] ⓪ 名 英文文章、英文文學

えいよう [栄養] ⓪ 名 營養

えいわ [英和] ⓪ 名 英語和日語、（「英和辞典（えいわじてん）」的簡稱）英日辭典

ええ ①②⓪ 感 （表肯定、喜怒、疑惑、驚訝或講話中途的停頓）是

ええと ⓪ 感 （表談話時思考的聲音）這個嘛

えがお [笑顔] ① 名 笑臉

えがく [描く] ② 他動 畫、描繪

えき [駅] ① 名 車站

えきたい [液体] ⓪ 名 液體、液態

えさ ②⓪ 名 餌、飼料、誘餌

エスカレーター ④ 名 手扶梯

えだ **[枝]** 0 名 樹枝、分岔

エチケット 1 3 名 禮儀、禮節

えらぶ **[選ぶ]** 2 他動 選擇

える / うる **[得る]** 1 / 1 他動 （「得(う)る」為「得(え)る」的文言文）得到、理解

エレベーター 3 名 電梯

えん **[円]** 1 名 圓、圓形、圓周、日圓

～えん **[～円]** 接尾 ～日圓

～えん **[～園]** 接尾 ～園

えんかい **[宴会]** 0 名 宴會

えんき **[延期]** 0 名 延期

えんぎ **[演技]** 1 名 演技

えんげい **[園芸]** 0 名 園藝

えんげき **[演劇]** 0 名 戲劇

えんしゅう **[円周]** 0 名 圓周

えんしゅう **[演習]** 0 名 演習

えんじょ **[援助]** 1 名 援助、幫助

エンジン 1 名 引擎

えんぜつ **[演説]** 0 名 演說、演講

えんそう **[演奏]** 0 名 演奏

えんそく **[遠足]** 0 名 遠足

えんちょう **[延長]** 0 名 延長

えんとつ **[煙突]** 0 名 煙囪

えんぴつ **[鉛筆]** 0 名 鉛筆

えんりょ **[遠慮]** 0 名 客氣、推辭、拒絕

えんりょする **[遠慮する]** 0 自他動 客氣、推辭、拒

隨堂測驗

（1）次の言葉の正しい読み方を一つ選びなさい。

（　）① 枝

1. えた　　2. えだ　　3. えき　　4. えぎ

（　）② 選ぶ

1. えんぶ　　2. えらぶ　　3. えさぶ　　4. えかぶ

（　）③ 駅

1. えし　　2. えき　　3. えい　　4. えん

（2）次の言葉の正しい漢字を一つ選びなさい。

（　）④ えいきゅう

1. 永康　　2. 永和　　3. 永遠　　4. 永久

（　）⑤ えいよう

1. 衛養　　2. 営業　　3. 栄養　　4. 栄誉

（　）⑥ えんかい

1. 園会　　2. 宴会　　3. 円会　　4. 縁会

(1) ① 2　② 2　③ 2

(2) ④ 4　⑤ 3　⑥ 2

お・オ

お / おん～ **[御～]** 接頭 （「御（おん）」比「御（お）」鄭重，表禮貌或對動作主體的敬意）貴～

おい 1 感 （呼喚熟稔的平輩或晚輩時）喂

おい **[甥]** 0 名 姪子、外甥

おいかける **[追（い）掛ける]** 4 他動 追趕、緊接著

おいこす **[追（い）越す]** 3 他動 超越

おいしい 0 3 イ形 美味的、好吃的

おいつく **[追（い）付く]** 3 自動 趕上、追上、來得及

おいて **[於て]** 連語 （前接「に」）於、在、在～方面

おいでになる 5 自動 （「来（く）る」、「行（い）く」、「居（い）る」的尊敬語）來、去、在、蒞臨

オイル 1 名 油、石油

おいわい **[お祝い]** 0 名 祝賀

おう **[王]** 1 名 王、國王

おう **[追う]** 0 他動 追趕、追求、趕走、追蹤

おうえん **[応援]** 0 名 聲援、支持、幫助

おうさま **[王様]** 0 名 國王陛下

おうじ **[王子]** 1 名 王子

おうじょ **[王女]** 1 名 公主

おうじる / おうずる **[応じる / 応ずる]** 0 3 / 0 3 自動 回應、按照、配合

おうせつ **[応接]** 0 名 接待、招待

おうたい **[応対]** 0 名 應對、應答、接待

おうだん **[横断]** 0 名 横越、横跨

おうふく **[往復]** 0 名 往返、往來

おうべい **[欧米]** 0 名 歐美

おうよう **[応用]** 0 名 應用

おえる **[終える]** 0 他動 做完、結束

おお 0 感 （表驚嘆、回話或突然記起某事時）唉呀、哇

おお 1 感 （男性的招呼語）喂

おお～ **[大～]** 接頭 大～

おおい 2 感 （呼喚遠處的人時）喂

おおいに **[大いに]** 1 副 非常、很

おおう **[覆う]** 0 2 他動 覆蓋、籠罩、隱瞞

おおきい **[大きい]** 3 イ形 大的、重大的、誇大的

おおきな **[大きな]** 1 連體 大、多餘

オーケストラ 3 名 管弦樂、管弦樂團

おおざっぱ 3 ナ形 草率、大略

おおぜい **[大勢]** 3 名 眾多

おおどおり **[大通り]** 3 名 大馬路

オートバイ 3 名 機車

オーバー 1 名 ナ形 超過、過度、誇張

おおや **[大家]** 1 名 房東、屋主

おおよそ **[大凡]** 0 名 大概、大體

0 副 大約、差不多

おか [丘] 0 名 丘陵

おかあさん / おかあさま [お母さん / お母さま] 2/2 名 母親、（尊稱）令堂

おかえり。 [お帰り。] 你回來了。

おかえりなさい。 [お帰りなさい。] 您回來了。

おかげ 0 名 託～的福、多虧

おかけください。 請坐。

おかげさまで。 託您的福。

おかしい 3 イ形 可疑的、奇怪的、滑稽的

おかす [犯す] 2 0 他動 犯、違反、侵犯

おかず 0 名 配菜

おかまいなく。 別費心招待我。

おがむ [拝む] 2 他動 （「見（み）る」的謙讓語）看、拜見、拜、祈求

おかわり [お代（わ）り] 2 名 （同樣的飲食再追加）續（杯）、再來一份

おき [沖] 0 名 海面上、湖面上

～おき 接尾 每隔～

おぎなう [補う] 3 他動 補、彌補、補償

おきる [起きる] 2 自動 起來、起床

おく [奥] 1 名 裡面、（內心）深處、（書信的）末尾

おく [置く] 0 他動 放置、設置、留下、放下

おく [億] 1 名 （數量單位）億

おくがい [屋外] 2 名 屋外、室外、戶外

おくさん / おくさま **[奥さん / 奥様]** ① / ① 名 （尊稱他人的太太）夫人

おくじょう **[屋上]** ⓪ 名 屋頂、頂樓

おくりもの **[贈り物]** ⓪ 名 禮物、贈品

おくる **[送る]** ⓪ 他動 寄、送行、度過、派遣、拖延

おくる **[贈る]** ⓪ 他動 贈送、授與、報以

おくれる **[遅れる]** ⓪ 自動 遲到、落後、（錶）慢了

おげんきで。 **[お元気で。]** （離別時說的）請保重。

おげんきですか。 **[お元気ですか。]** 您好嗎？

おこさん **[お子さん]** ⓪ 名 令郎、令嬡

おこす **[起（こ）す]** ② 他動 叫醒、發起（戰爭）、燃起（幹勁）

おこなう **[行（な）う]** ⓪ 他動 實行、執行、做

おこる **[起（こ）る]** ② 自動 發生、燃起（慾望）、萌生（想法）

おこる **[怒る]** ② 自動 生氣、罵、斥責

おさえる **[押（さ）える]** ③② 他動 壓、按、捂住、掌握、扣押

おさきに。 **[お先に。]** 您先請、我先告辭了。

おさない **[幼い]** ③ イ形 年幼的、幼小的、幼稚的

おさめる **[収める / 納める]** ③ 他動 取得、獲得、收下

おさめる **[治める]** ③ 他動 治理、平定

おさん **[お産]** ⓪ 名 分娩

おじ **[伯父 / 叔父]** ⓪ 名 伯父、叔父、舅父

おしい **[惜しい]** ② イ形 珍惜的、可惜的、捨不得的

おじいさん ② 名 爺爺、老伯伯

おしいれ **[押（し）入れ]** ⓪ 名 日式壁櫥

おしえる **[教える]** ⓪ 他動 教、告訴

おじぎ **[お辞儀]** ⓪ 名 敬禮、鞠躬、客氣

おじさん **[伯父さん / 叔父さん]** ⓪ 名 （尊稱）伯伯、叔叔、舅舅

おしゃべり ② 名 ナ形 聊天、口風不緊、話多的（人）

おじゃまします。 打擾了。

おしゃれ ② 名 ナ形 時髦的（人）、愛打扮的（人）

おじょうさん **[お嬢さん]** ② 名 令嬡、小姐

おす **[押す]** ⓪ 他動 壓、推

おせわになりました。 **[お世話になりました。]** 承蒙您的關照。

おせん **[汚染]** ⓪ 名 汚染

おそい **[遅い]** ⓪② イ形 遲的、晚的、慢的

おそらく ② 副 恐怕、或許

おそれ **[恐れ]** ③ 名 害怕、畏懼、恐怕

おそれる **[恐れる]** ③ 他動 敬畏、恐懼、害怕

おそろしい **[恐ろしい]** ④ イ形 嚇人的、可怕的、驚人的

おそわる **[教わる]** ⓪ 他動 跟～學習

おだいじに。 **[お大事に。]** （探病時）請多保重、請好好愛惜。

おたがい [お互い] ⓪ 名 副 雙方、彼此、互相

おたがいに [お互いに] ⓪ 副 彼此、互相

おたく [お宅] ⓪ 名 府上、御宅族

おだやか [穏やか] ② ナ形 沉著穩重、溫和、平靜

おちつく [落(ち)着く] ⓪ 自動 穩定、平穩、安居、安頓、沉著、平靜

おちる [落ちる] ② 自動 掉落、掉入、落榜、遺漏

おっしゃる ③ 他動 (「言(い)う」的尊敬語)說、叫(作)～

おっと [夫] ⓪ 名 丈夫

おつり ⓪ 名 找零、找回的零錢

おてあらい [お手洗い] ③ 名 (「手洗(てあら)い」的禮貌語)洗手間

おでかけ [お出かけ] ⓪ 名 外出、出去、出門

おてつだいさん [お手伝いさん] ② 名 女傭、幫傭、管家

おとうさん / おとうさま [お父さん / お父さま] ② / ② 名 爸爸、父親、(尊稱)令尊

おとうと [弟] ④ 名 弟弟、妹夫、小叔

おどかす [脅かす] ⓪③ 他動 威脅、恐嚇、使震驚

おとしもの [落(と)し物] ⓪⑤ 名 遺失物

おとす [落(と)す] ② 他動 掉、丟、淘汰

おととい ③ 名 前天

おととし ② 名 前年

おとな [大人] ⓪ 名 大人、成人、成熟

おとなしい 4 イ形 老實的、乖巧聽話的、不吵不鬧的、素雅的

おどり **[踊り]** 0 名 舞、舞蹈、跳舞

おとる **[劣る]** 0 2 自動 差、劣

おどる **[踊る]** 0 自動 跳、跳舞、跳躍

おどろく **[驚く]** 3 自動 驚訝、驚恐

おなか 0 名 肚子、腹部

おなじ **[同じ]** 0 ナ形 相同、同樣

0 副 反正

おに **[鬼]** 2 名 鬼怪、魔鬼、幽靈

おにいさん **[お兄さん]** 2 名 哥哥、令兄

おねえさん **[お姉さん]** 2 名 姊姊、令姊

おねがいします。 **[お願いします。]** 拜託了。

おのおの **[各々]** 2 名 各自、一個一個

2 代 各位

おば **[伯母 / 叔母]** 0 名 伯母、叔母

おばあさん 2 名 老奶奶、老婆婆

おばさん **[伯母さん / 叔母さん]** 0 名 （尊稱）伯母、叔母、大嬸

おはよう。 **[お早う。]** 早安。

おはようございます。 **[お早うございます。]** 早安。

おび **[帯]** 1 名 （指細長的東西或布）帶子、（日本和服的）腰帶

おひる **[お昼]** 2 名 中午、午餐

オフィス 1 名 辦公室

おぼえる **[覚える]** ③ 他動 記住、學會、覺得

おぼれる ⓪ 自動 淹、溺、沉迷

おまいり **[お参り]** ⓪ 名 參拜

おまえ ⓪ 代 （對同輩或晚輩的稱呼，大多為男性在使用）你

おまたせしました。 **[お待たせしました。]** 讓您久等了。

おまちください。 **[お待ちください。]** 請稍等。

おまちどおさま **[お待ちどおさま。]** 讓您久等了。

おまつり **[お祭り]** ⓪ 名 祭典、廟會

おまわりさん ② 名 巡警、警察先生

おみまい **[お見舞い]** ⓪ 名 探病、探望、慰問品

おみやげ **[お土産]** ⓪ 名 土產、紀念品

おめでたい ④⓪ イ形 可喜可賀的、憨厚老實的、過於天真樂觀的

おめでとう。 恭喜。

おめでとうございます。 恭喜您。

おめにかかる **[お目にかかる]** 連語 （「会(あ)う」的謙讓語）拜見、見到

おも **[主]** ① ナ形 主要、重要

おもい **[重い]** ⓪ イ形 重的、（頭）昏昏沉沉的、重要的、嚴重的

おもいがけない **[思いがけない]** ⑤⑥ イ形 意外的

おもいきり **[思い切り]** ⓪ 名 死心、斷念

⓪ 副 盡量地、充分地

おもいこむ **[思い込む]** ④ 自動 沉思、深信、認定、下定決心

おもいだす **[思い出す]** ④ 他動 想起

おもいっきり **[思いっきり]** ⓪ 副 盡量地、充分地

おもいつく **[思い付く]** ④ 自他動 想到

おもいで **[思い出]** ⓪ 名 回憶

おもう **[思う]** ② 他動 想、覺得

おもしろい ④ イ形 有趣的、可笑的

おもたい **[重たい]** ⓪ イ形 重的、沉重的

おもちゃ ② 名 玩具

おもて **[表]** ③ 名 表面、正面、公開、正統、屋外

おもわず **[思わず]** ② 副 不由得、不自覺地

おや ②① 感（略帶意外或略感疑惑時）唉呀

おや **[親]** ② 名 雙親、父母

おやすみ。 **[お休み。]**（睡前說的）晚安。

おやすみなさい。 **[お休みなさい。]**（比「お休(やす)み。」更有禮貌）晚安。

おやつ ② 名 點心、零食

おやゆび **[親指]** ⓪ 名 大姆指

およぎ **[泳ぎ]** ③ 名 游泳

およぐ **[泳ぐ]** ② 自動 游泳、穿越（人群）

およそ ⓪ 名 大概、大約、概略

⓪ 副 凡是、完全（沒）～

およぼす [及ぼす] 3 0 他動 波及、給帶來

おりる [下りる / 降りる] 2 自他動 下、下來、降、卸任

オリンピック 4 名 奧運

おる [居る] 1 自動 （「居る」的禮貌用法）在、存在、有

おる [折る] 1 他動 摺疊、折斷、彎（腰）、折服

オルガン 0 名 風琴

おれい [お礼] 0 名 答謝、謝禮、謝意

おれる [折れる] 2 自動 摺、折斷、轉彎、屈服

オレンジ 2 名 橙、橘子、橘色

おろす [下ろす / 降ろす] 2 他動 放下、提出（存款）、降下、撤掉

おろす [卸す] 2 他動 批發出售、磨碎

おわり [終（わ）り] 0 名 結束、結局、臨終

おわる [終（わ）る] 0 自他動 結束、完

～おわる [～終わる] 補動 （前接動詞ます形，表完成）（做）完

おん [音] 0 名 （從人口中發出的）聲音、音

おん [恩] 1 名 恩惠、恩情

おんがく [音楽] 1 名 音樂

おんしつ [温室] 0 名 溫室

おんせん [温泉] 0 名 溫泉

おんたい [温帯] 0 名 （介於寒帶與熱帶之間）溫帶

おんだん **[温暖]** 0 名 ナ形 溫暖

おんちゅう **[御中]** 1 名 （收件人為公司、學校或機關團體時，加在收件人後的敬稱）啟、公啟

おんど **[温度]** 1 名 溫度

隨堂測驗

（1）次の言葉の正しい読み方を一つ選びなさい。

（　）① 恐ろしい

1. おそろしい　　2. おこらしい
3. おもらしい　　4. おとらしい

（　）② 各々

1. おのおの　　2. おもおも
3. おろおろ　　4. おらおら

（　）③ お礼

1. おらえ　　2. おらえ
3. おらい　　4. おれい

（2）次の言葉の正しい漢字を一つ選びなさい。

（　）④ おくれる

1.惜れる　　2.遅れる
3.教れる　　4.拝れる

（　）⑤ おたく

1. お邸　　2. お家
3. お宅　　4. お内

(　) ⑥ おじょうさん

1. お父さん　　2. お嬢さん

3. お母さん　　4. お坊さん

(1) ① 1　② 1　③ 4

(2) ④ 2　⑤ 3　⑥ 2

か

か [可] 1 名 好、可以、及格

か [蚊] 0 名 蚊子

か [課] 1 名 第～課、部門

～か [～日] 接尾 （日期、天數）～日、～天

～か [～化] 接尾 （變化、影響）～化

～か [～科] 接尾 部門、（生物分類）～科

～か [～家] 接尾 （房屋、專家）～家

～か [～歌] 接尾 （漢詩、歌曲）～歌

カーテン 1 名 窗簾

カード 1 名 卡、卡片、紙牌

かい [会] 1 名 會議

かい [貝] 1 名 貝類、貝殼

～かい [～回] 接尾 （次數）～次

～かい [～階] 接尾 （樓層）～樓

～かい [～海] 接尾 ～海

～かい [～界] 接尾 ～界

がい [害] 1 名 害、害處

がい～ [外～] 接頭 外～

～がい [～外] 接尾 ～外

かいいん [会員] 0 名 會員

かいが [絵画] 1 名 繪畫

かいかい [開会] 0 名 開會

かいがい [海外] 1 名 海外、國外

かいかん [会館] 0 名 會館

かいがん [海岸] 0 名 海岸

かいぎ [会議] 1 3 名 會議

かいぎしつ [会議室] 3 名 會議室

かいけい [会計] 0 名 結帳、會計

かいけつ [解決] 0 名 解決

かいごう [会合] 0 名 聚會、集會

がいこう [外交] 0 名 外交、外勤（人員）

がいこく [外国] 0 名 外國

かいさん [解散] 0 名 解散

かいし [開始] 0 名 開始

かいしゃ [会社] 0 名 公司

かいしゃく [解釈] 1 名 解釋

がいしゅつ [外出] 0 名 外出

かいじょう [会場] 0 名 會場

かいすいよく [海水浴] 3 名 海水浴

かいすう [回数] 3 名 次數

かいすうけん [回数券] 3 名 套票

かいせい [改正] 0 名 （法律或制度的）修訂、改正

かいせい [快晴] 0 名 大晴天、晴空萬里

かいせつ [解説] 0 名 解說、講解

かいぜん [改善] 0 名 改善

かいぞう [改造] 0 名 改造

かいだん [階段] 0 名 樓梯

かいつう [開通] 0 名 開通

かいてき [快適] 0 名 ナ形 暢快

かいてん [回転] 0 名 旋轉、周轉

かいとう [回答] 0 名 答覆、回答

かいとう [解答] 0 名 解答

がいぶ [外部] 1 名 外部、外面

かいふく [回復] 0 名 恢復

かいほう [解放] 0 名 解放

かいほう [開放] 0 名 開放

かいもの [買（い）物] 0 名 購物

かいよう [海洋] 0 名 海洋

がいろん [概論] 0 名 概論

かいわ [会話] 0 名 對話

かう [買う] 0 他動 買

かう [飼う] 1 他動 飼養

かえす [返す] 1 他動 歸還、恢復

かえす [帰す] 1 他動 讓～返回、讓～回家

かえって [却って] 1 副 反倒、反而

かえり [帰り] 3 名 回程、回來

かえる [代える / 替える / 換える] 0 他動 代替、換

かえる [変える] 0 他動 改變、變更

かえる [返る] 1 自動 返還、反射、還原

かえる **[帰る]** 1 自動 回去

かお **[顔]** 0 名 臉、表情

かおく **[家屋]** 1 名 住家、房屋

かおり **[香り]** 0 名 香味

がか **[画家]** 0 名 畫家

かかえる **[抱える]** 0 他動 （雙臂）交抱、背負（債務）

かかく **[価格]** 0 1 名 價格

かがく **[科学]** 1 名 科學

かがく **[化学]** 1 名 化學

かがみ **[鏡]** 3 名 鏡子

かがやく **[輝く]** 3 自動 閃耀

かかり **[係（り）]** 1 名 負責人

かかわる **[係わる]** 3 自動 涉及、拘泥

かぎ **[鍵]** 2 名 鑰匙

かきとめ **[書留]** 0 名 掛號（郵件）

かきとめる **[書（き）留める]** 4 0 他動 寫下來、記下來

かきとり **[書（き）取り]** 0 名 記錄、聽寫、默寫

かぎり **[限り]** 1 3 名 限度、界限

かぎる **[限る]** 2 他動 限、限定

かく **[書く]** 1 他動 寫

かく **[掻く]** 1 他動 搔、攪拌

かく 1 他動 出（汗）、出（糗）

かく～ [各～] 接頭 各～

かぐ [嗅ぐ] 0 他動 嗅、聞

かぐ [家具] 1 名 家具

がく [学] 0 1 名 學識

がく [額] 0 2 名 額頭、匾額、（金）額

かくう [架空] 0 名 ナ形 虛構、架空

かくご [覚悟] 1 2 名 有決心、心理準備

かくじ [各自] 1 名 各自

かくじつ [確実] 0 名 ナ形 確實

がくしゃ [学者] 0 名 學者

かくじゅう [拡充] 0 名 擴充

がくしゅう [学習] 0 名 學習

がくじゅつ [学術] 0 2 名 學術

かくす [隠す] 2 他動 隱藏

がくせい [学生] 0 名 學生

かくだい [拡大] 0 名 擴大、放大

かくち [各地] 1 名 各地

かくちょう [拡張] 0 名 擴張、擴充

かくど [角度] 1 名 角度、觀點

かくにん [確認] 0 名 確認

がくねん [学年] 0 名 學年、年級

がくぶ [学部] 0 1 名 （大學的）院、系、學部

がくもん [学問] 2 名 學問

かくりつ [確率] 0 名 機率、隨機

がくりょく [学力] ②⓪ 名 學力

かくれる [隠れる] ③ 自動 隱藏、躲藏

かげ [陰] ① 名 陰涼處、背後、暗地

かげ [影] ① 名 影子

かけざん [掛（け）算] ② 名 乘法

かけつ [可決] ⓪ 名 贊成、通過

～かげつ [～箇月] 接尾 ～個月

かける [掛ける] ② 他動 懸掛、架上、戴上、花費、坐、擔心、牽掛

かける [欠ける] ⓪ 自動 欠、缺少

かげん [加減] ⓪① 名 加減（運算）、適度、狀況

～かげん [～加減] 接尾 ～程度、略微有點～

かこ [過去] ① 名 過去

かご [籠] ⓪ 名 籃、筐

かこう [火口] ⓪ 名 火山口、火爐口

かこう [下降] ⓪ 名 下降、降落

かこむ [囲む] ⓪ 他動 包圍

かさ [傘] ① 名 傘

かさい [火災] ⓪ 名 火災

かさなる [重なる] ⓪ 自動 重疊、累積、不斷

かさねる [重ねる] ⓪ 他動 重疊、重複

かざり [飾り] ⓪ 名 裝飾

かざる [飾る] ⓪ 他動 裝飾

かざん [火山] ① 名 火山

かし **[貸し]** 0 名 貸、借出

かし **[菓子]** 1 名 點心、零食

かじ **[火事]** 1 名 火災

かじ **[家事]** 1 名 家事

かしこい **[賢い]** 3 イ形 聰明的

かしこまりました。 遵命。

かしだし **[貸し出し]** 0 名 貸款、貸出

かしつ **[過失]** 0 名 過失

かじつ **[果実]** 1 名 果實

かしま **[貸間]** 0 名 出租的房間

かしゃ **[貨車]** 1 名 貨車

かしゅ **[歌手]** 1 名 歌手

ガス 1 名 瓦斯

かぜ **[風]** 0 名 風

かぜ **[風邪]** 0 名 感冒

かぜい **[課税]** 0 名 課稅

かせぐ **[稼ぐ]** 2 他動 賺錢

かせん **[下線]** 0 名 底線

かぞえる **[数える]** 3 他動 數、計算

かそく **[加速]** 0 名 加速、提前

かぞく **[家族]** 1 名 家族、家人

ガソリン 0 名 汽油

ガソリンスタンド 6 名 加油站

かた [方] ② 名 方法、方面、方、（對人的尊稱）位

かた [型] ② 名 型、模型、風格、模式

かた [肩] ① 名 肩

かたい [堅い / 固い / 硬い] ⓪② イ形 硬的、堅固的、堅定的

かたち [形] ⓪ 名 形、形狀

かたづける [片付ける] ④ 他動 整理、收拾、解決

かちょう [課長] ⓪ 名 課長

かつ [勝つ] ① 自動 贏

～がつ [～月] 接尾 ～月

がっか [学科] ⓪ 名 學科

がっかい [学会] ⓪ 名 學會

がっかり ③ 副 失望、沮喪、無精打采

かっき [活気] ⓪ 名 朝氣、活力

がっき [楽器] ⓪ 名 樂器

がっき [学期] ⓪ 名 學期

がっきゅう [学級] ⓪ 名 班級

かつぐ [担ぐ] ② 他動 扛、哄騙、推舉

かっこ [括弧] ① 名 括弧

かっこう [格好] ⓪ 名 ナ形 外貌、適合

がっこう [学校] ⓪ 名 學校

かつじ [活字] ⓪ 名 活字、鉛字

かって [勝手] ⓪ 名 ナ形 任性、任意、隨便

かつどう【活動】⓪ 名 活動

かつやく【活躍】⓪ 名 活躍

かつよう【活用】⓪ 名 活用

かつりょく【活力】② 名 活力

かてい【仮定】⓪ 名 假定、假設

かてい【家庭】⓪ 名 家庭

かてい【過程】⓪ 名 過程

かてい【課程】⓪ 名 課程

かど【角】① 名 角、轉角、角落

かな【仮名】⓪ 名 （指日文的）假名

かない【家内】① 名 （對外謙稱自己的妻子）內人、家裡、家眷

かなしい【悲しい】⓪③ イ形 悲傷的

かなしむ【悲しむ】③ 他動 悲傷

かならず【必ず】⓪ 副 務必、一定

かならずしも【必ずしも】④ 副 （後接否定）未必～

かなり ① ナ形 副 相當

かね【金】⓪ 名 金屬、金錢

かね【鐘】⓪ 名 鐘、鐘聲

かねつ【加熱】⓪ 名 加熱

かねもち / おかねもち【金持（ち）/ お金持（ち）】③ / ③⓪ 名 有錢人

かねる【兼ねる】② 他動 兼

かのう【可能】⓪ 名 ナ形 可能

かのじょ [彼女] 1 代 她

1 名 女朋友

カバー 1 名 封面、掩護

かばん [鞄] 0 名 包包

かはんすう [過半数] 2 4 名 過半數

かび 0 名 黴菌

かびん [花瓶] 0 名 花瓶

かぶ [株] 0 名 股票

かぶせる [被せる] 3 他動 蓋、戴、套、推卸（責任）

かぶる [被る] 2 自他動 戴、澆、承擔

かべ [壁] 0 名 牆壁

かま [釜] 0 名 鍋子

かまいません。 不要緊、沒關係。

かまう 2 自他動 介意、照顧、招待

がまん [我慢] 1 名 忍耐

かみ [上] 1 名 上、上方

かみ [神] 1 名 神

かみ [紙] 2 名 紙

かみ [髪] 2 名 髮、頭髮

かみさま [神様] 1 名 神明

かみそり [剃刀] 3 4 名 剃刀

かみなり [雷] 3 4 名 雷、發火

かみのけ [髪の毛] 3 名 頭髮

かむ [噛む] 1 他動 咬、嚼

ガム ①　名　（「チューインガム」的簡稱）口香糖

カメラ ①　名　相機

かもく [科目] ⓪　名　科目、學科

かもしれない　連語　也許

かもつ [貨物] ①　名　貨物、物品、行李

かゆい ②　イ形　癢的

かよう [通う] ⓪　自動　通（勤）、往返

かよう / か [火曜 / 火] ②⓪/①　名　星期二

かよう [歌謡] ⓪　名　歌謠

から [空] ②　名　空

から [殼] ②　名　殼、皮

がら [柄] ⓪　名　體格、身材、品性、花紋

カラー ①　名　色彩、彩色、特色

からい [辛い] ②　イ形　辣的、鹹的、嚴格的

ガラス ⓪　名　玻璃

からだ [体] ⓪　名　身體

からっぽ [空っぽ] ⓪　名　ナ形　空

かりる [借りる] ⓪　他動　借、借入、租

かる [刈る] ⓪　他動　剪、剃、割

かるい [軽い] ⓪　イ形　輕的、輕浮的

かるた ①　名　日本紙牌

かれ [彼] ①　代　他

①　名　男朋友

カレー ⓪　名　咖哩

かれら **[彼ら]** 1 代 （第三人稱代名詞，「彼（かれ）」（他）的複數）他們

かれる **[枯れる]** 0 自動 枯萎、乾枯

カレンダー 2 名 月曆、日曆

カロリー 1 名 卡路里、熱量

かわ **[川 / 河]** 2 名 河川

かわ **[皮 / 革]** 2 名 皮革

～がわ **[～側]** 接尾 ～方

かわいい **[可愛い]** 3 イ形 可愛的、討人喜歡的

かわいがる **[可愛がる]** 4 他動 疼愛、管教

かわいそう **[可哀相 / 可哀想]** 4 ナ形 可憐

かわかす **[乾かす]** 3 他動 曬乾、烘乾、風乾

かわく **[乾く]** 2 自動 乾

かわせ **[為替]** 0 名 匯票、匯款、匯兌

かわら **[瓦]** 0 名 瓦

かわり **[代（わ）り]** 0 名 代替、代理、交替

かわりに **[代（わ）りに]** 連語 代替～、替代～

かわる **[代（わ）る / 替（わ）る]** 0 / 0 自動 代替、代理

かわる **[変（わ）る]** 0 自動 變、變化、改變

かん **[勘]** 0 名 直覺、第六感

かん **[缶]** 1 名 罐、筒、罐頭

～かん **[～刊]** 接尾 （發行、出版、報章雜誌）～刊

～かん **[～間]** 接尾 （期間、之間）～間

～かん [～巻] 接尾 （書冊、書畫）～卷

～かん [～館] 接尾 （建築物）～館

～かん [～感] 接尾 （感覺）～感

かんがえ [考え] ③ 名 想法

かんがえる [考える] ④③ 他動 思考、考慮

かんかく [感覚] ⓪ 名 感覺

かんかく [間隔] ⓪ 名 間隔

かんき [換気] ⓪ 名 通風

かんきゃく [観客] ⓪ 名 觀眾

かんきょう [環境] ⓪ 名 環境

かんけい [関係] ⓪ 名 關係

かんげい [歓迎] ⓪ 名 歡迎

かんげき [感激] ⓪ 名 感激

かんこう [観光] ⓪ 名 觀光

かんごし [看護師] ③ 名 護士

かんさい [関西] ① 名 （日本地區的）關西

かんさつ [観察] ⓪ 名 觀察

かんじ [感じ] ⓪ 名 感覺、知覺、印象、反應

かんじ [漢字] ⓪ 名 漢字

かんしゃ [感謝] ① 名 感謝

かんじゃ [患者] ⓪ 名 患者、病患

かんじょう [感情] ⓪ 名 感情

かんじる / かんずる [感じる / 感ずる] ⓪ / ⓪
自他動 感覺、感到

かんしん **[感心]** 0 名 ナ形 佩服、贊成、稱讚
かんしん **[関心]** 0 名 關心、感興趣
かんする **[関する]** 3 自動 關於
かんせい **[完成]** 0 名 完成
かんせつ **[間接]** 0 名 副 間接
かんぜん **[完全]** 0 名 ナ形 完全
かんそう **[乾燥]** 0 名 乾燥、枯燥
かんそう **[感想]** 0 名 感想
かんそく **[観測]** 0 名 觀測
かんたん **[簡単]** 0 名 ナ形 簡單
かんづめ **[缶詰]** 3 4 名 罐頭
かんでんち **[乾電池]** 3 名 乾電池
かんとう **[関東]** 1 名 （日本地區的）關東
かんどう **[感動]** 0 名 感動
かんとく **[監督]** 0 名 導演、監督、教練
かんねん **[観念]** 1 名 觀念
かんぱい **[乾杯]** 0 名 乾杯
がんばる 3 自動 加油、努力
かんばん **[看板]** 0 名 招牌
かんびょう **[看病]** 1 名 護理、看護
かんむり **[冠]** 0 3 名 冠冕、冠、（漢字的）字頭
かんり **[管理]** 1 名 管理、保管
かんりょう **[完了]** 0 名 結束

隨堂測驗

(1) 次の言葉の正しい読み方を一つ選びなさい。

(　) ① 稼ぐ
1. かしぐ　　2. かせぐ
3. かつぐ　　4. かわぐ

(　) ② 家族
1. かそく　　2. かぞく
3. かつぐ　　4. かずく

(　) ③ 彼女
1. かわじょ　　2. かなじょ
3. かれじょ　　4. かのじょ

(2) 次の言葉の正しい漢字を一つ選びなさい。

(　) ④ かんごし
1. 看護人　　2. 看護婦
3. 看護子　　4. 看護師

(　) ⑤ かぜ
1. 風　　2. 雨
3. 雷　　4. 雲

(　) ⑥ かならずしも
1. 可ずしも　　2. 定ずしも
3. 必ずしも　　4. 隠ずしも

解答

(1) ① 2　② 2　③ 4
(2) ④ 4　⑤ 1　⑥ 3

き

き **[木]** ① 名 木、樹

き **[気]** ⓪ 名 心、性格、度量、熱情、意識、精力、氣氛

～き **[～期]** 接尾 （時期、期間）～期

～き **[～器]** 接尾 （器皿、器具）～器

～き **[～機]** 接尾 （飛機數量）～架、（機器、飛機）～機

きあつ **[気圧]** ⓪ 名 氣壓

きいろ **[黄色]** ⓪ 名 ナ形 黃色

きいろい **[黄色い]** ⓪ イ形 黃色的

ぎいん **[議員]** ① 名 議員

きえる **[消える]** ⓪ 自動 （燈）熄滅、消失、（雪）融化

きおく **[記憶]** ⓪ 名 記憶、（電腦）存檔

きおん **[気温]** ⓪ 名 氣溫

きかい **[機会]** ② 名 機會、最佳良機

きかい **[機械 / 器械]** ② 名 機械、機器、儀器

ぎかい **[議会]** ① 名 議會

きがえ **[着替え]** ⓪ 名 更衣、（指預備換上的）衣服

きがえる **[着替える]** ③ 他動 換衣服、換上

きかん **[期間]** ②① 名 期間

きかん [機関] ① ② 名 （政府、法人、組織等）機關

きかんしゃ [機関車] ② 名 火車頭

きぎょう [企業] ① 名 企業

きく [聞く] ⓪ 他動 聽、聽從、打聽、問

きく [効く] ⓪ 自動 有效

きぐ [器具] ① 名 器具、用具、（架構簡單的）機器

きけん [危険] ⓪ 名 ナ形 危險

きげん [期限] ① 名 期限

きげん [機嫌] ⓪ 名 ナ形 心情、情緒、近況、愉快

きこう [気候] ⓪ 名 氣候

きごう [記号] ⓪ 名 記號、符號

きこえる [聞（こ）える] ⓪ 自動 聽見、聽得見

きざむ [刻む] ⓪ 他動 刻、雕刻、切碎、銘記（在心）

きし [岸] ② 名 岸、懸崖

きじ [生地] ① 名 本性、素質、（未加工的）布料

きじ [記事] ① 名 （報章雜誌等）報導、記實、記事

ぎし [技師] ① 名 工程師、技師

ぎしき [儀式] ① 名 儀式

きしゃ [汽車] ② 名 火車

きしゃ [記者] ① 名 記者

ぎじゅつ [技術] ① 名 技術、科技

きじゅん [基準 / 規準] ⓪ 名 基準、標準、準則

きしょう **[起床]** 0 名 起床

きず **[傷]** 0 名 傷口、傷痕、傷害、瑕疵、汙點

きすう **[奇数]** 2 名 奇數

きせつ **[季節]** 2 1 名 季節、時節

きせる **[着せる]** 0 他動 給～穿上

きそ **[基礎]** 1 2 名 基礎

きそく **[規則]** 2 1 名 規則

きた **[北]** 0 2 名 北、北方、北風

ギター 1 名 吉他

きたい **[期待]** 0 名 期待

きたい **[気体]** 0 名 氣體

きたく **[帰宅]** 0 名 回家、返家

きたない **[汚い]** 3 イ形 骯髒的、髒亂的、吝嗇的、卑鄙的

きち **[基地]** 1 2 名 基地、大本營

きちょう **[貴重]** 0 名 ナ形 貴重、珍貴

ぎちょう **[議長]** 1 名 （主持會議的）司儀、會議主席、議長

きちんと 2 副 整齊地、整潔地、精準無誤地、規規矩矩地

きつい 0 2 イ形 緊的、窄的、嚴苛的、辛苦的、好勝的

きっかけ 0 名 契機、動機

きづく **[気付く]** 2 自動 察覺、發現、注意到、清醒

ぎっしり 3 副 （塞得、擠得、擺得）滿滿地

きって [切手] 0 名 郵票
きっと 0 副 一定、務必、嚴肅地、嚴厲地、緊緊地
きっぷ [切符] 0 名 票
きにいる [気に入る] 連語 喜歡、滿意、看上
きにゅう [記入] 0 名 記載、記錄、填上、寫上
きぬ [絹] 1 名 （蠶）絲、絲綢、絲織品
きねん [記念] 0 名 紀念
きのう [機能] 1 名 機能、功能
きのう [昨日] 2 名 昨天
きのどく [気の毒] 3 4 名 ナ形 可憐、可惜、（對他人）過意不去
きばん [基盤] 0 名 基礎、地基、底座
きびしい [厳しい] 3 イ形 嚴格的
きふ [寄付] 1 名 捐款
きぶん [気分] 1 名 心情、情緒、氣氛
きぼう [希望] 0 名 希望、要求、志願
きほん [基本] 0 名 基本、基礎
きまり [決まり] 0 名 了結、規定、老套
きまる [決まる] 0 自動 確定、決定、固定、規定
きみ [君] 0 代 （男性對同輩或晚輩的用語）你
きみ [気味] 2 名 樣子、心情
～ぎみ [～気味] 接尾 有～傾向、有～的樣子
きみょう [奇妙] 1 ナ形 奇妙、不可思議
ぎむ [義務] 1 名 義務

きめる [決める] ⓪ 他動 決定、規定、表明（態度）
きもち [気持ち] ⓪ 名 心情
きもの [着物] ⓪ 名 和服、衣服
ぎもん [疑問] ⓪ 名 疑問
きゃく [客] ⓪ 名 客人、顧客、客戶
ぎゃく [逆] ⓪ 名 ナ形 逆、反、顛倒
きゃくせき [客席] ⓪ 名 觀眾席、來賓席
きゃくま [客間] ⓪ 名 客廳
キャッチ ① 名 抓到、捕捉到、接住（棒球）
キャプテン ① 名 隊長、船長、艦長、機長
ギャング ① 名 暴力犯罪集團、幫派組織
キャンパス ① 名 校園
キャンプ ① 名 露營
きゅう [九] ① 名 九
きゅう [旧] ① 名 舊、農曆
きゅう [急] ⓪ 名 ナ形 急、緊急、急速、陡峭
きゅう [級] ① 名 級、年級
きゅう [球] ① 名 球、圓形物
きゅうか [休暇] ⓪ 名 休假
きゅうぎょう [休業] ⓪ 名 休業、歇業、停課
きゅうけい [休憩] ⓪ 名 休息
きゅうげき [急激] ⓪ ナ形 急遽、劇烈
きゅうこう [急行] ⓪ 名 趕去、快車
きゅうこう [休講] ⓪ 名 停課

きゅうこん [求婚] 0 名 求婚
きゅうしゅう [吸収] 0 名 吸收
きゅうじょ [救助] 1 名 救助、救濟、救護
きゅうそく [急速] 0 名 ナ形 迅速
きゅうそく [休息] 0 名 休息、中止
ぎゅうにゅう [牛乳] 0 名 牛奶
きゅうよ [給与] 1 名 津貼、工資、待遇、分發
きゅうよう [休養] 0 名 休養
きゅうりょう [給料] 1 名 薪水、工資
きよい [清い] 2 イ形 清澈的、純潔的、舒暢的
きよう [器用] 1 名 ナ形 靈巧
きょう [今日] 1 名 今天
～きょう [～教] 接尾 （宗教）～教
～ぎょう [～行] 接尾 （行業、修行）～行
～ぎょう [～業] 接尾 （職業）～業
きょういく [教育] 0 名 教育
きょういん [教員] 0 名 教職員、教師
きょうか [強化] 1 名 強化、鞏固
きょうかい [教会] 0 名 教會
きょうかい [境界] 0 名 境界、邊界
きょうかしょ [教科書] 3 名 教科書
きょうぎ [競技] 1 名 競技、比賽
ぎょうぎ [行儀] 0 名 禮儀、禮貌、秩序
きょうきゅう [供給] 0 名 供給、供應

きょうざい【教材】⓪ 名 教材

きょうさん～【共産～】接頭 共產～

きょうし【教師】① 名 教師

ぎょうじ【行事】①⓪ 名 例行活動、例行儀式

きょうしつ【教室】⓪ 名 教室

きょうじゅ【教授】⓪① 名 教授（課程）

⓪ 名 （大學）教授

きょうしゅく【恐縮】⓪ 名 惶恐、過意不去、慚愧

きょうそう【競争】⓪ 名 競爭、比賽

きょうそうする【競争する】⓪ 自動 競爭、比賽

きょうだい【兄弟】① 名 兄弟、手足

きょうちょう【強調】⓪ 名 強調

きょうつう【共通】⓪ 名 ナ形 共通、通用、相同

きょうどう【共同】⓪ 名 共同、公用

きょうふ【恐怖】①⓪ 名 恐怖、恐懼

きょうみ【興味】① 名 興趣

きょうよう【教養】⓪ 名 教養、修養、內涵

きょうりょく【協力】⓪ 名 協力、合作

きょうりょく【強力】⓪ 名 ナ形 強力、大力

ぎょうれつ【行列】⓪ 名 隊伍、（排）隊

きょか【許可】① 名 許可、允許

ぎょぎょう【漁業】① 名 漁業

きょく【曲】⓪① 名 歌曲

きょく【局】① 名 局、（「郵便局（ゆうびんきょく）」的簡稱）郵局

きょくせん [曲線] ⓪ 名 曲線、彎曲

きょだい [巨大] ⓪ 名 ナ形 巨大

きょねん [去年] ① 名 去年

きょり [距離] ① 名 距離、差距

きらい [嫌い] ⓪ 名 ナ形 討厭、不喜歡

きらう [嫌う] ⓪ 他動 討厭、忌諱

きらく [気楽] ⓪ ナ形 輕鬆、自在、安逸

きり [霧] ⓪ 名 霧

きりつ [規律] ⓪ 名 規律、紀律

きる [切る] ① 他動 切、剪、中斷、掛（電話）

きる [斬る] ① 他動 中斷、斬殺

きる [着る] ⓪ 他動 穿、承擔

～きる 接尾 （做）完～、極～

きれ [布] ② 名 碎布

～きれ [～切れ] 接尾 （片狀的）～片

きれい ① ナ形 漂亮

きれる [切れる] ② 自動 斷、完、沒了、反應快、到期

キロ ① 名 （「キログラム」、「キロメートル」、「キロリットル」等簡稱）公斤、公里、公秉

キログラム ③ 名 公斤

キロメートル ③ 名 公里

キロリットル ③ 名 公秉

きろく [記録] ⓪ 名 記錄、（破）紀錄

ぎろん [議論] ① 名　討論、辯論
きをつける [気を付ける] 連語　注意、小心
きん [金] ① 名　金、黃金、金錢、金色、星期五
ぎん [銀] ① 名　銀、銀色
きんえん [禁煙] ⓪ 名　禁菸、戒菸
きんがく [金額] ⓪ 名　金額
きんぎょ [金魚] ① 名　金魚
きんこ [金庫] ① 名　金庫、保險箱、國庫
ぎんこう [銀行] ⓪ 名　銀行
きんし [禁止] ⓪ 名　禁止
きんじょ [近所] ① 名　附近
きんせん [金銭] ① 名　金錢
きんぞく [金属] ① 名　金屬
きんだい [近代] ① 名　近代
きんちょう [緊張] ⓪ 名　緊張
きんにく [筋肉] ① 名　肌肉
きんゆう [金融] ⓪ 名　金融
きんよう / きん [金曜 / 金] ③⓪/① 名　星期五

隨堂測驗

(1) 次の言葉の正しい読み方を一つ選びなさい。

(　) ① 記録
1. きろく　　2. きろん
3. きろ　　4. ぎろ

（　）② 絹

1. きぬ　　2. きし

3. きく　　4. きれ

（　）③ 清い

1. きやい　　2. きよい

3. きもい　　4. きかい

（2）次の言葉の正しい漢字を一つ選びなさい。

（　）④ きゃく

1. 席　　2. 主

3. 客　　4. 間

（　）⑤ きみ

1. 君　　2. 僕

3. 私　　4. 方

（　）⑥ ぎもん

1. 意見　　2. 疑問

3. 質問　　4. 提問

（1） ① 1　② 1　③ 2

（2） ④ 3　⑤ 1　⑥ 2

く **[九]** ①　名　九

く **[句]** ①　名　句、（日本的短詩）俳句、（日本的詩詞）和歌

～く **[～区]** 接尾　（日本行政單位）～區

ぐあい **[具合]** ⓪　名　狀況

くいき **[区域]** ①　名　區域

くう **[食う]** ①　他動　吃、費

くう～ **[空～]** 接頭　空～

くうき **[空気]** ①　名　空氣、氣氛

くうこう **[空港]** ⓪　名　機場

ぐうすう **[偶数]** ③　名　偶數

ぐうぜん **[偶然]** ⓪　名　ナ形　偶爾、偶然
⓪　副　偶然、碰巧

くうそう **[空想]** ⓪　名　空想、幻想

くうちゅう **[空中]** ⓪　名　空中

クーラー ①　名　冷氣

くぎ **[釘]** ⓪　名　釘子

くぎる **[区切る]** ②　他動　加標點符號、分隔成、告一段落

くさ **[草]** ②　名　草

くさい **[臭い]** ②　イ形　臭的、可疑的

くさり **[鎖]** ⓪③　名　鍊子、聯繫

くさる [腐る] ② 自動 腐壞、生銹、墮落、氣餒

くし [櫛] ② 名 梳子

くしゃみ ② 名 噴嚏

くじょう [苦情] ⓪ 名 （訴）苦、不滿

くしん [苦心] ②① 名 心血

くず ① 名 屑、人渣、廢物

くずす [崩す] ② 他動 拆、弄亂

くすり [薬] ⓪ 名 藥

くすりゆび [薬指] ③ 名 無名指

くずれる [崩れる] ③ 自動 崩潰、瓦解、變壞

くせ [癖] ② 名 毛病、習慣

くだ [管] ① 名 管、筒

ぐたい [具体] ⓪ 名 具體

くだく [砕く] ② 他動 打碎、用心良苦

くだける [砕ける] ③ 自動 破碎

くださる [下さる] ③ 他動 給（我）

くたびれる ④ 自動 累、（東西舊了變形）走樣

くだもの [果物] ② 名 水果

くだらない 連語 無聊的、沒用的、無價值的

くだり [下り] ⓪ 名 下去、下行（列車）

くだる [下る] ⓪ 自動 下、下降、下達、投降

くち [口] ⓪ 名 口、嘴

～くち [～口] 接尾 ～口、～口味

くちびる [唇] ⓪ 名 唇

くちべに **[口紅]** ⓪ 名 口紅

くつ **[靴]** ② 名 鞋

くつう **[苦痛]** ⓪ 名 痛苦

くつした **[靴下]** ②④ 名 襪子

ぐっすり ③ 副 沉沉地（睡）

くっつく ③ 自動 附著、癒合、黏住

くっつける ④ 他動 把～黏起來、把～合併、撮合

くどい ② イ形 囉嗦的、濃的、油膩的

くとうてん **[句読点]** ② 名 句號和逗號、標點符號

くに **[国]** ⓪ 名 國家

くばる **[配る]** ② 他動 分發、分派、留心、留意

くび **[首]** ⓪ 名 頸、頭、解雇

くふう **[工夫]** ⓪ 名 設想、辦法

くぶん **[区分]** ⓪① 名 區分、分類

くべつ **[区別]** ① 名 區別、分辨

くみ **[組]** ② 名 組、班級、幫派

くみあい **[組合]** ⓪ 名 組合、合作社、工會

くみあわせ **[組（み）合（わ）せ]** ⓪ 名 分組、組合、搭配

くみたてる **[組（み）立てる]** ④⓪ 他動 組裝、組織

くむ **[組む]** ① 自他動 搭擋、跟～一組、交叉、盤（腿）

くむ **[汲む / 酌む]** ⓪ 他動 打（水）、倒（茶）、斟酌

くも [雲] 1 名 雲

くもり [曇り] 3 名 陰天、朦朧、汙點

くもる [曇る] 2 自動 （天）陰、朦朧、愁（容）

くやしい [悔しい] 3 イ形 不甘心的

くやむ [悔（や）む] 2 他動 後悔、哀悼

くらい [位] 0 名 地位、身分、位數

くらい [暗い] 0 イ形 暗的

～くらい / ～ぐらい 副助 約～、～左右

くらし [暮（ら）し] 0 名 生活、生計

クラシック 3 2 名 ナ形 古典

クラス 1 名 班級、等級

くらす [暮（ら）す] 0 自動 生活、過日子

グラス 1 名 玻璃杯、玻璃、眼鏡、望遠鏡

クラブ 1 名 俱樂部、社團

グラフ 1 名 圖表

くらべる [比べる] 0 他動 比較、比賽

グラム 1 名 （重量單位）克

クリーム 2 名 奶製品、乳酪、乳霜、淡黃色

くりかえす [繰り返す] 3 0 他動 反覆、重複

くる [来る] 1 自動 來

くるう [狂う] 2 自動 發瘋、失常、不準確、打亂了

グループ 2 名 團體

くるしい [苦しい] 3 イ形 痛苦的、為難的

くるしむ [苦しむ] 3 自動 受苦、苦於、難以

くるしめる **[苦しめる]** 4 他動 折磨

くるま **[車]** 0 名 車

くるむ 2 他動 包、裹

くれぐれも 3 2 副 再三、再次、由衷

くれる 0 他動 （多用於平輩之間）給（我）

くれる **[暮れる]** 0 自動 日落、天黑

くろ **[黒]** 1 名 黑色

くろい **[黒い]** 2 イ形 黑色的

くろう **[苦労]** 1 名 辛勞、操心

くわえる **[加える]** 0 3 他動 相加、加、加入

くわしい **[詳しい]** 3 イ形 詳細的

くわわる **[加わる]** 0 3 自動 增加、加入

くん **[訓]** 0 名 （字義的）解釋、（日文漢字的）訓讀

～くん **[～君]** 接尾 （多用於同輩或平輩的男性人名之後，表禮貌）～君

ぐん **[軍]** 1 名 軍隊、戰爭

ぐん **[郡]** 1 名 （日本行政單位）郡

ぐんたい **[軍隊]** 1 名 軍隊

くんれん **[訓練]** 1 名 訓練

隨堂測驗

（1）次の言葉の正しい読み方を一つ選びなさい。

（　）① 区別
1. くへん　　2. くべん
3. くへつ　　4. くべつ

（　）② 狂う
1. くらう　　2. くるう
3. くまう　　4. くすう

（　）③ 唇
1. くちひる　　2. くちびる
3. くるひち　　4. くるまる

（2）次の言葉の正しい漢字を一つ選びなさい。

（　）④ くばる
1.組る　　2.配る
3.砕る　　4.暮る

（　）⑤ くび
1.耳　　2.頭
3.首　　4.口

（　）⑥ くうそう
1.空夢　　2.空中
3.空気　　4.空想

解答

（1） ① 4　② 2　③ 2
（2） ④ 2　⑤ 3　⑥ 4

け

け [毛] 0 名 毛、毛髮、頭髮

～け [～家] 接尾 ～家、～家族

げ [下] 1 0 名 下、下等、下卷

けい [計] 1 名 計畫、總計

～けい [～形 / ～型] 接尾 ～形、～型

けいい [敬意] 1 名 敬意

けいえい [経営] 0 名 經營

けいかく [計画] 0 名 計畫

けいかくする [計画する] 0 他動 計畫

けいかん [警官] 0 名 警官、警察

けいき [景気] 0 名 景氣、繁榮、振奮

けいけん [経験] 0 名 經驗、體驗

けいけんする [経験する] 0 他動 經驗、體驗

けいご [敬語] 0 名 敬語

けいこう [傾向] 0 名 傾向、趨勢

けいこく [警告] 0 名 警告

けいざい [経済] 1 名 經濟、節省、省錢

けいさつ [警察] 0 名 警察

けいさん [計算] 0 名 計算、算計、考量

けいじ [掲示] 0 名 公布、布告

けいじ [刑事] 1 名 刑警、刑事（案件）

けいしき [形式] 0 名 形式

げいじゅつ [芸術] 0 名 藝術

けいぞく [継続] 0 名 繼續

けいと [毛糸] 0 名 毛線

けいど [経度] 1 名 經度

けいとう [系統] 0 名 系統

げいのう [芸能] 0 名 藝術技能、演藝（圈）

けいば [競馬] 0 名 賽馬

けいび [警備] 1 名 警備、戒備

けいやく [契約] 0 名 契約、合約

けいゆ [経由] 0 1 名 經過、經由

けいようし [形容詞] 3 名 形容詞、イ形容詞

けいようどうし [形容動詞] 5 名 形容動詞、ナ形容詞

ケーキ 1 名 蛋糕

ケース 1 名 盒、箱、情形、案例

ゲーム 1 名 比賽、（二人以上，帶有比賽性質的）遊戲

けが [怪我] 2 名 傷、受傷、過失

けがする [怪我する] 2 自動 受傷

げか [外科] 0 名 外科

けがれる [汚れる] 3 自動 變髒

けがわ [毛皮] 0 名 毛皮

げき [劇] 1 名 劇、戲劇

げきじょう [劇場] 0 名 劇場

けさ **[今朝]** ① 名 今早

けしき **[景色]** ① 名 景色、風景

けしゴム **[消しゴム]** ⓪ 名 橡皮擦

げしゃ **[下車]** ① 名 下車

げしゅく **[下宿]** ⓪ 名 寄宿

げしゅくする **[下宿する]** ⓪ 自動 租屋、（付費）住宿、寄住

げじゅん **[下旬]** ⓪ 名 下旬

けしょう **[化粧]** ② 名 化妝

けす **[消す]** ⓪ 他動 關（燈）、消除

けずる **[削る]** ⓪ 他動 削

けち ① 名 ナ形 小氣鬼、吝嗇、小心眼

けつあつ **[血圧]** ⓪ 名 血壓

けつえき **[血液]** ② 名 血、血液

けっか **[結果]** ⓪ 名 結果

けっかん **[欠陥]** ⓪ 名 缺陷、問題

けっきょく **[結局]** ④⓪ 名 結果
⓪ 副 結果、終究

けっこう **[結構]** ⓪③ 名 結構、架構
① ナ形 足夠、可以、相當好
① 副 滿～

けっこん **[結婚]** ⓪ 名 結婚

けっさく **[傑作]** ⓪ 名 ナ形 傑作、滑稽

けっして **[決して]** ⓪ 副 （後接否定）絕對（不）～

けっしん [決心] 1 名 決心

けっせき [欠席] 0 名 缺席

けってい [決定] 0 名 決定

けってん [欠点] 3 名 缺點

げつまつ [月末] 0 名 月底

げつよう / げつ [月曜 / 月] 3 0 / 1 名 星期一

けつろん [結論] 0 名 結論

けはい [気配] 1 2 名 感覺、樣子、情形、跡象

げひん [下品] 2 名 ナ形 下流、不優雅

けむい [煙い] 0 2 イ形 薰人的、嗆人的

けむり [煙] 0 名 煙

ける [蹴る] 1 他動 踢、拒絕

けれど / けれども 1 / 1 接續 可是

けわしい [険しい] 3 イ形 危險的、險峻的

けん [券] 1 名 券、票

～けん [～県] 接尾 （日本行政單位）～縣

～けん [～軒] 接尾 （量詞）～間、～家

～けん [～権] 接尾 （權利）～權

げん～ [現～] 接頭 （現今）現～

げんいん [原因] 0 名 原因

けんか 0 名 吵架

けんかする 0 自動 吵架、打架

けんかい [見解] 0 名 見解、意見

げんかい [限界] 0 名 極限、限度

けんがく [見学] 0 名 參觀、觀摩

げんかん [玄関] 1 名 正門

げんき [元気] 1 名 ナ形 健康、精神奕奕

けんきゅう [研究] 0 名 研究

けんきゅうする [研究する] 0 他動 研究

けんきゅうしつ [研究室] 3 名 研究室

けんきょ [謙虚] 1 ナ形 謙虛

げんきん [現金] 3 名 ナ形 現金

げんご [言語] 1 名 語言

けんこう [健康] 0 名 ナ形 健康

げんこう [原稿] 0 名 原稿

けんさ [検査] 1 名 檢查

げんざい [現在] 1 名 現在

げんさん [原産] 0 名 原產

げんし [原始] 1 名 原始

げんじつ [現実] 0 名 現實

けんしゅう [研修] 0 名 研修、進修

げんじゅう [厳重] 0 ナ形 嚴重、嚴格

げんしょう [現象] 0 名 現象

げんじょう [現状] 0 名 現狀

けんせつ [建設] 0 名 建設

けんそん [謙遜] 0 名 謙遜、謙虛

げんだい [現代] 1 名 現代

けんちく [建築] 0 名 建築

けんちょう [県庁] 1 0 名 縣政府

げんど [限度] 1 名 限度

けんとう [見当] 3 名 估計、推測、大約、方向

けんとう [検討] 0 名 研究、討論

げんに [現に] 1 副 實際

げんば [現場] 0 名 （事故）現場、工地

けんびきょう [顕微鏡] 0 名 顯微鏡

けんぶつ [見物] 0 名 觀賞、遊覽

けんぽう [憲法] 1 名 憲法

けんめい [懸命] 0 ナ形 拚命

けんり [権利] 1 名 權利

げんり [原理] 1 名 原理

げんりょう [原料] 3 名 原料

隨堂測驗

（1）次の言葉の正しい読み方を一つ選びなさい。

（　）① 現状

1. げんしょう　　2. げんじょう
3. けんしょう　　4. けんじょう

（　）② 研究

1. けんきゅう　　2. けんしゅう
3. けんちょう　　4. けんにゅう

（　）③ 下品

1. けひん　　2. けぴん

3. けひん　　4. げひん

（2）次の言葉の正しい漢字を一つ選びなさい。

（　）④ けいしき

1. 風式　　2. 様式

3. 型式　　4. 形式

（　）⑤ けいと

1. 毛線　　2. 毛材

3. 毛糸　　4. 毛料

（　）⑥ けしゴム

1. 去しゴム　　2. 擦しゴム

3. 消しゴム　　4. 捨しゴム

解答

（1） ① 2　② 1　③ 4

（2） ④ 4　⑤ 3　⑥ 3

こ

こ【子】⓪ 名 孩子

こ～【小～】接頭 小～

～こ【～個】接尾 （量詞）～個

～こ【～湖】接尾 ～湖

ご【五】① 名 五

ご【後】⓪ 名 後

ご【語】① 名 語

ご【碁】⓪① 名 圍棋

ご～【御～】接頭 一般多接在音讀漢語名詞前，表尊敬或謙遜

こい【恋】① 名 戀、戀愛

こい【濃い】① イ形 （飲料、湯）濃的、烈的、（顏色）深的、濃密的

こいしい【恋しい】③ イ形 眷戀的、愛慕的、懷念的

こいびと【恋人】⓪ 名 戀人

こう ⓪ 指 這麼、這樣

こう～【高～】接頭 高～

～こう【～校】接尾 （學校、校對）～校、～所

～こう【～港】接尾 ～港

～ごう【～号】接尾 （定期發行的刊物期數）第～期

こういん【工員】⓪ 名 員工、工人

ごういん【強引】⓪ 名 ナ形 強行、強勢

こううん [幸運] 0 名 ナ形 幸運
こうえん [公園] 0 名 公園
こうえん [講演] 0 名 演講
こうか [効果] 1 名 效果、成果
こうか [硬貨] 1 名 硬幣
こうか [高価] 1 名 ナ形 高價、昂貴
ごうか [豪華] 1 名 ナ形 豪華
こうかい [後悔] 1 名 後悔
こうがい [郊外] 1 名 郊外
こうがい [公害] 0 名 公害
ごうかく [合格] 0 名 合格
こうかん [交換] 0 名 交換
こうぎ [講義] 1 名 講課、上課
こうきゅう [高級] 0 名 ナ形 高級
こうきょう [公共] 0 名 公共
こうぎょう [工業] 1 名 工業
こうくう [航空] 0 名 航空
こうけい [光景] 0 名 光景、情景、景色
こうげい [工芸] 0 名 工藝
ごうけい [合計] 0 名 合計
こうげき [攻撃] 0 名 攻擊、抨擊、指責
こうけん [貢献] 0 名 貢獻
こうこう [孝行] 1 名 ナ形 孝順
こうこう [高校] 0 名 （「高等学校（こうとうがっこう）」的簡稱）高中

こうこうせい **[高校生]** 3 名 高中生

こうこく **[広告]** 0 名 廣告

こうさ **[交差]** 1 0 名 交叉

こうさい **[交際]** 0 名 交際、交往

こうさてん **[交差点]** 0 3 名 十字路口、交叉路口

こうし **[講師]** 1 名 講師

こうじ **[工事]** 1 名 施工

こうしき **[公式]** 0 名 正式、公式

こうじつ **[口実]** 0 名 藉口

こうして 0 副 這樣

0 接續 如此一來

こうしゃ **[校舎]** 1 名 校舍

こうしゃ **[後者]** 1 名 後者

こうしゅう **[公衆]** 0 名 公眾、大眾

こうじょう / こうば **[工場]** 3 / 3 名 工場、工廠

こうすい **[香水]** 0 名 香水

こうせい **[公正]** 0 名 ナ形 公正

こうせん **[光線]** 0 名 光線

こうそう **[高層]** 0 名 高層、多層、高空

こうぞう **[構造]** 0 名 構造、結構

こうそく **[高速]** 0 名 高速、快速

こうたい **[交替 / 交代]** 0 名 交替、替換、交接、換

こうちゃ **[紅茶]** 0 名 紅茶

こうちょう **[校長]** 0 名 （小學、國中、高中的）校長

こうつう [交通] 0 名 交通

こうてい [校庭] 0 名 （學校的）操場、校園

こうてい [肯定] 0 名 肯定

こうど [高度] 1 名 ナ形 高度

こうとう [高等] 0 名 ナ形 高等、高級

こうどう [行動] 0 名 行動

こうどう [講堂] 0 名 大廳、禮堂

ごうとう [強盜] 0 名 強盜

ごうどう [合同] 0 名 聯合、合併

こうとうがっこう [高等学校] 5 名 高中

こうはい [後輩] 0 名 後輩、晚輩、學弟學妹

こうばん [交番] 0 名 派出所、交替

こうひょう [公表] 0 名 公布、發表

こうふく [幸福] 0 名 ナ形 幸福

こうぶつ [鉱物] 1 名 礦物

こうへい [公平] 0 名 ナ形 公平、公正

こうほ [候補] 1 名 候補、候選人

こうむ [公務] 1 名 公務

こうむいん [公務員] 3 名 公務員

こうもく [項目] 0 名 項目、索引

こうよう [紅葉] 0 名 紅葉、楓葉

ごうり [合理] 1 0 名 合理

こうりゅう [交流] 0 名 交流

ごうりゅう [合流] 0 名 匯合、合併

こうりょ **[考慮]** ① 名 考慮

こうりょく **[効力]** ① 名 效力

こえ **[声]** ① 名 聲音

こえる **[越える / 超える]** ⓪ 自動 越過、超越、超過、跳過

ごえんりょなく。 **[ご遠慮なく。]** 您別客氣。

コース ① 名 課程、路線、路程

コーチ ① 名 教練

コート ① 名 外套、（網球、排球、籃球等）球場

コード ① 名 暗號、記號

コーヒー ③ 名 咖啡

コーラス ① 名 合唱、合唱團、合唱曲

こおり **[氷]** ⓪ 名 冰

こおる **[凍る]** ⓪ 自動 結冰、結凍、凝固

ゴール ① 名 終點、球門

ごかい **[誤解]** ⓪ 名 誤解、誤會

ごがく **[語学]** ①⓪ 名 語言學、外語

こがす **[焦がす]** ② 他動 烤焦、焦急

こきゅう **[呼吸]** ⓪ 名 呼吸、步調、竅門

こきょう **[故郷]** ① 名 故鄉

〜こく **[〜国]** 接尾 〜國

こぐ **[漕ぐ]** ① 他動 踩（腳踏車）、划（船）

ごく **[極]** ① 名 極品、頂級

① 副 極、最、非常

こくおう **[国王]** ③ 名 國王

こくご **[国語]** 0 名 國語

こくさい **[国際]** 0 名 國際

こくせき **[国籍]** 0 名 國籍

こくばん **[黒板]** 0 名 黑板

こくふく **[克服]** 0 名 克服

こくみん **[国民]** 0 名 國民

こくもつ **[穀物]** 2 名 穀物

こくりつ **[国立]** 0 名 國立

ごくろうさま。 **[ご苦労さま。]** 您辛苦了。

こげる **[焦げる]** 2 自動 燒焦

ここ 0 代 （近稱指示代名詞）這裡

ごご **[午後]** 1 名 下午

ここのか **[九日]** 4 名 九號、九日

ここのつ **[九つ]** 2 名 九個

こころ **[心]** 3 2 名 心

こころあたり **[心当たり]** 4 名 線索

こころえる **[心得る]** 4 他動 理解、答應、試過

～ございます 補動 「～ある」的禮貌語，例如「ありがとうございます」等

こし **[腰]** 0 名 腰

こしかけ **[腰掛（け）]** 3 4 名 凳子、臨時的住所或職業

こしかける **[腰掛ける]** 4 自動 坐下

ごじゅうおん **[五十音]** 2 名 （日語基本音節的總稱）五十音

ごしゅじん **[御主人]** 2 名 （尊稱他人的丈夫）您先生、（自己所效忠的人）主人、（商店等的）經營者、店主

こしょう **[故障]** 0 名 故障

こしょうする **[故障する]** 0 自動 故障

こしょう **[胡椒]** 2 名 胡椒

こしらえる 0 他動 做、製作、生育、籌（錢）

こじん **[個人]** 1 名 個人

こじん **[故人]** 1 名 故人、老友

こす **[越す / 超す]** 0 他動 越過、超越、超過、度過

こす **[越す]** 0 自動 遷居、搬家

こする **[擦る]** 2 他動 擦、摩擦、搓

ごぜん **[午前]** 1 名 上午

ごぞんじ **[ご存じ]** 2 名 （「存（ぞん）じ」的敬語）知道、認識

ごぞんじですか。 **[ご存じですか。]** 您知道嗎、您認識嗎？

こたい **[固体]** 0 名 固體

こたえ **[答え]** 2 名 回答、回應、回覆

こたえる **[答える]** 3 2 自動 回答

ごちそう 0 名 款待、盛筵

ごちそうさま。 謝謝你的款待。

ごちそうさまでした。 謝謝您的款待。

こちら / こっち 0 / 3 代 這位、這邊

こちらこそ。　彼此彼此。

こっか **[国家]** 1　名　國家

こっかい **[国会]** 0　名　國會

こづかい **[小遣い]** 1　名　零用錢

こっきょう **[国境]** 0　名　國境

コック 1　名　廚師

こっせつ **[骨折]** 0　名　骨折

こっそり 3　副　偷偷地、悄悄地

こづつみ **[小包]** 2　名　包裹、小包

コップ 0　名　水杯、（圓筒形的）玻璃容器

こてん **[古典]** 0　名　古典

こと **[事]** 2　名　事情、事件

こと **[琴]** 1　名　古箏、琴

～ごと **[～毎]** 接尾　（前面接名詞或動詞連體形）每～

～ごと　接尾　連同～一起～

ことし **[今年]** 0　名　今年

ことづける **[言付ける]** 4　他動　轉達、以～為藉口

ことなる **[異なる]** 3　自動　不同

ことば **[言葉]** 3　名　詞、話、語言

ことばづかい **[言葉遣い]** 4　名　用詞、措詞、表達

こども **[子供]** 0　名　小孩、兒童

ことり **[小鳥]** 0　名　小鳥

ことわざ **[諺]** 0　名　諺語

ことわる **[断る]** 3　他動　拒絕

こな / こ **[粉]** ②/① 名 粉末、粉、麵粉

この ⓪ 連體 這個

このあいだ **[この間]** 連語 上次、之前

このごろ **[この頃]** 連語 最近

このみ **[好み]** ①③ 名 偏好、喜好

このむ **[好む]** ② 他動 喜愛、愛好

ごはん **[ご飯]** ① 名 飯、用餐

コピー ① 名 影印、複製、副本

コピーする ① 他動 影印、複製

こぼす ② 他動 灑出、落下、抱怨

こぼれる ③ 自動 溢出、流出

こまかい **[細かい]** ③ イ形 細小的、詳細的、細心的、小氣的

こまる **[困る]** ② 自動 煩惱、困擾、難受

ごみ ② 名 垃圾、塵土

コミュニケーション ④ 名 溝通

こむ **[混む / 込む]** ① 自動 擁擠、混亂

～こむ **[～込む]** 接尾 ～進、徹底～、一直～

ゴム ① 名 橡膠、橡皮

こむぎ **[小麦]** ⓪② 名 小麥

こめ **[米]** ② 名 米

こめる **[込める]** ② 他動 裝、包含～在內、傾注、集中

ごめんください。 （登門拜訪時）請問有人在嗎？

ごめんなさい。　抱歉。

こや　[小屋]　②⓪　名　小屋、臨時搭的棚子

こゆび　[小指]　⓪　名　小姆指、情婦

こらえる　③　他動　忍耐、忍住

ごらく　[娯楽]　⓪　名　娛樂

こらす　[凝らす]　②　他動　凝聚、傾注、集中、講究

ごらん　[ご覧]　⓪　名　（「見(み)ること」的尊敬語）看

ごらんになる　連語　（「見(み)る」的尊敬語）過目、看

これ　⓪　代　這個

これから　④⓪　名　從現在起、今後、將來

コレクション　②　名　收藏（品）、服裝發表會

これら　②　代　（「これ」（這個）的複數）這些

ころ　[頃]　①　名　時候、時節、時期

～ごろ　[～頃]　接尾　～前後、～左右

ころがす　[転がす]　⓪　他動　滾動、弄翻、絆倒

ころがる　[転がる]　⓪　自動　滾、躺下、倒下、跌倒

ころす　[殺す]　⓪　他動　殺、殺害

ころぶ　[転ぶ]　⓪　自動　跌倒、滾動

こわい　[怖い]　②　イ形　恐怖的

こわす　[壊す]　②　他動　弄壞、（將鈔票）找開

こわれる　[壊れる]　③　自動　壞了、故障、告吹

こん　[紺]　①　名　藏藍、藏藍色

こん～　[今～]　①　連體　這、這個、今天的、這次的

こんかい　[今回]　①　名　這次

コンクール ③ 名 比賽、競賽

コンクリート ④ 名 混凝土、水泥

こんご [今後] ⓪① 名 往後

こんごう [混合] ⓪ 名 混合

コンサート ①③ 名 音樂會、演奏會、演唱會

こんざつ [混雑] ① 名 混亂、混雜

コンセント ①③ 名 插座

こんだて [献立] ⓪ 名 菜單、清單、明細

こんど [今度] ① 名 這次、最近一次、下次

こんな ⓪ ナ形 這樣的

こんなに ⓪ 副 如此、這樣

こんなん [困難] ① 名 ナ形 困難

こんにち [今日] ① 名 今天、今日、現代

こんにちは。 [今日は。] （白天打招呼用語）你好、日安。

こんばん [今晩] ① 名 今晚、今夜

こんばんは。 [今晩は。] （晚間打招呼用語）你好、晚安。

コンピューター ③ 名 電腦

こんや [今夜] ① 名 今夜、今晚

こんやく [婚約] ⓪ 名 婚約

こんらん [混乱] ⓪ 名 混亂

隨堂測驗

(1) 次の言葉の正しい読み方を一つ選びなさい。

( ) ① 公害
1. こうがい　　2. こうかい
3. ごうかい　　4. ごうがい

( ) ② 合計
1. ごうけい　　2. ごうげい
3. ごうさん　　4. ごうどう

( ) ③ 恋しい
1. こみしい　　2. こあしい
3. こいしい　　4. こわしい

(2) 次の言葉の正しい漢字を一つ選びなさい。

( ) ④ こおり
1.嵐　　2.風
3.水　　4.氷

( ) ⑤ こうすい
1.香水　　2.洪水
3.浸水　　4.粧水

( ) ⑥ こげる
1.混げる　　2.恋げる
3.扱げる　　4.焦げる

解答

(1) ① 1　② 1　③ 3
(2) ④ 4　⑤ 1　⑥ 4

さ・サ

さ **[差]** 0 名 差距、差別

さあ 1 感 （表勸誘、催促或疑惑）來、好、那麼、這個嘛……

サーカス 1 名 馬戲（團）、雜技（團）

サービス 1 名 服務、廉價出售、招待、贈品

さい **[際]** 1 名 ～之際、～時候、～之間

さい～ **[再～]** 接頭 再～、再次、重新

さい～ **[最～]** 接頭 最～

～さい **[～歳]** 接尾 （年齡、滿幾年）～歲

～さい **[～祭]** 接尾 （祭典、節日）～祭

ざいがく **[在学]** 0 名 在學、就學、上學

さいきん **[最近]** 0 名 最近

さいご **[最後]** 1 名 最後

さいこう **[最高]** 0 名 ナ形 最高、最棒、（心情）絕佳

さいさん **[再三]** 0 副 再三

ざいさん **[財産]** 1 0 名 財產

さいじつ **[祭日]** 0 名 節日、節慶、祭典、祭禮、祭祀日

さいしゅう **[最終]** 0 名 最終、最後、末班車

さいしょ **[最初]** 0 名 最初

さいそく **[催促]** 1 名 催促

さいちゅう [最中] 1 名 正在～、在～、正中央、（最精采的階段）高潮

さいてい [最低] 0 名 ナ形 最低、最差、下流

さいてん [採点] 0 名 計分、評分

さいなん [災難] 3 名 災難

さいのう [才能] 0 名 才能

さいばん [裁判] 1 名 裁判、判決、審判

さいふ [財布] 0 名 錢包

さいほう [裁縫] 0 名 裁縫

ざいもく [材木] 0 名 建材、（家具專用的）木材

ざいりょう [材料] 3 名 材料、素材、題材

さいわい [幸い] 0 名 ナ形 副 幸好、慶幸

サイン 1 名 暗號、簽名

さか [坂] 2 1 名 坡、斜坡

さかい [境] 2 名 邊境、境界

さかさ [逆さ] 0 名 ナ形 顛倒、反向

さかさま [逆様] 0 名 ナ形 反向、顛倒

さがす [捜す / 探す] 0 他動 搜查、找

さかな [魚] 0 名 魚

さかのぼる [遡る] 4 自動 回溯、追溯

さかば [酒場] 0 3 名 酒館、酒吧

さからう [逆らう] 3 自動 逆向、逆流、忤逆、違抗

さかり [盛り] 0 3 名 旺季、顛峰期、發情期

さがる [下がる] 2 自動 下降、後退、退步

さかん **[盛ん]** 0 ナ形 旺盛、熱烈、積極

さき **[先]** 0 名 先、前端、早、將來、後面、（前往的）地點

さきおととい 5 名 大前天

さきほど **[先程]** 0 名 不久前、剛剛

さぎょう **[作業]** 1 名 作業、（主要指勞動的）工作

さく **[咲く]** 0 自動 開（花）

さく **[裂く]** 1 他動 分裂、挑撥離間、撕開

さく～ **[昨～]** 接頭 昨～、去～

さくいん **[索引]** 0 名 索引

さくしゃ **[作者]** 1 名 作者

さくじょ **[削除]** 1 名 刪除

さくせい **[作成 / 作製]** 0 名 （文件、計畫等）完成、製作、擬定

さくひん **[作品]** 0 名 作品

さくぶん **[作文]** 0 名 作文

さくもつ **[作物]** 2 名 作物

さくら **[桜]** 0 名 櫻花

さぐる **[探る]** 0 2 他動 刺探、探訪

さけ **[酒]** 0 名 酒

さけぶ **[叫ぶ]** 2 自動 叫、主張

さける **[避ける]** 2 他動 避開

さげる **[下げる]** 2 他動 下降

ささえる **[支える]** 0 3 他動 支撐

ささやく **[囁く]** ③ 自動 小聲說、竊竊私語

ささる **[刺さる]** ② 自動 刺

さじ **[匙]** ②① 名 湯匙

さしあげる **[差（し）上げる]** ⓪④ 他動 高舉、（「与(あた)える」、「やる」的謙讓語）獻給、給、吶喊

さしおさえる **[差（し）押（さ）える]** ⑤⓪ 他動 按住、扣住、扣押、查封、沒收

ざしき **[座敷]** ③ 名 （鋪著榻榻米的房間）和室

さしつかえ **[差（し）支え]** ⓪ 名 妨礙、不方便

さしひく **[差（し）引く]** ③ 他動 扣除、減去

さしみ **[刺（し）身]** ③ 名 生魚片

さす **[刺す]** ① 他動 刺、扎、叮

さす **[差す]** ① 他動 撐（傘）

① 自動 照射、映射

さす **[指す]** ① 他動 指向、朝向、指摘

さす **[挿す]** ① 他動 插入、插進、夾帶

さす **[注す]** ① 他動 注射、點（藥水）、塗（口紅）

さす **[射す]** ① 自動 照射

さすが ⓪ 副 不愧

ざせき **[座席]** ⓪ 名 座位

さそう **[誘う]** ⓪ 他動 邀、引誘

さつ **[札]** ⓪ 名 紙鈔

～さつ **[～冊]** 接尾 ～冊

さつえい **[撮影]** ⓪ 名 攝影

ざつおん [雑音] 0 名 雜音、噪音

さっか [作家] 0 名 作家

さっき 1 名 先前、剛才

さっきゅう [早急] 0 名 ナ形 緊急、火速、趕忙

さっきょく [作曲] 0 名 作曲

さっさと 1 副 快、趕緊

さっし [冊子] 0 1 名 手冊

ざっし [雑誌] 0 名 雜誌

さっそく [早速] 0 名 ナ形 副 立刻、馬上、趕緊

ざっと 0 副 大略、簡略

さっとう [殺到] 0 名 蜂擁而至

さっぱり 3 副 完全（不）～、爽快、清淡

さて 1 副 一旦

1 接續 （用於承接下一個話題時）那麼

1 感 （常用於自言自語時，表猶豫）究竟

さとう [砂糖] 2 名 砂糖

さどう [作動] 0 名 運轉、工作

さばく [砂漠] 0 名 沙漠

さび 2 名 鏽、惡果、惡報

さびしい [寂しい] 3 イ形 寂寞的

さびる 2 自動 生鏽、聲音沙啞、聲音蒼老

ざぶとん [座布団 / 座蒲団] 2 名 坐墊

さべつ [差別] 1 名 歧視、差別

さほう [作法] 1 名 禮節、禮儀、（文章的）寫法

～さま **[～様]** 接尾　（表尊稱）～先生、～小姐、～大人、（表禮貌）承蒙～

さまがわり **[様変（わ）り]** ③⓪ 名　情況發生變化

さまざま **[様々]** ② 名 ナ形　各式各樣、各種

さます **[冷ます]** ② 他動　弄涼、冷卻

さます **[覚ます]** ② 他動　弄醒、清醒

さまたげる **[妨げる]** ④ 他動　妨礙、阻礙

さむい **[寒い]** ② イ形　冷的

さむけ **[寒気]** ③ 名　發冷、寒意、寒氣

さめ **[鮫]** ⓪ 名　鯊魚

さめる **[冷める]** ② 自動　變冷、涼、冷卻

さめる **[覚める]** ② 自動　醒來、醒悟、冷靜

さゆう **[左右]** ① 名　左右、兩側、支配、影響

さようなら。/ さよなら。　（道別時說的）再見。

さら **[皿]** ⓪ 名　盤子、碟子

さらいげつ **[さ来月]** ⓪② 名　下下個月

さらいしゅう **[さ来週]** ⓪ 名　下下週

さらいねん **[さ来年]** ⓪ 名　後年

サラダ ① 名　沙拉

さらに **[更に]** ① 副　更加、進一步

① 接續　而且、一點也（不）～

サラリーマン ③ 名　上班族

さる **[去る]** ① 自他動　離開、過去、消失、死去、相隔

さる **[猿]** 1 名 猿、猴

さる 1 連體 某、那樣、那種

さわがしい **[騒がしい]** 4 イ形 喧嘩的、吵鬧的、騷動的

さわぎ **[騒ぎ]** 1 名 吵鬧、騷動

さわぐ **[騒ぐ]** 2 自動 吵鬧、騷動、慌亂

さわやか **[爽やか]** 2 ナ形 清爽、爽朗

さわる **[触る]** 0 自動 觸摸

さん **[三]** 0 名 三

～さん **[～山]** 接尾 ～山

～さん **[～産]** 接尾 ～產地、～出產

～さん 接尾 ～先生、～小姐

さんか **[参加]** 0 名 參加

さんかく **[三角]** 1 名 三角

さんぎょう **[産業]** 0 名 產業

さんこう **[参考]** 0 名 參考

さんすう **[算数]** 3 名 算數、計算

さんせい **[賛成]** 0 名 贊成

さんせい **[酸性]** 0 名 酸性

さんそ **[酸素]** 1 名 氧氣

サンダル 0 1 名 涼鞋、拖鞋

さんち **[産地]** 1 名 產地

サンドイッチ 4 名 三明治

ざんねん **[残念]** 3 ナ形 遺憾

さんぱい [参拜] 0 名 参拜

サンプル 1 名 樣品、樣本、標本

さんぽ [散步] 0 名 散步

さんぽする [散歩する] 0 自動 散步

さんりん [山林] 0 名 山林

隨堂測驗

(1) 次の言葉の正しい読み方を一つ選びなさい。

( ) ① 寂しい
1. さびしい　2. さひしい
3. さぶしい　4. さふしい

( ) ② 左右
1. さゆき　2. さゆこ
3. さゆう　4. さゆい

( ) ③ 酒場
1. さかじょう　2. さかば
3. さけじょう　4. さけば

(2) 次の言葉の正しい漢字を一つ選びなさい。

( ) ④ さかん
1.栄ん　2.盛ん
3.逆ん　4.叫ん

( ) ⑤ さいふ
1.銭布　2.銭包
3.財布　4.財包

（　）⑥ さいさん

1.先三　　2.再三

3.最三　　4.更三

(1) ① 1　② 3　③ 2

(2) ④ 2　⑤ 3　⑥ 2

し・シ

し [四] 1 名 四

し [市] 1 名 市、市場

し [氏] 1 名 氏、姓氏、家族、氏族

1 代 他、她

し [詩] 0 名 詩

～し [～史] 接尾 （歷史）～史

～し [～紙] 接尾 （紙、報紙）～紙

じ [字] 1 名 字、字跡

～じ [～時] 接尾 （時間）～點、時候

～じ [～寺] 接尾 （寺廟）～寺

しあい [試合] 0 名 （運動、武術）比賽

しあがる [仕上（が）る] 3 自動 做完、完成

しあさって 3 名 大後天

しあわせ [幸せ] 0 名 ナ形 幸福

シーズン 1 名 季節、旺季

シーツ 1 名 床罩、被單

じいん [寺院] 1 名 寺廟

ジーンズ 1 名 牛仔褲、丹寧布

しいんと 0 副 靜悄悄、寂靜

しえん [支援] 0 名 支援

ジェットき [ジェット機] 3 名 噴射機

しお [塩] 2 名 鹽

しおからい **[塩辛い]** ④ イ形 鹹的

しかい **[司会]** ⓪ 名 司儀、主持人

じかい **[次回]** ①⓪ 名 下次、下回、下屆

しかく **[四角]** ③ 名 ナ形 四角、四方形

しかくい **[四角い]** ⓪③ イ形 四角形的、方的

しかし ② 接續 但是

しかた **[仕方]** ⓪ 名 辦法、方法

しかたない ④ イ形 沒辦法的

しかたがない 連語 沒辦法

じかに **[直に]** ① 副 直接、親自

しかも ② 接續 而且

じかようしゃ **[自家用車]** ③ 名 私家車

しかる **[叱る]** ⓪ 他動 責備、罵

じかん **[時間]** ⓪ 名 時間

～じかん **[～時間]** 接尾 ～（個）小時

～じかんめ **[～時間目]** 接尾 第～小時、第～堂、第～節

じかんわり **[時間割]** ⓪ 名 課表、時間表

しき **[式]** ②① 名 典禮、儀式、樣式、風格

～しき **[～式]** 接尾 ～典禮、～儀式、～式

しき **[四季]** ②① 名 四季

じき **[直]** ⓪ 名 ナ形 直接、（時間、距離）接近、近、馬上

⓪ 副 立刻、馬上

じき **[時期]** ① 名 時期
しきち **[敷地]** ⓪ 名 建築用地
しきべつ **[識別]** ⓪ 名 識別
しきゅう **[支給]** ⓪ 名 支付
しきゅう **[至急]** ⓪ 名 緊急、急速
しきりに ⓪ 副 屢次、不斷、連續、一直
しく **[敷く]** ⓪ 他動 鋪、墊、公布、發布、設置
しぐさ **[仕草]** ①⓪ 名 姿勢、行為、表情
しくむ **[仕組む]** ② 他動 （情節等的）設計、企圖
しげき **[刺激]** ⓪ 名 刺激
しげる **[茂る]** ② 自動 茂盛、茂密
しけん **[試験]** ② 名 考試、測驗
しげん **[資源]** ① 名 資源
じけん **[事件]** ① 名 事件、案件
じこ **[事故]** ① 名 事故、意外
じこく **[時刻]** ① 名 時刻、好時機
じこく **[自国]** ⓪① 名 本國
しごと **[仕事]** ⓪ 名 工作
しさ **[示唆]** ① 名 暗示、啟發
じさつ **[自殺]** ⓪ 名 自殺
じさん **[持参]** ⓪ 名 攜帶、帶去
しじ **[指示]** ① 名 指示
じじつ **[事実]** ① 名 事實
① 副 實際上

ししゃ **[死者]** 1 名 死者

じしゃく **[磁石]** 1 名 磁鐵、指南針、磁石

しじゅう **[始終]** 1 名 始終、始末

1 副 一直

じしゅう **[自習]** 0 名 自習、自學

ししゅつ **[支出]** 0 名 支出

ししゅんき **[思春期]** 2 名 青春期

じしょ **[辞書]** 1 名 辭典

ししょう **[支障]** 0 名 故障

ししょう **[死傷]** 0 名 死傷、傷亡

じじょう **[事情]** 0 名 苦衷、緣故、情況

しじん **[詩人]** 0 名 詩人

じしん **[自信]** 0 名 自信

じしん **[自身]** 1 名 自己、自身

じしん **[地震]** 0 名 地震

しすう **[指数]** 2 名 指數

しずか **[静か]** 1 ナ形 安靜、平靜、文靜

しずまる **[静まる]** 3 自動 變安靜、平息

しずまる **[鎮まる]** 3 自動 氣勢變弱、（疼痛等）有所緩和

しずむ **[沈む]** 0 自動 沉、沉入、陷入、淪落、淡雅、樸實

しせい **[姿勢]** 0 名 態度、姿勢

しせん **[視線]** 0 名 視線

しぜん [自然] 0 名 ナ形 自然

0 副 自然而然

しぜんかがく [自然科学] 4 名 自然科學

しそう [思想] 0 名 思想

じそく [時速] 0 1 名 時速

しそん [子孫] 1 名 子孫、後裔

した [下] 0 名 下、下面

した [舌] 2 名 舌頭

したい [死体] 0 名 屍體

しだい [私大] 0 名 （「私立大学（しりつだいがく）」的簡稱）私立大學

しだい [次第] 0 名 次序、順序、視～而定

しだいに [次第に] 0 副 逐漸、依序

じたい [事態] 1 名 事態、情況

じだい [時代] 0 名 時代

したがう [従う] 0 3 自動 遵守、服從、順從、跟隨

したがき [下書き] 0 名 草稿、底稿、原稿

したがって 0 接續 因此

したぎ [下着] 0 名 貼身衣物、內衣褲

したく [支度 / 仕度] 0 名 準備

したくする [支度する / 仕度する] 0 自他動 準備

じたく [自宅] 0 名 自己的家、私宅

したしい [親しい] 3 イ形 親近的、熟悉的

あ行 か行 さ行 た行 な行 は行 ま行 や行 ら行 わ行

したまち [下町] 0 名 （都市中靠河或海、地勢低窪的小型工商業者聚集的區域，如東京的「浅草（あさくさ）」、「下谷（したや）」等地區）下町

しち [七] 2 名 七

しちょう [市長] 1 2 名 市長

しつ [質] 2 名 品質、內容、質量、性質、素質

しつ～ [室～] 接頭 （房間）室～

～しつ [～室] 接尾 （房間）～室

～じつ [～日] 接尾 ～日、～號、～天

じつえき [実益] 0 名 實際利益、現實利益

じつえん [実演] 0 名 實際演出、當場表演

しっかり 3 副 可靠、振作、堅定、穩健、紮實

じっかん [実感] 0 名 真實感

しつぎょう [失業] 0 名 失業

しっけ / しっき [湿気] 0 / 0 名 溼氣

じっけん [実験] 0 名 實驗、試驗、實際經驗

じつげん [実現] 0 名 實現

しつこい 3 イ形 執著的、濃厚的、膩的

しっこう [執行] 0 名 執行

じっこう [実行] 0 名 實行、執行

じっさい [実際] 0 名 實際、事實

0 副 真、實在

じっし [実施] 0 名 實施

じっしゅう [実習] 0 名 實習

じっせき **[実績]** ⓪ 名 實際成績、實際成果

しつど **[湿度]** ②① 名 溼度

じっと ⓪ 副 一動也不動地、目不轉睛地

しっとり ③ 副 溼潤

じつに **[実に]** ② 副 確實、實在

じつは **[実は]** ② 副 其實

しっぱい **[失敗]** ⓪ 名 失敗

しっぱいする **[失敗する]** ⓪ 自動 失敗

しっぴつ **[執筆]** ⓪ 名 執筆

じつぶつ **[実物]** ⓪ 名 實物、現貨

しっぽ ③ 名 尾巴、末端

しつぼう **[失望]** ⓪ 名 失望

しつもん **[質問]** ⓪ 名 問題、發問

じつよう **[実用]** ⓪ 名 實用

じつりょく **[実力]** ⓪ 名 實力

しつれい **[失礼]** ② 名 ナ形 失禮

しつれいする **[失礼する]** ② 自動 失禮

しつれいします。 **[失礼します。]** 告辭了、打擾了。

しつれいしました。**[失礼しました。]** 抱歉、不好意思、打擾了。

じつれい **[実例]** ⓪ 名 實例

しつれん **[失恋]** ⓪ 名 失戀

してい **[指定]** ⓪ 名 指定

してき **[私的]** ⓪ ナ形 私人、個人

してつ **[私鉄]** 0 名 （民營鐵路）私鐵

してん **[支店]** 0 名 分店

じてん **[辞典]** 0 名 字典

じてんしゃ **[自転車]** 2 0 自行車

しどう **[指導]** 0 名 指導

じどう **[児童]** 1 名 兒童

じどう **[自動]** 0 名 自動

じどうしゃ **[自動車]** 2 0 名 汽車

しな **[品]** 0 名 物品、商品、等級

しなもの **[品物]** 0 名 物品、商品

しぬ **[死ぬ]** 0 自動 死亡

しはい **[支配]** 1 名 支配、統治、管理

しばい **[芝居]** 0 名 （尤指日本傳統的）戲劇、演技、花招、把戲

しばしば 1 副 屢次、常常、再三

しばふ **[芝生]** 0 名 草坪

しはらい **[支払い]** 0 名 支付、付款

しはらう **[支払う]** 3 他動 支付、付款

しばらく 2 副 暫時、一陣子、許久

しばりつける 5 他動 絆住、綁到～上、捆結實

しばる 2 他動 束縛、受限、綁

じばん **[地盤]** 0 名 地盤、地基

じびき **[字引]** 3 名 字典

しびれる 3 自動 麻木、陶醉

じぶん **[自分]** ⓪ 代　自己

じぶんかって **[自分勝手]** ④ 名 ナ形　任性、自私

しへい **[紙幣]** ① 名　紙鈔、鈔票

しぼう **[死亡]** ⓪ 名　死、死亡

しぼむ ⓪ 自動　枯萎、凋零

しぼる **[絞る]** ② 他動　擰、絞盡、榨、擠、把聲音調小、縮小範圍

しほん **[資本]** ⓪ 名　資本、資金

しま **[島]** ② 名　島

しま **[縞]** ② 名　條紋

しまい ⓪ 名　結束、停止、末尾、售完

しまい **[姉妹]** ① 名　姊妹

しまう ⓪ 自他動　結束、做完

～しまう 補動　（前接動詞て形）表遺憾、惋惜、懊惱等情緒及動作完了

しまった ② 感　完了、糟了

しまる **[閉まる]** ② 自動　關閉

じまん **[自慢]** ⓪ 名　自滿、自豪

じみ **[地味]** ② 名 ナ形　樸素、不起眼

しみじみ ③ 副　深切地、心平氣和地、懇切地

しみん **[市民]** ① 名　市民

じむ **[事務]** ① 名　事務、辦公

じむしょ **[事務所]** ②⓪ 名　事務所

しめい **[氏名]** ① 名 姓名

しめきり **[締（め）切り]** ⓪ 名 截止、到期

しめきる **[締（め）切る]** ③⓪ 他動 截止、結束

しめす **[示す]** ② 他動 出示、指示、標示、露出

じめじめ ① 副 溼潤

しめた ① 感 太好了、好極了

しめつ **[死滅]** ⓪ 名 滅絕、絕種

しめる **[占める]** ② 他動 占據

しめる **[湿る]** ⓪ 自動 潮溼

しめる **[閉める]** ② 他動 關閉

しめる **[締める]** ② 他動 繫緊、綁緊

じめん **[地面]** ① 名 地面

しも **[下]** ② 名 下、下游、下方

しも **[霜]** ② 名 霜

～しゃ **[～車]** 接尾 ～輛、～車

～しゃ **[～者]** 接尾 ～者、～人

～しゃ **[～社]** 接尾 ～社、～公司

しゃいん **[社員]** ① 名 公司職員

じゃ / じゃあ ①/① 感 那麼、再見

ジャーナリスト ④ 名 新聞工作者、記者、編輯

しゃかい **[社会]** ① 名 社會

しゃかいかがく **[社会科学]** ④ 名 社會科學

しゃがむ ⓪ 自動 蹲、蹲下

じゃくしゃ **[弱者]** 1 名 弱者

しやくしょ **[市役所]** 2 名 市政府、市公所

じゃぐち **[蛇口]** 0 名 水龍頭

じゃくてん **[弱点]** 3 名 弱點

じゃけん **[邪険]** 1 0 名 ナ形 無情、狠毒

しゃこ **[車庫]** 1 名 車庫

しゃしょう **[車掌]** 0 名 車掌、列車長、售票員

しゃしん **[写真]** 0 名 照片

しゃせい **[写生]** 0 名 寫生

しゃせつ **[社説]** 0 名 社論

しゃちょう **[社長]** 0 名 社長、總經理

シャツ 1 名 襯衫

しゃっきん 3 **[借金]** 名 借款

しゃっくり 1 名 打嗝

シャッター 1 名 快門、百葉窗

しゃどう **[車道]** 0 名 車道

しゃない **[社内]** 1 名 公司內部、神社內

しゃぶる 0 他動 含、放在嘴裡舔

しゃべる 2 自他動 說

じゃま **[邪魔]** 0 名 ナ形 打擾、干擾

ジャム 1 名 果醬

しゃりょう **[車両]** 0 名 車輛

しゃりん **[車輪]** 0 名 車輪

しゃれ 0 名 俏皮話、幽默、華麗

シャワー 1 名 淋浴

じゃんけん 3 0 名 猜拳

～しゅ [～手] 接尾 ～手

～しゅ [～酒] 接尾 ～酒

～しゅ [～種] 接尾 ～種

しゅう [週] 1 名 週

しゅう [州] 1 名 州

～しゅう [～集] 接尾 （詩、文等合集）～集

じゆう [自由] 2 名 ナ形 自由

じゅう [十] 1 名 十

じゅう [銃] 1 名 槍

じゅう～ [重～] 接頭 重～

～じゅう [～重] 接尾 ～重、～層

～じゅう [～中] 接尾 （範圍、時間）整～、全～

しゅうい [周囲] 1 名 周圍、環境、周圍的人

しゅうかい [集会] 0 名 集會

しゅうかく [収穫] 0 名 收穫

しゅうかん [週間] 0 名 一週

しゅうかん [習慣] 0 名 習慣、風俗

しゅうきゅう [週休] 0 名 一週的休息日

じゅうきょ [住居] 1 名 住所、住宅

しゅうきょう [宗教] 1 名 宗教

しゅうきん [集金] 0 名 收款、催收、催收的錢

しゅうごう **[集合]** 0 名 集合
しゅうじ **[習字]** 0 名 習字
じゅうし **[重視]** 1 0 名 重視
じゅうしょ **[住所]** 1 名 地址
しゅうしょく **[就職]** 0 名 就職
ジュース 1 名 果汁
しゅうせい **[修正]** 0 名 修正
しゅうぜん **[修繕]** 0 1 名 修繕、修理
じゅうたい **[渋滞]** 0 名 塞車、道路擁擠
じゅうたい **[重体]** 0 名 病危
じゅうだい **[重大]** 0 ナ形 重大
じゅうたく **[住宅]** 0 名 住宅
しゅうだん **[集団]** 0 名 集團
じゅうたん 1 名 地毯、絨毯
しゅうちゅう **[集中]** 0 名 集中
しゅうてん **[終点]** 0 名 終點
じゅうてん **[重点]** 3 名 重點
じゅうどう **[柔道]** 1 名 柔道
しゅうにゅう **[収入]** 0 名 收入
しゅうにん **[就任]** 0 名 就任、上任
しゅうふく **[修復]** 0 名 修復
じゅうぶん **[十分]** 3 名 ナ形 十分、充分
3 副 相當
しゅうへん **[周辺]** 0 名 周邊

しゅうまつ **[週末]** 0 名 週末

じゅうまん **[充滿]** 0 名 充滿

じゅうみん **[住民]** 0 3 名 居民

じゅうやく **[重役]** 0 名 要職、要員

じゅうよう **[重要]** 0 名 ナ形 重要

しゅうり **[修理]** 1 名 修理

しゅうりょう **[終了]** 0 名 結束

じゅうりょう **[重量]** 3 名 重量

じゅうりょく **[重力]** 1 名 重力、引力

しゅぎ **[主義]** 1 名 主義

じゅぎょう **[授業]** 1 名 上課、授課

じゅくご **[熟語]** 0 名 慣用句、片語、複合詞、成語

しゅくじつ **[祝日]** 0 名 國定假日、節慶、節日

しゅくしょう **[縮小]** 0 名 縮小

しゅくだい **[宿題]** 0 名 作業

しゅくはく **[宿泊]** 0 名 投宿、住宿

じゅけん **[受験]** 0 名 報考、考試

しゅご **[主語]** 1 名 主詞

しゅじゅつ **[手術]** 1 名 手術

しゅしょう **[首相]** 0 名 首相

しゅじん **[主人]** 1 名 主人、家長、丈夫、雇主、老闆

しゅだん **[手段]** 1 名 手段、方式、辦法

しゅちょう [主張] 0 名 主張

しゅっきん [出勤] 0 名 上班

じゅつご [述語] 0 名 述語、謂語

しゅつじょう [出場] 0 名 出場、上場、出站

しゅっしん [出身] 0 名 出身、戸籍、畢業

しゅっせい [出生] 0 名 出生、誕生

しゅっせき [出席] 0 名 出席

しゅっせきする [出席する] 0 自動 出席

しゅっちょう [出張] 0 名 出差

しゅっぱつ [出発] 0 名 出發

しゅっぱつする [出発する] 0 自動 出發

しゅっぱん [出版] 0 名 出版

しゅと [首都] 1 2 名 首都

しゅふ [主婦] 1 名 家庭主婦

しゅみ [趣味] 1 名 興趣、嗜好

じゅみょう [寿命] 0 名 壽命

しゅやく [主役] 0 名 主角

しゅよう [主要] 0 名 ナ形 主要

じゅよう [需要] 0 名 需要、需求

しゅりゅう [主流] 0 名 主流

しゅるい [種類] 1 名 種類

じゅわき [受話器] 2 名 話筒、聽筒

じゅん [順] 0 名 ナ形 順序、溫順

しゅんかん [瞬間] 0 名 瞬間

じゅんかん [循環] 0 名 循環

じゅんさ [巡査] 0 1 名 巡查、巡察

じゅんじゅん [順々] 3 名 依序

じゅんじょ [順序] 1 名 順序

じゅんじょう [純情] 0 名 ナ形 純情、天真、單純

じゅんすい [純粋] 0 名 ナ形 純粹

じゅんちょう [順調] 0 名 ナ形 順利

じゅんばん [順番] 0 名 按照順序、輪流

じゅんび [準備] 1 名 準備

じゅんびする [準備する] 1 他動 準備

しょ～ [初～] 接頭 初～、第一次～

しょ～ [諸～] 接頭 諸～

～しょ / ～じょ [～所] 接尾 （場所）～處

じょ～ [助～] 接頭 助～

じょ～ [女～] 接頭 女～

～じょ [～女] 接尾 （用於女性的名、號之後）～女

しよう [使用] 0 名 使用

しょう [小] 1 名 小

しょう [章] 1 名 章

しょう [賞] 1 名 獎

しょう～ [省～] 接頭 省～

～しょう [～省] 接尾 ～省（部）

じょう [上] 1 名 上

～じょう [～状] 接尾 （狀況、文書、公文）～狀

～じょう [～場] 接尾 （場所、設備）～場
～じょう [～畳] 接尾 （榻榻米）～張
しょうか [消化] 0 名 消化
じょうか [浄化] 0 1 名 淨化
しょうかい [紹介] 0 名 介紹
しょうかいする [紹介する] 0 他動 介紹
しょうがい [障害] 0 名 障礙、缺陷
しょうがくせい [小学生] 3 4 名 小學生
しょうがつ [正月] 4 名 （國曆）一月、新年
しょうがっこう [小学校] 3 名 小學
しょうがない / しようがない 連語 沒辦法
しょうぎ [将棋] 0 名 （日本象棋）將棋
じょうき [蒸気] 1 名 蒸氣、水蒸氣
じょうぎ [定規] 1 名 尺、尺度、標準
じょうきゃく [乗客] 0 名 乘客
しょうきゅう [昇給] 0 名 加薪
じょうきゅう [上級] 0 名 上級、高級
しょうぎょう [商業] 1 名 商業
じょうきょう [上京] 0 名 進京、去東京
じょうきょう [状況] 0 名 狀況
しょうきょくてき [消極的] 0 ナ形 消極
しょうきん [賞金] 0 名 賞金、獎金
じょうげ [上下] 1 名 上下、高低
じょうけい [情景] 0 名 情景

あ行 か行 さ行 た行 な行 は行 ま行 や行 ら行 わ行

じょうけん [条件] ③ 名 條件

しょうご [正午] ① 名 正午

しょうさん [賞賛] ⓪ 名 稱讚、讚揚

しょうじ [障子] ⓪ 名 （和室的）拉門

しょうじき [正直] ③④ 名 ナ形 正直、誠實

③④ 副 其實、老實說

じょうしき [常識] ⓪ 名 常識

しょうしゃ [商社] ① 名 商社、公司

しょうじょ [少女] ① 名 少女

しょうしょう [少々] ① 名 少量、少許

① 副 稍微

しょうじょう [症状] ③ 名 症狀

しょうじる / しょうずる [生じる / 生ずる] ⓪③ / ⓪③ 自他動 長出、產生

じょうず [上手] ③ 名 ナ形 擅長、高明

しょうすう [小数] ③ 名 小數

しょうせつ [小説] ⓪ 名 小說

じょうそう [上層] ⓪ 名 上層、上流

しょうぞう [肖像] ⓪ 名 肖像

しょうたい [招待] ① 名 招待、邀請

しょうたいする [招待する] ① 他動 招待、邀請

じょうたい [状態] ⓪ 名 狀態、狀況

じょうたつ [上達] ⓪ 名 進步、向上傳達、上呈

じょうだん [冗談] ③ 名 開玩笑

しょうち [承知] 0 名 知道、同意、許可、饒恕

しょうちする [承知する] 0 他動 知道、同意、許可、饒恕

しょうてん [商店] 1 名 商店

じょうとう [上等] 0 名 ナ形 上等、高級

しょうどく [消毒] 0 名 消毒

しょうとつ [衝突] 0 名 衝突、相撞

しょうにん [商人] 1 名 商人

しょうにん [承認] 0 名 承認、認可

しょうねん [少年] 0 名 少年

しょうはい [勝敗] 0 名 勝敗

しょうばい [商売] 1 名 做生意、買賣、經商、行業

じょうはつ [蒸発] 0 名 蒸發、失蹤

しょうひ [消費] 0 1 名 消費

しょうひん [商品] 1 名 商品

しょうひん [賞品] 0 名 獎品

じょうひん [上品] 3 名 ナ形 高尚、高雅、高級品

しょうぶ [勝負] 1 名 勝負、比賽

じょうぶ [丈夫] 0 ナ形 堅固、結實、健壯

しょうべん [小便] 3 名 小便、尿

しょうぼう [消防] 0 名 消防、消防隊

じょうほう [情報] 0 名 情報、資訊

しょうぼうしょ [消防署] 5 0 名 消防署

しょうめい [証明] 0 名 證明

しょうめん [正面] 3 名 正面、對面

しょうもう [消耗] 0 名 消耗、耗費

しょうゆ [醤油] 0 名 醬油

しょうらい [将来] 1 名 將來

しょうりゃく [省略] 0 名 省略

じょおう [女王] 2 名 女王

しょきゅう [初級] 0 名 初級

じょきょうじゅ [助教授] 2 名 （大學）副教授

しょく [職] 0 名 職務、職業、工作

～しょく [～色] 接尾 （顏色）～色

しょくぎょう [職業] 2 名 職業

しょくじ [食事] 0 名 用餐、吃飯

しょくじする [食事する] 0 自動 用餐

しょくたく [食卓] 0 名 餐桌

しょくどう [食堂] 0 名 餐廳

しょくにん [職人] 0 名 工匠、木匠

しょくば [職場] 0 3 名 職場、工作崗位

しょくひん [食品] 0 名 食品

しょくぶつ [植物] 2 名 植物

しょくもつ [食物] 2 名 食物

しょくよく [食欲] 0 2 名 食欲

しょくりょう [食料] 2 0 名 食物、食材、伙食費、餐費

しょくりょう [食糧] ②⓪ 名 糧食

しょくりょうひん [食料品] ⓪ 名 食品

しょさい [書斎] ⓪ 名 書房

じょし [女子] ① 名 女子

じょしゅ [助手] ⓪ 名 助手、（大學）助教

しょじゅん [初旬] ⓪ 名 初旬、上旬

じょじょに [徐々に] ① 副 徐徐地、慢慢地

じょせい [女性] ⓪ 名 女性

しょせき [書籍] ⓪① 名 書籍

しょっき [食器] ⓪ 名 餐具

しょっぱい ③ イ形 鹹的

ショップ ①⓪ 名 商店

しょてん [書店] ⓪① 名 書店

しょどう [書道] ① 名 書法

しょほ [初歩] ① 名 初步、入門

しょめい [署名] ⓪ 名 署名、簽名

しょもつ [書物] ① 名 書籍

じょゆう [女優] ⓪ 名 女演員

しょり [処理] ① 名 處理

しょるい [書類] ⓪ 名 文件、文書、資料

しらが [白髪] ③ 名 白髮

しらせる [知らせる] ⓪ 他動 通知

しらべる [調べる] ③ 他動 調查

しり [尻] ② 名 臀部、末尾

しりあい [知り合い] ⓪ 名 熟人
シリーズ ②① 名 系列
しりつ [私立] ① 名 私立
しりょう [資料] ① 名 資料
しる [汁] ① 名 汁液、湯、漿
しる [知る] ⓪ 他動 知道、認識
しるし [印] ⓪ 名 記號、標記、象徵、徵兆
しろ [白] ① 名 白、清白、空白
しろ [城] ⓪ 名 城、城堡
しろい [白い] ② イ形 白色的
しろうと [素人] ①② 名 外行人
しわ ⓪ 名 皺褶、皺紋
しん [芯] ① 名 花蕊、燭芯、芯
しん～ [新～] 接頭 新～
～じん [～人] 接尾 ～人
しんがく [進学] ⓪ 名 升學
しんかんせん [新幹線] ③ 名 新幹線
しんくう [真空] ⓪ 名 真空、空白
しんけい [神経] ① 名 神經
しんけん [真剣] ⓪ 名 ナ形 認真
しんこう [信仰] ⓪ 名 信仰
しんごう [信号] ⓪ 名 信號、訊號
じんこう [人口] ⓪ 名 人口、輿論
じんこう [人工] ⓪ 名 人工、人造、人為

しんこく [深刻] 0 名 ナ形 深刻

しんさつ [診察] 0 名 診察

じんじ [人事] 1 名 人事

じんじゃ [神社] 1 名 神社

じんしゅ [人種] 0 名 人種、族群

しんじる / しんずる [信じる / 信ずる] 3 / 3 他動 相信、信奉

しんしん [心身] 1 名 身心

しんせい [申請] 0 名 申請

じんせい [人生] 1 名 人生

しんせき [親戚] 0 名 親戚

しんせつ [親切] 1 名 ナ形 親切

しんせん [新鮮] 0 ナ形 新鮮

しんぞう [心臓] 0 名 心臟

じんぞう [人造] 0 名 人造

しんたい [身体] 1 名 身體

しんだい [寝台] 0 名 床鋪、床位、臥鋪

しんだん [診断] 0 名 診斷

しんちょう [身長] 0 名 身高

しんちょう [慎重] 0 名 ナ形 慎重、謹慎

しんにゅう [侵入] 0 名 侵略、入侵、闖入

しんねん [信念] 1 名 信念

しんぱい [心配] 0 名 ナ形 擔心

しんぱいする [心配する] 0 自他動 擔心

しんぱん **[審判]** 0 名 審判、裁判

しんぴん **[新品]** 0 名 新貨

じんぶつ **[人物]** 1 名 人物、人品、人才

しんぶん **[新聞]** 0 名 報紙

じんぶんかがく **[人文科学]** 5 名 人文科學

しんぶんしゃ **[新聞社]** 3 名 報社

しんぽ **[進歩]** 1 名 進步

しんみつ **[親密]** 0 名 ナ形 親密、密切

じんみゃく **[人脈]** 0 名 人際關係、人脈

じんめい **[人命]** 0 名 人命

しんや **[深夜]** 1 名 深夜

しんゆう **[親友]** 0 名 摯友

しんよう **[信用]** 0 名 信用

しんらい **[信頼]** 0 名 信賴、信任

しんり **[心理]** 1 名 心理

しんりん **[森林]** 0 名 森林

しんるい **[親類]** 0 名 親戚、同類

じんるい **[人類]** 1 名 人類

しんわ **[神話]** 0 名 神話

隨堂測驗

(1) 次の言葉の正しい読み方を一つ選びなさい。

(　) ① 辞書
1. してん　2. じてん
3. ししょ　4. じしょ

(　) ② 失恋
1. しつこい　2. しつあい
3. しつれん　4. しつりん

(　) ③ 心配
1. しんはい　2. しんぱい
3. しんぺい　4. しんへい

(2) 次の言葉の正しい漢字を一つ選びなさい。

(　) ④ しるし
1. 印　2. 刻
3. 号　4. 標

(　) ⑤ じょゆう
1. 女技　2. 女演
3. 女優　4. 女芸

(　) ⑥ じゅわき
1. 電話器　2. 受話筒
3. 電話筒　4. 受話器

解答

(1) ① 4　② 3　③ 2
(2) ④ 1　⑤ 3　⑥ 4

す・ス

す［巣］1 0 名 巢、穴、窩

す［酢］1 名 醋

ず［図］0 名 圖

すいえい［水泳］0 名 游泳

すいさん［水産］0 名 水產、海產

すいじ［炊事］0 名 做飯

すいじゅん［水準］0 名 水準

すいじょうき［水蒸気］3 名 水蒸氣

すいせん［推薦］0 名 推薦

すいそ［水素］1 名 氫、氫氣

すいちょく［垂直］0 名 ナ形 垂直

スイッチ 2 1 名 開關

すいてい［推定］0 名 推定、推斷、估計

すいてき［水滴］0 名 水滴

すいとう［水筒］0 名 水壺

すいどう［水道］0 名 自來水（管）

すいぶん［水分］1 名 水分

ずいぶん 1 ナ形 過分、太不像話

1 副 相當、非常

すいへい［水平］0 名 水平

すいへいせん［水平線］0 名 水平線

すいみん［睡眠］0 名 睡眠

すいめん **[水面]** 0 名 水面、水上

すいよう / すい **[水曜 / 水]** 3 0 / 1 名 星期三

すう **[吸う]** 0 他動 吸

すう **[数]** 1 名 數、數量、數字

すうがく **[数学]** 0 名 數學

すうじ **[数字]** 0 名 數字

ずうずうしい 5 イ形 厚顏無恥的

スーツ 1 名 套裝

スーツケース 4 名 旅行箱、行李箱

ずうっと 0 副 （「ずっと」的強調用法）一直、～多了、很～

スーパー 1 名 （「スーパーマーケット」的簡稱）超市

スーパーマーケット 5 名 超市

スープ 1 名 湯

すえ **[末]** 0 名 末

すえっこ **[末っ子]** 0 名 老么

すがた **[姿]** 1 名 模樣、樣子、姿態

スカート 2 名 裙子

スカーフ 2 名 圍巾、頭巾、披巾

ずかん **[図鑑]** 0 名 圖鑑

すき **[好き]** 2 名 ナ形 喜歡

すき 0 名 縫隙、空間

すぎ **[杉]** 0 名 杉木、杉樹

～すぎ [～過ぎ] 接尾 超過～、過度～、過分～

スキー ② 名 滑雪

すききらい [好き嫌い] ②③ 名 好惡、挑剔

すきずき [好き好き] ② 名 各有所好

すきとおる [透き通る] ③ 自動 透明、清澈、清脆

すきま [隙間] ⓪ 名 縫、閒暇

すぎる [過ぎる] ② 自動 超過、經過、流逝

～すぎる [～過ぎる] 接尾 過度～、過分～

すく [空く] ⓪ 自動 空、空腹、空閒、通暢

すぐに ① 副 馬上、立刻

すくう [救う] ⓪ 他動 救、拯救、獲救

すくない [少ない] ③ イ形 少的

すくなくとも [少なくとも] ③ 副 至少、起碼

スクリーン ③ 名 螢幕、電影銀幕、屏風

すぐれる [優れる] ③ 自動 優秀、卓越、（狀態）佳

ずけい [図形] ⓪ 名 圖形

スケート ⓪② 名 溜冰鞋、溜冰

スケジュール ②③ 名 行程（表）

すごい ② イ形 厲害的

すこし [少し] ② 副 稍微、一點點、一會兒

すこしも [少しも] ⓪② 副 （後接否定）一點也（不）～

すごす [過ごす] ② 他動 度過、超過

すじ [筋] ① 名 大綱、概要、素質、筋、腱

すず **[鈴]** 0 名 鈴、鈴噹

すずしい **[涼しい]** 3 イ形 涼爽的、明亮的

すすむ **[進む]** 0 自動 前進、進展順利、（鐘）時間快

すずむ **[涼む]** 2 自動 乘涼、納涼

すすめる **[進める]** 0 他動 使前進、推行、使順利、晉升、調快（時間）

すすめる **[勧める]** 0 他動 勸

スタート 2 0 名 開始、起點

スタイル 2 名 風格

スタンド 0 名 檯燈、看臺、角架

～ずつ 副助 每～、各～

ずつう **[頭痛]** 0 名 頭痛、擔心、煩惱

すっかり 3 副 完全、徹底

すっきり 3 副 舒暢、暢快

すっと 0 1 副 迅速地、痛快地

ずっと 0 副 一直、～多了、很～

すっぱい 3 イ形 酸的

すで **[素手]** 1 2 名 光著手、赤手空拳、徒手、空手

ステーキ 2 名 牛排

ステージ 2 名 舞台、（電影）攝影棚

すてき 0 ナ形 極漂亮、絕佳

すでに **[既に]** 1 副 已經

すてる **[捨てる / 棄てる]** 0 他動 拋棄、捨棄

ステレオ 0 名 立體聲、立體音響

ストーブ 2 名 火爐、暖爐

ストッキング 2 名 絲襪、（過膝的）長筒襪

ストップ 2 名 停止、停靠站

スト 1 2 名 （「ストライキ」的簡稱）罷工、罷課、罷考

ストライキ 3 名 罷工、罷課、罷考

ストレス 2 名 壓力

すな [砂] 0 名 沙子

すなお [素直] 1 ナ形 老實

すなわち 2 名 當時

2 副 馬上、即

2 接續 即、換言之

ずのう [頭脳] 1 名 頭腦

すばらしい 4 イ形 出色的、極佳的、了不起的

スピーカー 2 0 名 演講者、喇叭、擴音器

スピーチ 2 名 演講

スピード 0 名 速度

ずひょう [図表] 0 名 圖表

スプーン 2 名 湯匙

すべて [全て] 1 副 全部

すべる [滑る] 2 自動 滑、打滑、落榜

スポーツ 2 名 運動、體育

ズボン 2 1 名 褲子

スマート ② ナ形 苗條
すまい [住(ま)い] ① 名 住所、居住
すませる [済ませる] ③ 他動 完成
すみ [隅 / 角] ① 名 角落
すみ [墨] ② 名 墨、油墨
〜ずみ [〜済み] 接尾 表完成、完了
すみません。 抱歉、不好意思。
すみやか ② ナ形 敏捷、迅速
すむ [住む] ① 自動 住
すむ [澄む / 清む] ① 自動 清澈、清脆、純淨、清靜
すむ [済む] ① 自動 完成、結束
すもう [相撲] ⓪ 名 相撲、力士
ずらす ② 他動 挪、錯開
ずらり ②③ 副 羅列、並列
すり ① 名 扒手
する [刷る] ① 他動 印、印刷
する ⓪ 他動 做
ずるい [狡い] ② イ形 狡猾的、奸詐的
すると ⓪ 接續 於是
するどい [鋭い] ③ イ形 敏銳的、尖銳的、銳利的
すれちがう [すれ違う] ④⓪ 自動 錯過、走岔
ずれる ② 自動 偏離、錯位
すわる [座る] ⓪ 他動 坐

隨堂測驗

(1) 次の言葉の正しい読み方を一つ選びなさい。

(　) ① 鈴

1. すす　　2. すず
3. すし　　4. すじ

(　) ② 末っ子

1. すえっこ　　2. すみっこ
3. すわっこ　　4. すてっこ

(　) ③ 隙間

1. すきま　　2. すいま
3. すみま　　4. すちま

(2) 次の言葉の正しい漢字を一つ選びなさい。

(　) ④ すくう

1.透う　　2.清う
3.救う　　4.好う

(　) ⑤ すごす

1.過ごす　　2.刷ごす
3.済ごす　　4.住ごす

(　) ⑥ すいどう

1.水道　　2.水管
3.水滴　　4.水平

解答

(1) ① 2　② 1　③ 1
(2) ④ 3　⑤ 1　⑥ 1

せ・セ

せ / せい [背] 1 / 1 名 背、身高

せい [正] 1 名 正

せい [生] 1 名 活、生命

1 代 （男子自謙的用語）小生

せい [性] 1 名 生性、本性、性別

せい [姓] 1 名 姓氏

せい 1 名 緣故

〜せい [〜製] 接尾 （製造）〜製

〜せい [〜性] 接尾 （性質、傾向）〜性

ぜい [税] 1 名 稅

せいい [誠意] 1 名 誠意

せいおう [西欧] 0 名 西歐

せいかい [正解] 0 名 正確答案

せいかい [政界] 0 名 政界

せいかく [性格] 0 名 性格

せいかく [正確] 0 名 ナ形 正確、準確

せいかつ [生活] 0 名 生活

せいかつする [生活する] 0 自動 生活

ぜいかん [税関] 0 名 海關

せいき [世紀] 1 名 世紀

せいぎ [正義] 1 名 正義

せいきゅう [請求] 0 名 請求、要求

ぜいきん [税金] 0 名 稅金

せいけつ [清潔] 0 名 ナ形 清潔、乾淨、清廉

せいげん [制限] 3 名 限制

せいこう [成功] 0 名 成功

せいさく [製作] 0 名 製作、製造、生產

せいさく [制作] 0 名 創造（藝術作品）

せいさん [生産] 0 名 生產

せいさんする [生産する] 0 他動 生產

せいじ [政治] 0 名 政治

せいしき [正式] 0 名 ナ形 正式

せいしつ [性質] 0 名 性質、性格

せいしょ [清書] 0 名 謄寫

せいじょう [正常] 0 名 ナ形 正常

せいしょうねん [青少年] 3 名 青少年

せいしん [精神] 1 名 精神

せいじん [成人] 0 名 成人

せいぜい [精々] 1 副 盡量、頂多

せいせき [成績] 0 名 成績

せいそう [清掃] 0 名 清掃

せいぞう [製造] 0 名 製造

せいぞん [生存] 0 名 生存

ぜいたく 3 4 名 ナ形 奢侈、浪費

せいちょう [成長] 0 名 成長、成熟、發展

せいちょう [生長] 0 名 （動植物、事物等）生長、發育

せいと **[生徒]** 1 名 學生

せいど **[制度]** 1 名 制度

せいとう **[政党]** 0 名 政黨

せいねん **[青年]** 0 名 青年

せいねんがっぴ **[生年月日]** 5 名 出生年月日

せいのう **[性能]** 0 名 性能、效能、天分

せいはんたい **[正反対]** 3 名 ナ形 完全相反

せいび **[整備]** 1 名 配備、維修、保養

せいひん **[製品]** 0 名 產品

せいふ **[政府]** 1 名 政府

せいぶつ **[生物]** 1 0 名 生物

せいぶん **[成分]** 1 名 成分

せいべつ **[性別]** 0 名 性別

せいほうけい **[正方形]** 3 0 名 正方形

せいめい **[生命]** 1 名 生命

せいもん **[正門]** 0 名 正門

せいよう **[西洋]** 1 名 西洋、西方

せいり **[整理]** 1 名 整理、清理、淘汰

せいりつ **[成立]** 0 名 成立

せいれき **[西暦]** 0 名 西曆、西元

セーター 1 名 毛衣

せおう **[背負う]** 2 他動 背、背負

せかい **[世界]** 1 名 世界

せき **[席]** 1 名 座位

せき **[咳]** ② 名 咳嗽

～せき **[～隻]** 接尾 （船）～艘

せきたん **[石炭]** ③ 名 煤炭

せきどう **[赤道]** ⓪ 名 赤道

せきにん **[責任]** ⓪ 名 責任

せきゆ **[石油]** ⓪ 名 石油

せけん **[世間]** ① 名 世間、世上、世人

せつ **[説]** ① 名 學說、言論、傳說、傳聞

せっかく ④⓪ 名 特意、難得

⓪ 副 特意、難得

せっきょく **[積極]** ⓪ 名 積極

せっきょくてき **[積極的]** ⓪ ナ形 積極的

せっきん **[接近]** ⓪ 名 接近、靠近

せっけい **[設計]** ⓪ 名 設計

せっけん **[石けん]** ⓪ 名 肥皂

せっする **[接する]** ③⓪ 自他動 接觸、連接、接待、接上、接連

せっせと ① 副 拚命地

せつぞく **[接続]** ⓪ 名 連接、接續

ぜったい **[絶対]** ⓪ 名 ナ形 絕對

ぜったいに **[絶対に]** ⓪ 副 絕對地

せってい **[設定]** ⓪ 名 設定

セット ① 名 組合、一套、佈景

せつび **[設備]** ① 名 設備

せつめい **[説明]** 0 名 說明

ぜつめつ **[絶滅]** 0 名 滅絕

せつやく **[節約]** 0 名 節約

せつりつ **[設立]** 0 名 設立

せなか **[背中]** 0 名 背

ぜひ **[是非]** 1 名 是非、好壞

1 副 務必

ぜひとも 1 副 無論如何、務必

せびろ **[背広]** 0 名 西裝

せまい **[狭い]** 2 イ形 窄的

せまる **[迫る]** 2 自他動 逼近、逼迫、強迫

ゼミ 1 名 （「ゼミナール」的簡稱）研討會

せめて 1 副 至少、起碼

せめる **[攻める]** 2 他動 攻打

せめる **[責める]** 2 他動 譴責

セメント 0 名 水泥

せりふ 0 名 台詞

ゼロ 1 名 （數字）零

せわ **[世話]** 2 名 關照、照料

せわする **[世話する]** 2 他動 關照、照料

せん **[千]** 1 名 千

せん **[栓]** 1 名 栓、塞子

せん **[線]** 1 名 線

～せん **[～船]** 接尾 ～船

～せん【～戦】接尾 ～戰

ぜん【善】1 名 善

ぜん～【全～】接頭 所有～、全～

ぜん～【前～】接頭 之前～、前（任）～

～ぜん【～前】接尾 ～之前

ぜんいん【全員】0 名 所有人員、全體、大家

せんきょ【選挙】1 名 選舉

せんげん【宣言】3 名 宣言

ぜんご【前後】1 名 前後、差不多、左右、先後

せんこう【専攻】0 名 主修、專攻

ぜんこく【全国】1 名 全國

せんざい【洗剤】0 名 清潔劑

せんじつ【先日】0 名 前幾天、前些日子、上次

ぜんしゃ【前者】1 名 前者

せんしゅ【選手】1 名 （運動）選手

ぜんしゅう【全集】0 名 全集

ぜんしん【全身】0 名 全身、渾身

ぜんしん【前進】0 名 前進、進步、提升

せんす【扇子】0 名 扇子

センス 1 名 品味、感覺

せんせい【先生】3 名 老師

せんせい【専制】0 名 專制、獨裁

ぜんせい【全盛】0 1 名 全盛

ぜんぜん【全然】0 副 （後接否定）完全（不）～

せんせんげつ [先々月] ③⓪ 名 上上個月

せんせんしゅう [先々週] ⓪③ 名 上上週

せんぞ [先祖] ① 名 祖先

せんそう [戦争] ⓪ 名 戰爭

センター ① 名 中心、中央

ぜんたい [全体] ⓪ 名 全體、全身

① 副 原本、究竟

せんたく [洗濯] ⓪ 名 洗衣

せんたく [選択] ⓪ 名 選擇

センチ ① 名 （「センチメートル」的簡稱）公分、釐米

センチメートル ④ 名 公分

せんでん [宣伝] ⓪ 名 宣傳

せんとう [先頭] ⓪ 名 最前面

せんぱい [先輩] ⓪ 名 前輩、學長學姊

ぜんぱん [全般] ⓪ 名 全體、全面、全部

ぜんぶ [全部] ① 名 全部

せんぷうき [扇風機] ③ 名 電風扇

せんめん [洗面] ⓪ 名 洗臉

せんもん [専門] ⓪ 名 專門、專業、專家

ぜんりょく [全力] ⓪ 名 全力

せんろ [線路] ① 名 線路、（火車、電車等的）軌道

隨堂測驗

(1) 次の言葉の正しい読み方を一つ選びなさい。

( ) ① 狭い

1. せわい　　2. せもい
3. せかい　　4. せまい

( ) ② 世話する

1. せいする　　2. せもする
3. せわする　　4. せはする

( ) ③ 戦争

1. せいそう　　2. せんとう
3. せんこう　　4. せんそう

(2) 次の言葉の正しい漢字を一つ選びなさい。

( ) ④ せんぷうき

1. 扇風器　　2. 電風扇
3. 扇風機　　4. 電風気

( ) ⑤ せんぞ

1. 先手　　2. 祖先
3. 前先　　4. 先祖

( ) ⑥ せおう

1. 脊負う　　2. 背負う
3. 脊追う　　4. 背追う

解答

(1) ① 4　② 3　③ 4
(2) ④ 3　⑤ 4　⑥ 2

そ・ソ

～ぞい **[～沿い]** 接尾 沿著～、順著～

そう 0 副 那樣、那麼

1 感 是、沒錯

そう **[沿う]** 0 1 自動 沿著、按照、符合

そう **[添う]** 0 1 自動 增添、跟隨、結婚

そう～ **[総～]** 接頭 （後接名詞，表包含全部）總～

ぞう **[象]** 1 名 大象

ぞう **[像]** 1 名 肖像、影像、雕像

そうい **[相違]** 0 名 差別、不符合、差異

そういえば 連語 說起來

ぞうお **[憎悪]** 1 名 憎惡、憎恨

そうおん **[騒音]** 0 名 噪音

ぞうか **[増加]** 0 名 增加

ぞうき **[臓器]** 1 名 內臟器官

ぞうきん **[雑巾]** 0 名 抹布

ぞうげん **[増減]** 0 3 名 增減

そうこ **[倉庫]** 1 名 倉庫

そうご **[相互]** 1 名 互相

そうさ **[操作]** 1 名 操作

そうさく **[創作]** 0 名 創作、創造、捏造

そうじ **[掃除]** 0 名 打掃

そうしき [葬式] 0 名 喪禮

そうして 0 接續 然後、而且、還有

ぞうせん [造船] 0 名 造船

そうそう [早々] 0 名 匆忙

0 副 剛～就～

そうぞう [想像] 0 名 想像

そうぞうしい [騒々しい] 5 イ形 吵雜的、動盪不安的

そうぞく [相続] 0 1 名 繼承、接續

ぞうだい [増大] 0 名 （數量、程度）增加、提高

そうだん [相談] 0 名 商量

そうだんする [相談する] 0 他動 商量

そうち [装置] 1 名 裝置、安裝

そうとう [相当] 0 名 ナ形 副 相當

そうべつ [送別] 0 名 送別、送行

ぞうり 0 名 草鞋

そうりだいじん [総理大臣] 4 名 總理大臣、首相

そうりょう [送料] 1 3 名 運費、郵資

～そく [～足] 接尾 （鞋、襪）～雙

ぞくしゅつ [続出] 0 名 連續發生、不斷發生

ぞくする [属する] 3 自動 屬於

ぞくぞく [続々] 0 1 副 陸續

そくたつ [速達] 0 名 快遞

そくてい [測定] 0 名 測量

そくど [速度] 1 名 速度

そくりょう [測量] 0 2 名 測量

そくりょく [速力] 2 名 速度

そこ 0 名 （第二人稱）你

0 代 那裡

そこ [底] 0 名 底部

そこで 0 接續 因此

そしき [組織] 1 名 組織

そしつ [素質] 0 名 素質、潛能、天分

そして 0 接續 （「そうして」的口語用法）然後、於是

そせん [祖先] 1 名 祖先

そそぐ [注ぐ] 0 2 自他動 注入、流入、澆

そそっかしい 5 イ形 冒失的、粗心大意的、草率的

そだつ [育つ] 2 自動 成長、發育、進步

そだてる [育てる] 3 他動 養育、培養

そちら / そっち 0 / 3 代 那裡、那邊、那位、您

そつぎょう [卒業] 0 名 畢業

そっくり 3 ナ形 一模一樣、極像

3 副 完全

そっちょく [率直] 0 名 ナ形 坦率、爽快

そっと 0 副 悄悄地

そで [袖] 0 名 袖子

そと [外] 1 名 外面、表面

そなえる [備える / 具える] 3 他動 設置、準備、具備

その 0 連體 那～、那個～

そのうえ 0 接續 而且

そのうち 0 副 改天、過幾天、最近、不久

そのころ 3 名 那陣子、那個時候

そのため 0 接續 為此、因此

そのほか 2 名 除此之外

そのまま 4 名 直接、就那樣、原封不動地

そば [側] 1 名 旁邊

そば [蕎麦] 1 名 蕎麥麵

そふ [祖父] 1 名 祖父

ソファー 1 名 沙發

ソフト 1 名 ナ形 柔軟

そぼ [祖母] 1 名 祖母

そまつ [粗末] 1 名 ナ形 粗糙

そら [空] 1 名 天空

そる [剃る] 1 他動 剃、刮

それ 0 代 那個

1 感 你看

それから 0 接續 然後、還有

それぞれ 2 3 副 各自

それで 0 接續 然後、因此

それでは 3 接續 接下來、那麼、那樣的話

それでも 3 接續 即使如此

それと 0 接續 還有

それとも 3 接續 或、還是

それなのに 3 接續 僅管如此、然而卻～

それなら 3 接續 如果那樣的話、那麼

それに 0 接續 而且、再加上

それほど 0 副 那麼、那樣、（沒）那麼

～そろい [～揃い] 接尾 （量詞）～套、～組

そろう [揃う] 2 自動 一致、齊全、到齊

そろえる [揃える] 3 他動 使一致、使整齊、備齊

そろそろ 1 副 差不多、慢慢

そん [損] 1 名 ナ形 損失、吃虧、虧本

そんがい [損害] 0 名 損害

そんけい [尊敬] 0 名 尊敬

そんざい [存在] 0 名 存在

ぞんじる / ぞんずる [存じる / 存ずる] 3 0 / 3 0 自他動 （謙讓語）認為、知道

そんちょう [尊重] 0 名 尊重

そんとく [損得] 1 名 得失、盈虧

そんな 0 ナ形 那種

そんなに 0 副 那麼、那樣

隨堂測驗

(1) 次の言葉の正しい読み方を一つ選びなさい。

(　) ① 騒々しい
1. そいぞいしい　2. そうぞうしい
3. そんぞんしい　4. そわぞわしい

(　) ② 相違
1. そうい　2. そかい
3. そわい　4. そんい

(　) ③ 粗末
1. そざつ　2. そもつ
3. そいつ　4. そまつ

(2) 次の言葉の正しい漢字を一つ選びなさい。

(　) ④ そだてる
1.養てる　2.育てる
3.教てる　4.営てる

(　) ⑤ そこ
1.谷　2.下
3.底　4.穴

(　) ⑥ そうしき
1.和式　2.葬式
3.婚式　4.欧式

解答

(1) ① 2　② 1　③ 4
(2) ④ 2　⑤ 3　⑥ 2

た・タ

た / たんぼ **[田 / 田んぼ]** ①/⓪ 名 水田、稻田、田地

た **[他]** ① 名 其他、他人、他處

たい **[対]** ① 名 對、比、對等

だい **[大]** ① 名 ナ形 大、很、極

だい **[台]** ① 名 臺、架、底座

だい **[題]** ① 名 題目

だい～ **[第～]** 接頭 （後面接數字表順序）第～

～だい **[～台]** 接尾 （車輛、機器）～台、～部、～輛

～だい **[～題]** 接尾 （考試等的題目）～題

～だい **[～代]** 接尾 （地位傳承、年代）第～代、～代

たいいく **[体育]** ① 名 體育

だいいち **[第一]** ① 名 第一、最好、最重要

① 副 優先、首先

たいいん **[退院]** ⓪ 名 出院

たいおう **[対応]** ⓪ 名 對應、符合

たいおん **[体温]** ① 名 體溫

たいかい **[大会]** ⓪ 名 大會

だいがく **[大学]** ⓪ 名 大學

だいがくいん **[大学院]** ④ 名 研究所

だいがくせい [大学生] 3 4 名 大學生

たいき [大気] 1 名 大氣

だいきん [代金] 1 0 名 （買方付給賣方的）貨款

だいく [大工] 1 名 木工

たいくつ [退屈] 0 名 ナ形 無聊、厭倦

たいけい [体系] 0 名 體系、系統

たいけい [体形 / 体型] 0 名 （動物或器物的）體形、形狀、（身材）體型

たいこ [太鼓] 0 名 鼓、（敲）邊鼓、幫腔

たいざい [滞在] 0 名 停滯、滯留

たいさく [対策] 0 名 對策

たいし [大使] 1 名 （外交）大使

だいじ [大事] 1 3 名 大事

0 3 ナ形 重要、關鍵、愛惜、保重

たいした [大した] 1 連體 了不起的～、（後接否定）（不是什麼）大不了的～

たいして [大して] 1 副 特別、那麼

たいじゅう [体重] 0 名 體重

たいしょう [対象] 0 名 對象

たいしょう [対照] 0 名 對照、比對

だいしょう [大小] 1 名 大小

だいじょうぶ [大丈夫] 3 ナ形 不要緊、沒問題

3 副 沒錯、一定

だいじん **[大臣]** 1 名 （國務）大臣、重臣

たいする **[対する]** 3 自動 面對、相對、關於、相較於

たいせい **[体制]** 0 名 體制

たいせき **[体積]** 1 名 體積

たいせつ **[大切]** 0 ナ形 重要、珍貴、珍惜、小心、情況緊急

たいせん **[大戦]** 0 名 大規模的戰爭、大戰

たいそう **[大層]** 1 ナ形 副 非常

たいそう **[体操]** 0 名 體操

だいたい **[大体]** 0 3 名 概要、大略

0 副 大致、差不多、根本、本來

たいてい **[大抵]** 0 名 大部分、大體

0 ナ形 差不多、通常

0 副 大概、非常、相當

たいど **[態度]** 1 名 態度、行為舉止

だいとうりょう **[大統領]** 3 名 總統

だいどころ **[台所]** 0 名 廚房

たいはん **[大半]** 0 3 名 大部分、超過一半

だいひょう **[代表]** 0 名 代表

タイプ 1 名 類型、款式、（「タイプライター」的簡稱）打字機、打字

だいぶ **[大分]** 0 副 很、甚

たいふう **[台風]** 3 名 颱風

あ行 か行 さ行 た行 な行 は行 ま行 や行 ら行 わ行

だいぶぶん [大部分] ③ 名 大部分

タイプライター ④ 名 打字機

たいへん [大変] ⓪ 名 ナ形 大事件、辛苦、不容易
⓪ 副 相當、非常

たいほ [逮捕] ① 名 逮捕

たいぼく [大木] ⓪ 名 大樹、巨木

だいめい [題名] ⓪ 名 題目

だいめいし [代名詞] ③ 名 代名詞

タイヤ ⓪ 名 輪胎

ダイヤ ① 名 （「ダイヤモンド」的簡稱）鑽石、（「ダイヤグラム」的簡稱）路線圖或列車時刻表、（撲克牌）方塊、棒球內野

ダイヤル ⓪ 名 （電話的）撥號鍵

たいよう [太陽] ① 名 太陽

たいら [平ら] ⓪ 名 ナ形 平地、隨意坐、穩重

だいり [代理] ⓪ 名 代理

たいりく [大陸] ⓪① 名 大陸、（日本指）中國大陸、（英國指）歐洲大陸

たいりつ [対立] ⓪ 名 對立

たうえ [田植え] ③ 名 插秧

ダウンする ① 自動 下降、倒下

たえず [絶えず] ① 副 一直、反覆、不斷地

だえん [楕円] ⓪ 名 橢圓

たおす [倒す] ② 他動 打倒、弄倒

タオル 1 名 毛巾

たおれる [倒れる] 3 自動 倒下、病倒、倒塌

だが 1 接續 但是、可是

たかい [高い] 2 イ形 高的、高空的、貴的

たがい [互い] 0 名 互相、彼此

たかめる [高める] 3 他動 提高、提升

たがやす [耕す] 3 他動 耕種

たから [宝] 3 名 寶物、貴重物品

だから 1 接續 因此、所以

たき [滝] 0 名 瀑布、急流

たく [宅] 0 名 家、住宅

たく [炊く] 0 他動 煮（飯）

たく [焚く] 0 他動 燒、焚

だく [抱く] 0 他動 懷抱、抱持著

たくさん 3 名 ナ形 足夠

3 0 副 許多、很多

タクシー 1 名 計程車

たくみ [匠 / 巧み] 0 1 名 工匠、技巧、技術

たくわえる [蓄える] 4 3 他動 貯蓄、貯備

たけ [竹] 0 名 竹子

だけど 1 接續 可是、不過

たしか 1 副 （表不太確定，印象中）好像、應該、大概

たしか [確か] 1 ナ形 確實、確定、可靠

あ行 か行 さ行 た行 な行 は行 ま行 や行 ら行 わ行

たしかめる [確かめる] 4 他動 確認

たしょう [多少] 0 名 多少

0 副 稍微、一些

たす [足す] 0 他動 加

だす [出す] 1 他動 拿出、伸出、發表、開設、出現、付錢、交出

～だす 補動 （前接動詞ます形）開始～、～起來

たすかる [助かる] 3 自動 得救、脫險、得到幫助

たすける [助ける] 3 他動 救、幫忙、促進

たずねる [尋ねる] 3 他動 問、打聽、尋找

たずねる [訪ねる] 3 他動 拜訪

ただ 1 名 免費、普通、平常

ただ [只 / 唯] 1 副 只是、唯一

ただいま。 （外出回來時說的）我回來了。

たたかい [戦い] 0 名 戰鬥、比賽

たたかう [戦う] 0 自動 戰鬥、戰爭、競賽

たたく [叩く] 2 他動 敲、詢問、攻擊

ただし [但し] 1 接續 不過

ただしい [正しい] 3 イ形 正確的、標準的

ただちに [直ちに] 1 副 立即、直接

たたみ [畳] 0 名 榻榻米

たたむ [畳む] 0 他動 折疊

～たち [～達] 接尾 （前接名詞、代名詞，表複數）～們

たちあう [立（ち）会う] 0 3 自動 到場、在場、會同

たちあがる [立（ち）上がる] 0 4 自動 站起來、振作、冒（煙）

たちいり [立（ち）入り] 0 名 進入

たちいる [立（ち）入る] 0 3 自動 進入、干預、干涉、深入

たちきる [立（ち）切る] 3 0 他動 割斷、切斷、斷絕、截斷

たちつくす [立（ち）尽（く）す] 4 0 自動 始終站著、站到最後

たちどまる [立（ち）止（ま）る] 0 4 自動 停下腳步、停住、站住

たちば [立場] 1 3 名 立場

たちまち 0 副 突然、一下子

たつ [立つ] 1 自動 站、離開、起、生、冒

たつ [建つ] 1 自動 蓋、建

たつ [発つ] 1 自動 出發、離開

たつ [経つ] 1 自動 （時間）過去、流逝、經過

たっする [達する] 0 3 自他動 到達、傳達、接近、達成

たった [唯] 0 副 （「ただ」的轉音）只、僅

だって 1 接續 （反駁對方時）因為、可是

たっぷり 3 副 充滿、足夠、寬大

たて [縦] 1 名 長、縱

～だて **[～建て]** 接尾 （前接建築物的構造或樓層）～的建築

たてかえる **[立（て）替える]** ⓪④③ 他動 代繳、替人墊（錢）

たてもの **[建物]** ②③ 名 建築物

たてる **[立てる]** ② 他動 豎起、冒、作聲、維持、制定

たてる **[建てる]** ② 他動 建造、建立

だとう **[妥当]** ⓪ 名 ナ形 妥當、妥善、適合

たとえ ⓪② 副 （後接「～とも」、「～ても」、「～たって」）即使、哪怕、儘管

たとえば **[例えば]** ② 副 例如、比如

たとえる **[例える]** ③ 他動 以～為例、比方

たな **[棚]** ⓪ 名 書架、書櫃

たに **[谷]** ② 名 山谷、溪谷

たにん **[他人]** ⓪ 名 其他人、別人

たね **[種]** ① 名 種籽、種類、品種、原因

たのしい **[楽しい]** ③ イ形 愉快的、開心的

たのしみ **[楽しみ]** ③④ 名 ナ形 樂趣、滿心期待

たのしむ **[楽しむ]** ③ 自他動 享受、期待

たのみ **[頼み]** ③① 名 請託

たのむ **[頼む]** ② 他動 拜託、請求

たのもしい **[頼もしい]** ④ イ形 可靠的、備受期待的、富裕的

タバコ ⓪ 名 香菸

たび [足袋] 1 名 （日式）白色布襪

たび [度] 2 名 次、每次、次數

たび [旅] 2 名 旅行

～たび [～度] 接尾 ～次、～回

たびたび 0 副 好幾次

たぶん [多分] 0 名 ナ形 很多、大部分

1 副 應該、可能

たべもの [食べ物] 3 2 名 食物

たべる [食べる] 2 他動 吃

たまご [卵 / 玉子] 2 0 名 （鳥、魚、蟲）卵、雞蛋、將來會有成就有待栽培的人

だます 2 他動 欺騙

たまたま 0 副 偶然、有時、碰巧

たまに 連語 偶爾、難得

たまらない 連語 受不了、～（得）不得了

たまる [溜まる] 0 自動 堆積

だまる [黙る] 2 自動 沉默

ダム 1 名 水庫、水壩

ため 2 名 有效、有利、為了、由於

だめ [駄目] 2 名 ナ形 不行、不可能、沒用、壞掉了

ためいき [ため息] 3 名 嘆息

ためし [試し] 3 名 試、嘗試

ためす [試す] 2 他動 嘗試、測試

あ行 か行 さ行 た行 な行 は行 ま行 や行 ら行 わ行

ためらう ③ 自動 躊躇、猶豫

ためる [溜める] ⓪ 他動 積、聚集

たより [便り] ① 名 信、音訊、消息

たよる [頼る] ② 自他動 依靠、拄（枴杖）

～だらけ 接尾 （前接名詞）全是～、沾滿～

だらしない ④ イ形 雜亂的、邋遢的

たりる [足りる] ⓪ 自動 足夠、值得

たる [足る] ⓪ 自動 滿足、足夠、足以

だれ [誰] ① 代 誰

だれか [誰か] 連語 （指不特定的某人）誰、哪個人

たん～ [短～] 接頭 短～

だん [段] ① 名 台階、段落

～だん [～団] 接尾 ～團

たんい [単位] ① 名 單位、學分

だんかい [段階] ⓪ 名 階段、等級

たんき [短期] ① 名 短期

たんご [単語] ⓪ 名 單字

たんこう [炭鉱] ⓪ 名 煤礦

だんし [男子] ① 名 男子、男子漢

たんじゅん [単純] ⓪ 名 ナ形 單純

たんしょ [短所] ① 名 缺點

たんじょう [誕生] ⓪ 名 出生、產生、出現

たんす ⓪ 名 衣櫥、櫥櫃

ダンス ① 名 舞蹈

たんすい [淡水] 0 名 淡水
だんすい [断水] 0 名 停水
たんすう [単数] 3 名 單數
だんせい [男性] 0 名 男性
だんたい [団体] 0 名 團體、集團
だんだん [段段] 1 名 台階、樓梯
3 0 副 逐漸、漸漸
だんち [団地] 0 名 （新興）住宅區、（新興）工業區
だんてい [断定] 0 名 斷定
たんとう [担当] 0 名 負責
たんなる [単なる] 1 連體 僅、只是
たんに [単に] 1 副 （後面常和「だけ」或「のみ」一起使用）只不過是～（而已）
だんぼう [暖房] 0 名 暖氣

隨堂測驗

(1) 次の言葉の正しい読み方を一つ選びなさい。

(　) ① 立場
1. たつば　2. たつじょう
3. たちじょう　4. たちば

(　) ② 達する
1. たいする　2. たつする
3. たっする　4. たんする

(　) ③ 多少

1. たしょう　　2. たじょう

3. たすう　　4. たずう

(2) 次の言葉の正しい漢字を一つ選びなさい。

(　) ④ だんし

1. 団子　　2. 男子

3. 断子　　4. 談子

(　) ⑤ たいいん

1. 住院　　2. 退院

3. 出院　　4. 入院

(　) ⑥ だいじょうぶ

1. 大主人　　2. 大老大

3. 大丈夫　　4. 大夫人

(1) ① 4　② 3　③ 1

(2) ④ 2　⑤ 2　⑥ 3

ち・チ

ち [血] 0 名 血、血緣

ち [地] 1 名 地面、土地、地方

ちい [地位] 1 名 地位

ちいき [地域] 1 名 地域

ちいさい [小さい] 3 イ形 小的、不重要的

ちいさな [小さな] 1 連體 小

チーズ 1 名 起司

チーム 1 名 團隊、團體

ちえ [知恵] 2 名 智慧

チェック 1 名 確認

チェックする 1 自他動 確認、檢驗、阻止

ちか [地下] 1 2 名 地下

ちかい [近い] 2 イ形 近的

ちがい [違い] 0 名 不同、差別

ちがいない [違いない] 連語 一定

ちかう [誓う] 0 2 他動 發誓

ちがう [違う] 0 自動 不同、不是、背對

ちかく [近く] 2 1 名 附近、接近

2 1 副 不久、最近、快要、幾乎

ちかごろ [近頃] 2 名 近來、這些日子

ちかすい [地下水] 2 名 地下水

ちかづく [近付く] 3 0 自動 靠近、接近、親近、相似

ちかづける [近付ける] 4 0 他動 靠近、讓～靠近

ちかてつ [地下鉄] 0 名 地下鐵、捷運

ちかよる [近寄る] 3 0 自動 靠近

ちから [力] 3 名 力量

ちからづよい [力強い] 5 イ形 堅強的、強而有力的、自信滿滿的

ちきゅう [地球] 0 名 地球

ちく [地区] 1 2 名 地區

ちこく [遅刻] 0 名 遲到

ちじ [知事] 1 名 （日本都道府縣之首長）知事

ちしき [知識] 1 名 知識、見識、認識

ちしつ [地質] 0 名 地質

ちじん [知人] 0 名 熟人、朋友

ちず [地図] 1 名 地圖

ちたい [地帯] 1 名 地帶

ちち [父] 2 1 名 父親

ちちおや [父親] 0 名 父親

ちぢまる [縮まる] 0 自動 縮短

ちぢむ [縮む] 0 自動 縮短、收縮

ちぢめる [縮める] 0 他動 縮小、縮短

ちぢれる [縮れる] 0 自動 卷起來、翹起來、起皺褶

ちっとも 3 副 （後接否定）一點也（不）～、完全（不）～

チップ 1 名 小費

ちてん [地点] 1 0 名 地點、位置

ちのう [知能] 1 名 智能、智力

ちへいせん [地平線] 0 名 地平線

ちほう [地方] 2 1 名 地方

ちめい [地名] 0 名 地名

ちゃ [茶] 0 名 茶

ちゃいろ [茶色] 0 名 咖啡色、棕色

ちゃいろい [茶色い] 0 イ形 咖啡色的、棕色的

～ちゃく [～着] 接尾 抵達～、（順序、名次）第～名

ちゃくちゃく [着々] 0 副 穩穩地、順利地

チャレンジ 2 1 名 挑戰

ちゃわん [茶碗] 0 名 （陶瓷製的）碗、飯碗

～ちゃん 接尾 （接在人名之後，用於熟人之間）小～

チャンス 1 名 機會、時機

ちゃんと 0 副 確實、完全

ちゅう [中] 1 名 （程度）中等、中庸

ちゅう [注] 0 名 注釋、注解

～ちゅう [～中] 接尾 ～當中、正在～

ちゅうい [注意] 1 名 注意、留意、規勸、忠告

ちゅういする [注意する] 1 自動 注意、提醒

ちゅうおう [中央] 3 0 名 中央

ちゅうがく [中学] 1 名 （「中学校（ちゅうがっこう）」的簡稱）國中

ちゅうがっこう [中学校] ③ 名 國中
ちゅうかん [中間] ⓪ 名 中間
ちゅうこ [中古] ⓪ 名 中古貨、二手貨
ちゅうし [中止] ⓪ 名 中止
ちゅうしする [中止する] ⓪ 他動 中止
ちゅうしゃ [注射] ⓪ 名 注射、專注
ちゅうしゃする [注射する] ⓪ 他動 注射、打針
ちゅうしゃ [駐車] ⓪ 名 停車
ちゅうしゃじょう [駐車場] ⓪ 名 停車場
ちゅうじゅん [中旬] ⓪ 名 中旬
ちゅうしょう [抽象] ⓪ 名 抽象
ちゅうしょく [昼食] ⓪ 名 午餐
ちゅうしん [中心] ⓪ 名 中心、中央
ちゅうせい [中世] ① 名 中世
ちゅうせい [中性] ⓪ 名 中性
ちゅうと [中途] ⓪ 名 中途、途中
ちゅうねん [中年] ⓪ 名 中年
ちゅうもく [注目] ⓪ 名 注目、注視
ちゅうもん [注文] ⓪ 名 訂購
ちょう～ [長～] 接頭 （長輩、長度）長～
～ちょう [～庁] 接尾 （行政機關之官廳）～廳
～ちょう [～兆] 接尾 （數量單位）～兆
～ちょう [～町] 接尾 （日本行政單位）～街、～鎮
～ちょう [～長] 接尾 （職銜）～長

～ちょう [～帳] 接尾 （書本）～簿、～本

ちょうか [超過] 0 名 超過

ちょうかん [朝刊] 0 名 日報、早報

ちょうき [長期] 1 名 長期

ちょうこく [彫刻] 0 名 雕刻

ちょうさ [調査] 1 名 調查

ちょうし [調子] 0 名 情況、狀況

ちょうしょ [長所] 1 名 長處、優點

ちょうじょ [長女] 1 名 長女

ちょうじょう [頂上] 3 名 山頂、頂點、頂峰

ちょうせい [調整] 0 名 調整

ちょうせつ [調節] 0 名 調節、調整

ちょうだい 3 0 名 收下、給我

～ちょうだい 補動 （前接動詞て形）（同「ください」）請～

ちょうたん [長短] 0 1 名 長短、優缺點、盈虧、長度

ちょうてん [頂点] 1 名 頂點、極限

ちょうど 0 副 正好、恰好、恰似

ちょうなん [長男] 1 3 名 長男

ちょうほうけい [長方形] 3 0 名 長方形

ちょうみりょう [調味料] 3 名 調味料

～ちょうめ [～丁目] 接尾 （日本區劃街道的單位）～街

チョーク 1 名 粉筆

ちょきん [貯金] 0 名 存款

ちょくご [直後] 1 0 名 ～之後不久、正後方

ちょくせつ [直接] 0 名 副 直接

ちょくせん [直線] 0 名 直線

ちょくぜん [直前] 0 名 ～前不久、正前方

ちょくつう [直通] 0 名 直通、直達

ちょくりゅう [直流] 0 名 （電流）直流

ちょしゃ [著者] 1 名 作者、筆者

ちょぞう [貯蔵] 0 名 貯藏、貯存

ちょっかく [直角] 0 名 ナ形 直角

ちょっかん [直感] 0 名 直覺

ちょっけい [直径] 0 名 （圓、橢圓的）直徑

ちょっと 1 0 副 一點點、一下下

1 感 （叫住對方時）喂

ちらかす [散らかす] 0 他動 （把東西弄得）散落一地、亂七八糟

ちらかる [散らかる] 0 自動 （東西）散落一地、亂七八糟

ちらす [散らす] 0 他動 散落、飄落、落下、（精神）渙散

ちり [地理] 1 名 地理

ちりがみ [ちり紙] 0 名 衛生紙

ちりょう [治療] 0 名 治療

ちる [散る] 0 自動 凋零、散落

隨堂測驗

(1) 次の言葉の正しい読み方を一つ選びなさい。

(　) ① 長男

1. ちょうだん　　2. ちょうたん
3. ちょうなん　　4. ちょうにん

(　) ② ちり紙

1. ちりがみ　　2. ちりかみ
3. ちりし　　4. ちりじ

(　) ③ 朝刊

1. ちょうしん　　2. ちょうめん
3. ちょうし　　4. ちょうかん

(2) 次の言葉の正しい漢字を一つ選びなさい。

(　) ④ ちゅういする

1. 注意する　　2. 注目する
3. 注文する　　4. 注視する

(　) ⑤ ちぢむ

1. 狭む　　2. 減む
3. 縮む　　4. 凹む

(　) ⑥ ちゅうしょく

1. 午食　　2. 午餐
3. 昼飲　　4. 昼食

解答

(1) ① 3　② 1　③ 4
(2) ④ 1　⑤ 3　⑥ 4

つ・ツ

つい 1 副 不知不覺、無意中、（表距離或時間離得很近）方才、剛剛

ついか [追加] 0 名 追加

ついたち [一日] 4 名 一號、一日、元旦

ついに 1 副 好不容易、終於、（後接否定）終究還是（沒）～

～（に）ついて 連語 關於～、每～

ついで 0 名 順便、有機會、順序

ついでに 0 副 順便、就便

～つう [～通] 接尾 （書信或文件）～封、～件、精通～

つうか [通過] 0 名 通過、經過

つうか [通貨] 1 名 （流通的）貨幣

つうがく [通学] 0 名 通學

つうきん [通勤] 0 名 通勤

つうこう [通行] 0 名 通行、通用

つうじる / つうずる [通じる / 通ずる] 0 / 0 自他動 通往、理解、通用、精通

つうしん [通信] 0 名 通信、通訊

つうち [通知] 0 名 通知

つうちょう [通帳] 0 名 存摺、帳本

つうやく [通訳] 1 名 口譯

つうよう [通用] 0 名 通用、通行

つうろ [通路] 1 名 通路、通道

～づかい [～遣い] 接尾 派去的人、出去辦事、幫人跑腿

つかう [使う] 0 他動 使用、耍（手段）、動（腦筋）、花費（時間或金錢）、使喚

つかまえる [捕まえる] 0 他動 捕捉、抓住

つかまる [捕まる] 0 自動 被逮捕、被抓住

つかむ [掴む] 2 他動 抓住

つかれ [疲れ] 3 名 疲勞、疲倦

つかれる [疲れる] 3 自動 疲勞、疲乏、變舊

つき [月] 2 名 月份、月亮

つき [付き / 就き] 接助 關於、因為、附屬、每

～つき [～月] 接尾 ～個月

～つき [～付き] 接尾 附帶

つぎ [次] 2 名 下一個、僅次於

つきあう [付（き）合う] 3 自動 交往、陪同

つきあたり [突（き）当（た）り] 0 名 盡頭

つきあたる [突（き）当（た）る] 4 自動 撞上、衝突、到盡頭、碰到

つぎつぎ / つぎつぎに [次々 / 次々に] 2 / 2 副 接二連三、陸續

つきひ [月日] 2 名 日月、時光、歲月

あ行 か行 さ行 た行 な行 は行 ま行 や行 ら行 わ行

つく **[付く]** ①② 自動 黏上、染上、增添、附加

つく **[着く]** ①② 自動 到、抵達、碰、就坐

つく **[就く]** ①② 自動 就、從事、師事、跟隨

つく **[点く]** ①② 自動 點燃、開（燈）

つく **[突く]** ⓪① 他動 戳、刺、敲（鐘）、刺激

つぐ **[次ぐ]** ⓪ 自動 緊接著、僅次於

つぐ **[注ぐ]** ⓪② 他動 倒入、斟

つくえ **[机]** ⓪ 名 書桌、辦公桌

つくる **[作る / 造る]** ② 他動 做、作、製造、建造

つける **[付ける]** ② 他動 沾上、黏上、（車、船）靠、安裝、附加

つける **[着ける]** ② 他動 就、入席、穿、安裝

つける **[点ける]** ② 他動 點燃、開（燈）

つける **[浸ける]** ⓪ 他動 浸泡

つける **[漬ける]** ⓪ 他動 醃漬

つごう **[都合]** ⓪ 名 方便、緣故、安排

つたえる **[伝える]** ⓪ 他動 傳、傳達、轉告、傳授

つたわる **[伝わる]** ⓪ 自動 傳入、流傳、傳導、沿著

つち **[土]** ② 名 泥土、土壤

つづき **[続き]** ⓪ 名 續篇、連續

つづく **[続く]** ⓪ 自動 連續、持續、連接、跟著

～つづく **[～続く]** 補動 （前接動詞ます形）繼續～

つづける **[続ける]** ⓪ 他動 繼續、連續

～つづける **[～続ける]** 補動 （前接動詞ます形）連續、持續

つっこむ **[突っ込む]** ③ 自他動 衝進、戳入、插進、深究、干涉

つつみ **[包み]** ③ 名 包裹、包袱

つつむ **[包む]** ② 他動 包、包圍、包含、隱藏

つとめ **[勤め / 務め]** ③ 名 任務、義務、工作

つとめる **[勤める / 務める]** ③ 自他動 工作、擔任

つとめる **[努める]** ③ 自他動 努力

つな **[綱]** ② 名 繩索

つながる ⓪ 自動 連繫、連接、連成一串、有關係

つなぐ ⓪ 他動 繫住、維繫

つなげる ⓪ 他動 串連、連接

つねに **[常に]** ① 副 常常、總是

つばさ **[翼]** ⓪ 名 翅膀

つぶ **[粒]** ① 名 顆粒

つぶす ⓪ 他動 毀掉、弄壞、搞垮、取消、丟（臉）、失（面子）

つぶれる ⓪ 自動 壓壞、垮、落空、浪費、變鈍

～っぽい 接尾 （表示某種傾向很突出）愛～、好～、容易～

つま **[妻]** ① 名 妻子

つまずく ⓪③ 自動 被絆倒、敗在～

つまらない ③ イ形 無聊的、倒霉的

つまり ③ 名 盡頭、極點、結尾

① 副 也就是、總之

つまる [詰まる] ② 自動 塞滿、堵住、為難、縮短、緊迫

つみ [罪] ① 名 罪

① ナ形 冷酷無情

つみかさなる [積（み）重なる] ⑤ 自動 堆積、累積

つむ [積む] ⓪ 他動 堆積、累積

つめ [爪] ⓪ 名 爪子、指甲、趾甲

つめたい [冷たい] ⓪③ イ形 冷淡的、無情的

つめる [詰める] ② 自他動 裝滿、填、擠、憋、節省、值勤、集中

つもり ⓪ 名 打算、估計、當作

つもる [積もる] ②⓪ 自動 堆積、累積

つゆ [梅雨] ⓪② 名 梅雨

つよい [強い] ② イ形 強的、強壯的、堅強的、擅長

つよき [強気] ⓪ 名 ナ形 剛強、強硬、（行情）看漲

つらい [辛い] ⓪② イ形 辛苦的、辛酸的、痛苦的、難過的

～づらい [～辛い] 接尾 難以～、不便～

つり [釣り] ⓪ 名 釣魚

⓪ 名 （「釣（つ）り銭（せん）」的簡稱）找回的錢

つりあう [釣り合う] ③ 自動 平衡、均衡、諧調

つる [釣る] ⓪ 他動 釣（魚）、捕捉（蜻蜓）、引誘、勾引

つる [吊る] ⓪ 他動 吊、掛、抽筋、緊繃

つるす **[吊るす]** 0 他動 吊、懸、掛

つれ **[連れ]** 0 名 同伴、伙伴

つれる **[連れる]** 0 他動 帶領、帶著

つれる **[釣れる]** 0 自動 （魚）上鉤、容易釣

隨堂測驗

(1) 次の言葉の正しい読み方を一つ選びなさい。

( ) ① 机

1. つかさ　　2. ついか
3. つつめ　　4. つくえ

( ) ② 包む

1. つまむ　　2. つかむ
3. つくむ　　4. つつむ

( ) ③ 都合

1. つあい　　2. つごう
3. つこう　　4. つあみ

(2) 次の言葉の正しい漢字を一つ選びなさい。

( ) ④ つゆ

1. 雷雨　　2. 梅雨
3. 豪雨　　4. 小雨

( ) ⑤ つめ

1. 手　　2. 肘
3. 爪　　4. 足

（　）⑥ つかれる

1.積れる　　2.労れる

3.疲れる　　4.辛れる

(1) ① 4　② 4　③ 2

(2) ④ 2　⑤ 3　⑥ 3

て・テ

て **[手]** ① 名 手

で ① 接續 那麼、然後

であい **[出会い / 出合い]** ⓪ 名 邂逅、相遇、交往

であう **[出会う / 出合う]** ② 自動 邂逅、遇見、見到

てあらい **[手洗い]** ② 名 洗手、洗手間

てい～ **[低～]** 接頭 低～

ていあん **[提案]** ⓪ 名 提案

ていいん **[定員]** ⓪ 名 （依規定團體、組織裡的）固定人數

ていか **[定価]** ⓪ 名 定價

ていか **[低下]** ⓪ 名 低下

ていき **[定期]** ① 名 定期

ていきけん **[定期券]** ③ 名 （「定期乗車券（ていきじょうしゃけん）」的簡稱）定期車票

ていきゅうび **[定休日]** ③ 名 （店家自訂的）公休日

ていこう **[抵抗]** ⓪ 名 抵抗

ていし **[停止]** ⓪ 名 停止

ていしゃ **[停車]** ⓪ 名 （電車、公車）停車

ていしゅつ **[提出]** ⓪ 名 提出、交出、呈上

ていでん **[停電]** ⓪ 名 停電

ていど **[程度]** ①⓪ 名 程度

ていねい **[丁寧]** ① 名 ナ形 禮貌

でいり **[出入り]** ⓪① 名 出入

でいりぐち **[出入り口]** ③ 名 出入口

ていりゅうじょ **[停留所]** ⓪⑤ 名 （公車）停靠站

ていれ **[手入れ]** ③① 名 潤飾（文章）、加工、整理（庭院）

デート ① 名 日期、約會

テープ ① 名 錄音帶、錄影帶、帶子、膠帶

テーブル ⓪ 名 桌子、餐桌、一覽表

テープレコーダー ⑤ 名 錄音機

テーマ ① 名 主題

でかける **[出かける]** ⓪ 自動 外出、出去

てがみ **[手紙]** ⓪ 名 信

てき **[敵]** ⓪ 名 敵人、對手

～てき **[～的]** 接尾 ～般、～的、～上

できあがり **[出来上（が）り]** ⓪ 名 完成

できあがる **[出来上（が）る]** ⓪④ 自動 完成

てきかく **[的確 / 適確]** ⓪ ナ形 確切

できごと **[出来事]** ② 名 事件

テキスト ①② 名 教科書

てきする **[適する]** ③ 自動 適用、適合、符合

てきせつ **[適切]** ⓪ 名 ナ形 適當

てきど **[適度]** ① 名 ナ形 適度、適當

てきとう **[適当]** ⓪ 名 ナ形 適當、適合

てきよう **[適用]** 0 名 適用

できる 2 自動 （表能力）可以、能、會

できるだけ 連語 盡可能、盡量

できれば 連語 可以的話

でぐち **[出口]** 1 名 出口

てくび **[手首]** 1 名 手腕

でこぼこ **[凸凹]** 0 名 ナ形 凹凸不平、不平衡

てじな **[手品]** 1 名 （變）魔術、（耍）把戲

ですから 1 接續 所以

テスト 1 名 測試、考試

でたらめ 0 名 ナ形 胡說八道、胡鬧、荒唐

てちょう **[手帳]** 0 名 記事本

てつ **[鉄]** 0 名 鐵

てつがく **[哲学]** 2 0 名 哲學

てっきょう **[鉄橋]** 0 名 鐵橋

てつだい **[手伝い]** 3 名 幫忙

てつだう **[手伝う]** 3 他動 幫忙

てつづき **[手続き]** 2 名 手續、程序

てってい **[徹底]** 0 名 徹底

てつどう **[鉄道]** 0 名 鐵道、鐵路

てっぽう **[鉄砲]** 0 名 槍

てつや **[徹夜]** 0 名 熬夜

テニス 1 名 網球

てぬぐい **[手ぬぐい]** 0 名 （日本傳統的）狹長棉製毛巾

では 1 接續 那麼

では、また。 那麼，再見。

デパート 2 名 百貨公司

てぶくろ **[手袋]** 2 名 手套

てほん **[手本]** 2 名 範本、模範

てまえ **[手前]** 0 名 眼前、本領

でむかえ **[出迎え]** 0 名 迎接

でむかえる **[出迎える]** 0 4 他動 迎接

でも 1 接續 但是

デモ 1 名 （「デモンストレーション」的簡稱）示威（遊行）

てら **[寺]** 2 0 名 寺廟

てらす **[照らす]** 0 2 他動 照耀、依照

てる **[照る]** 1 自動 （日光、月光）照耀、照亮、晴天

でる **[出る]** 1 自動 出去、出現、刊登

テレビ 1 名 電視

てん **[点]** 0 名 點、分數、標點符號

〜てん **[〜店]** 接尾 〜店

てんいん **[店員]** 0 名 店員

てんかい **[展開]** 0 名 展開、發展、進展

てんき **[天気]** 1 名 天氣

でんき **[電気]** 1 名 電、電流

でんき **[伝記]** 0 名 傳記

でんきゅう **[電球]** 0 名 電燈泡

てんきよほう **[天気予報]** 4 名 氣象預報

てんきん **[転勤]** 0 名 調職

てんけい **[典型]** 0 名 典型

てんこう **[天候]** 0 名 天候

でんごん **[伝言]** 0 名 代為傳達、留言

でんし **[電子]** 1 名 電子

でんしゃ **[電車]** 0 1 名 電車

てんじょう **[天井]** 0 名 天花板

てんすう **[点数]** 3 名 分數

でんせん **[伝染]** 0 名 傳染

でんせん **[電線]** 0 名 電線

でんたく **[電卓]** 0 名 電子計算機

でんち **[電池]** 1 名 電池

でんちゅう **[電柱]** 0 名 電線桿

てんてき **[点滴]** 0 名 點滴

てんてん **[点々]** 0 3 名 （斑斑）點點、虛線

0 副 點點地、零零落落地

てんてん **[転々]** 0 副 轉來轉去、滾動

テント 1 名 幕簾、帳棚

でんとう **[電灯]** 0 名 電燈

でんとう **[伝統]** 0 名 傳統

てんねん **[天然]** 0 名 天然、自然、天生

てんのう **[天皇]** 3 名 （日本）天皇

でんぱ [電波] ① 名 （手機）收訊、訊號

テンポ ① 名 節奏

でんぽう [電報] ⓪ 名 電報

てんらん [展覧] ⓪ 名 展覽

てんらんかい [展覧会] ③ 名 展覽會

でんりゅう [電流] ⓪ 名 電流

でんりょく [電力] ①⓪ 名 電力

でんわ [電話] ⓪ 名 電話

隨堂測驗

（1）次の言葉の正しい読み方を一つ選びなさい。

（　）① 手紙

1. てし　　2. てんし
3. てがみ　　4. てかみ

（　）② 適する

1. てつする　　2. てんする
3. てきする　　4. できする

（　）③ 伝染

1. てんらん　　2. でんらん
3. てんせん　　4. でんせん

（2）次の言葉の正しい漢字を一つ選びなさい。

（　）④ てほん

1. 手本　　2. 手前
3. 手品　　4. 手首

(　) ⑤ ていねい

1.礼寧　　2.礼貌

3.丁寧　　4.丁貌

(　) ⑥ でんきゅう

1.電光　　2.電泡

3.電灯　　4.電球

(1) ① 3　② 3　③ 4

(2) ④ 1　⑤ 3　⑥ 4

と・ト

と **[戸]** 0 名 窗戶、門

～と **[～都]** 接尾 （日本行政單位）～都

ど **[度]** 0 名 尺度、程度、界限

～ど **[～度]** 接尾 （溫度、眼鏡度數等）～度

ドア 1 名 門

とい **[問い]** 0 名 問題、發問

といあわせ **[問（い）合（わ）せ]** 0 名 詢問、照會

トイレ 1 名 廁所

とう **[党]** 1 名 黨、政黨

とう **[塔]** 1 名 塔

とう **[問う]** 0 1 他動 問、打聽、追究（責任）

～とう **[～頭]** 接尾 （牛、馬等）～頭、～匹

～とう **[～等]** 接尾 （順位、等級）～等、～級

～とう **[～島]** 接尾 ～島

どう 1 副 如何、怎樣

どう **[銅]** 1 名 銅

どう～ **[同～]** 接頭 （取代前面出現過的用詞）同～、該～

～どう **[～道]** 接尾 ～道

とうあん **[答案]** 0 名 答案、考卷

どういたしまして。 不客氣。

いいえ、どういたしまして。 不，不客氣。

とういつ [統一] ⓪ 名 統一

どういつ [同一] ⓪ 名 ナ形 相同、平等

どうか ① 副 （務必）請、設法、不對勁、突然

どうかく [同格] ⓪ 名 同規格、同資格

どうぐ [道具] ③ 名 道具、工具、（身體的）部位

とうけい [統計] ⓪ 名 統計

どうさ [動作] ① 名 動作

とうざい [東西] ① 名 （方向）東西、東洋與西洋

とうさん [倒産] ⓪ 名 破產

とうじ [当時] ① 名 當時、現在

どうし [動詞] ⓪ 名 動詞

どうじ [同時] ⓪① 名 同時、同時代

とうじつ [当日] ⓪ 名 當日、當天

どうして ① 副 如何地、為什麼

① 感 哎呀、（表強烈否定）哪裡

どうしても ④① 副 無論如何都要～、怎樣都（無法）～

とうしょ [投書] ⓪ 名 投書、投訴、投稿

とうじょう [登場] ⓪ 名 登場

どうせ ⓪ 副 反正、乾脆

とうぜん [当然] ⓪ 名 ナ形 副 （理所）當然

どうぞ ① 副 請

どうぞよろしく。 請多多指教。

とうだい [灯台] 0 名 燈塔

とうちゃく [到着] 0 名 抵達

とうとう 1 副 到頭來、結果還是

どうとく [道徳] 0 名 道德

とうなん [盜難] 0 名 失竊、遭小偷

どうにも 0 副 （後接否定）不管怎麼也、無論如何也、的確

とうばん [当番] 1 名 值勤、值班

とうひょう [投票] 0 名 投票

どうぶつ [動物] 0 名 動物

どうぶつえん [動物園] 4 名 動物園

とうぶん [等分] 0 名 平分、均分、平均

とうめい [透明] 0 名 ナ形 透明、清澈

どうも 1 副 非常

とうゆ [灯油] 0 名 燈油

とうよう [東洋] 1 名 東洋

どうよう [同様] 0 名 ナ形 同樣

どうよう [童謡] 0 名 童謠

どうりょう [同僚] 0 名 同事

どうろ [道路] 1 名 道路

どうわ [童話] 0 名 童話

とお [十] 1 名 十

とおい [遠い] 0 イ形 遠的、久遠的、遙遠的

とおか [十日] 0 名 十號、十日

とおく [遠く] ③ 名 遠處、遠地
⓪ 副 遠遠地、遙遠地

とおす [通す] ① 他動 通過、穿越、通（話）

とおり [通り] ③ 名 馬路、來往、流通、名聲、響亮

～とおり [～通り] 接尾 ～種類、～組、～套、～遍

とおりかかる [通りかかる] ⑤⓪ 自動 剛好路過、偶然經過

とおりすぎる [通り過ぎる] ⑤ 自動 經過、通過

とおる [通る] ① 自動 （車子）經過、通過、穿過、通報、理解

とかい [都会] ⓪ 名 都會、都市

とかす [溶かす] ② 他動 溶化、溶解

とがる [尖る] ② 自動 尖、尖銳、敏銳

とき [時] ② 名 時、時間、時代、時節、時勢、時機、情況

ときどき [時々] ②⓪ 名 各個時期（季節）
⓪ 副 有時候、偶爾

どきどき ① 副 （因緊張、害怕或期待而心跳加速）撲通撲通、忐忑不安

とく [得] ⓪ 名 利益、好處、有利

とく [溶く] ① 他動 溶化、溶解

とく [解く] ① 他動 解開、拆開、解除、消除

どく [退く] ⓪ 自動 退開、躲開

どく [毒] ② 名 毒

とくい [得意] ②⓪ 名 ナ形 得意、擅長、老主顧

とくいさき [得意先] ⓪ 名 老顧客

とくしゅ [特殊] ⓪ 名 ナ形 特殊

どくしょ [読書] ① 名 讀書

とくしょく [特色] ⓪ 名 特色

どくしん [独身] ⓪ 名 單身

とくちょう [特長] ⓪ 名 優點、特長

とくちょう [特徴] ⓪ 名 特徵、特色

とくてい [特定] ⓪ 名 特定

どくとく [独特] ⓪ ナ形 獨特

とくに [特に] ① 副 特別、尤其

とくばい [特売] ⓪ 名 特賣

とくべつ [特別] ⓪ ナ形 副 特別、格外、（後接否定）並沒什麼～

どくりつ [独立] ⓪ 名 獨立、自立門戶

とけい [時計] ⓪ 名 鐘錶

とけこむ [溶（け）込む] ⓪③ 自動 溶入、融入、融洽

とける [溶ける] ② 自動 溶解、溶化

とける [解ける] ② 自動 解開、解除

どける [退ける] ⓪ 他動 移開、挪開、搬移

どこ ① 代 哪裡、何處

どこか 連語 （表不太確定）好像哪裡、某處

とこのま [床の間] ⓪ 名 壁龕

とこや [床屋] 0 名 理髮店的俗稱

ところ [所] 0 名 地方、場所、時間、程度

～ところ 接尾 （計算場所或客人人數）～處、～位

ところが 3 接續 可是

ところで 3 接續 （用於轉換話題時）對了

ところどころ [所々] 4 名 到處

とざん [登山] 1 0 名 登山

とし [年] 2 名 年、一年、年齡、高齡

とし [都市] 1 名 都市

としつき [年月] 2 名 年月、歲月、時光

としょ [図書] 1 名 圖書、書籍

としょかん [図書館] 2 名 圖書館

としより [年寄り] 3 4 名 上了年紀的人、老人

とじる [閉じる] 2 自他動 關、閉

としん [都心] 0 名 市中心

とだな [戸棚] 0 名 櫥櫃、壁櫥

とたん [途端] 0 名 正當～的時候、剛～就～

とち [土地] 0 名 土地、當地

とちゅう [途中] 0 名 途中、中途、半途

どちら / どっち 1 / 1 代 哪邊、哪位、哪個

とっきゅう [特急] 0 名 火速、特快、（日本電車的）特快車

とっくに 0 副 早就

とつぜん [突然] 0 副 ナ形 突然

（～に）とって 連語 對～而言

どっと 0 1 副 哄然、忽然（病重、倒下）、擁上

トップ 1 名 首位、第一名、頂峰、頂尖、頭條（新聞）、首腦

とても 0 副 非常

とどく [届く] 2 自動 寄到、傳達

とどける [届ける] 3 他動 送交、呈上、呈報、申報

ととのう [整う] 3 自動 整齊、齊全

とどまる [止まる / 留まる] 3 自動 停止、停下

どなた 1 代 （「誰（だれ）」的敬語）哪位

となり [隣] 0 名 隔壁

どなる 2 自動 怒斥、大罵

とにかく 1 副 總之、姑且

どの 1 連體 哪、哪個（都）～

～どの [～殿] 接尾（接在信封中欄人名或職稱後，表敬意）～先生、～小姐

とばす [飛ばす] 0 他動 疾駛、跳過、散播（謠言）、開（玩笑）

とびこむ [飛（び）込む] 3 自動 跳入、投入

とびだす [飛（び）出す] 3 自動 起飛、衝出去、凸出

とびたつ [飛（び）立つ] 3 自動 飛上天空、飛起、起飛、飛去

とぶ [飛ぶ / 跳ぶ] 0 自動 飛、跳

とまる [止まる / 留まる] 0 自動 停止、斷絕、停留、固定

とまる [泊まる] 0 自動 投宿、停泊

とめる [止める / 留める] 0 他動 停止、制止、留下、留住、固定住

とめる [泊める] 0 他動 留宿、停泊

とも [友] 1 名 友人、朋友

ともかく 1 副 總之、姑且不論

ともだち [友達] 0 名 朋友

ともなう [伴う] 3 自他動 陪伴、陪同、伴隨、帶～一起去

ともに [共に] 0 1 副 共同、一起

どよう / ど [土曜 / 土] 2 0 / 1 名 星期六

とら [虎] 0 名 老虎

ドライブ 2 名 兜風

とらえる [捕らえる] 3 他動 捕捉

トラック 2 名 卡車、貨車

ドラマ 1 名 電視連續劇

トランプ 2 名 撲克牌

とり [鳥] 0 名 鳥

とりあげる [取（り）上（げ）る] 0 4 他動 拿起、舉起、採納、剝奪

とりいれる [取（り）入れる] 4 0 他動 收進來、引進

とりかえる [取（り）替える] 0 4 3 他動 互換、對掉、更換

とりけす **[取（り）消す]** 0 3 他動 收回（說過的話）、取消、撤回、廢除

とりだす **[取（り）出す]** 3 0 他動 取出、拿出、選出

どりょく **[努力]** 1 名 努力

とる **[取る]** 1 他動 拿、除去、取得、耗費、賺、攝取、收

とる **[採る]** 1 他動 採、摘、錄取

とる **[捕る]** 1 他動 捕、捉

とる **[撮る]** 1 他動 拍照、攝影

どれ 1 代 哪個、多少

トレーニング 2 名 訓練、練習

ドレス 1 名 （女性的）禮服

とれる **[取れる]** 2 自動 能取、能拿、脫落、消除、能理解

どろ **[泥]** 2 名 泥巴

どろぼう **[泥棒]** 0 名 小偷

トン 1 名 （容積、體積、重量的單位）噸

とんでもない 5 イ形 意外的、荒唐的

どんどん 1 副 漸漸、越來越～、陸續

どんな 1 ナ形 怎樣

どんなに 1 副 多麼～、（後接否定）無論再怎麼～也（無法）～

トンネル 0 名 隧道

どんぶり **[丼]** 0 名 （陶瓷製的）大碗公、蓋飯

隨堂測驗

(1) 次の言葉の正しい読み方を一つ選びなさい。

(　) ① 遠い

1. とうい　　2. とおい
3. とかい　　4. とわい

(　) ② 時計

1. とけい　　2. とかい
3. とりい　　4. とまい

(　) ③ 特に

1. とくに　　2. ときに
3. といに　　4. としに

(2) 次の言葉の正しい漢字を一つ選びなさい。

(　) ④ とうばん

1. 当班　　2. 値班
3. 値番　　4. 当番

(　) ⑤ どくしん

1. 単身　　2. 独身
3. 単親　　4. 独親

(　) ⑥ とこや

1. 理屋　　2. 床屋
3. 髪屋　　4. 所屋

解答

(1) ① 2　② 1　③ 1
(2) ④ 4　⑤ 2　⑥ 2

な・ナ

な [名] 0 名 名字、名聲、名義、藉口

ない [無い] 1 イ形 沒有

ない [内] 1 名 內、裡面

～ない [～内] 接尾 ～裡面、在～內

ないか [内科] 0 名 內科

ないせん [内線] 0 名 內線、（電話的）分機

ナイフ 1 名 小刀、餐刀

ないよう [内容] 0 名 內容

ナイロン 1 名 尼龍

なお 1 副 還、再、仍然

1 接續 又、再者

なおす [直す] 2 他動 修改、修理、恢復、重做

なおす [治す] 2 他動 治療

なおる [直る] 2 自動 改正過來、修理好、復原、改成

なおる [治る] 2 自動 治好、治癒

なか [中] 1 名 裡面、當中、中間、中等

なか [仲] 1 名 交情、關係

なが～ [長～] 接頭 長～、久～

ながい [長い / 永い] 2 イ形 長久的、長的

ながす [流す] 2 自他動 沖走、倒、使漂浮、撤消、散布

なかなおり **[仲直り]** ③ 名 和好

なかなか ⓪ ナ形 相當、（後接否定）（不）輕易、怎麼也（不）～

⓪ 副 相當、非常

⓪ 感 是、誠然

なかば **[半ば]** ③② 名 中央、中途、中間、一半

③② 副 一半、幾乎

ながびく **[長引く]** ③ 自動 拖長、延遲

なかま **[仲間]** ③ 名 朋友、同事、同類

なかみ **[中身 / 中味]** ② 名 內容、容納的東西

ながめる **[眺める]** ③ 他動 眺望、凝視

なかゆび **[中指]** ② 名 中指

なかよし **[仲良し]** ② 名 感情好、好朋友

ながら 接助 一邊～一邊～、雖然～但是～

ながれ **[流れ]** ③ 名 流動、河流、趨勢、流派、中止

ながれる **[流れる]** ③ 自動 流、流動、傳播、趨向

なく **[泣く]** ⓪ 自動 哭泣、流淚、傷腦筋

なく **[鳴く]** ⓪ 自他動 叫、鳴

なぐさめる **[慰める]** ④ 他動 安慰、慰問

なくす **[無くす]** ⓪ 他動 丟掉、消滅

なくす **[亡くす]** ⓪ 他動 死去

なくなる **[無くなる]** ⓪ 自動 遺失、盡、消失

なくなる **[亡くなる]** ⓪ 自動 去世

なぐる **[殴る]** ② 他動 毆打

なげる **[投げる]** ② 他動 扔、投、摔、提供

なさる ② 他動 （「する」、「なる」的尊敬語）為、做

なし **[無し]** ① 名 無、沒有

なす **[為す]** ① 他動 做、為

なぜ ① 副 為什麼、為何

なぜならば ① 接續 因為

なぞ **[謎]** ⓪ 名 謎、暗示、莫名其妙

なぞなぞ **[謎謎]** ⓪ 名 謎、謎語

なだらか ② ナ形 坡度平緩、平穩、順利

なつ **[夏]** ② 名 夏天

なつかしい **[懐かしい]** ④ イ形 懷念的、眷戀的

なっとく **[納得]** ⓪ 名 理解、同意

なでる ② 他動 撫摸

～など **[～等]** 副助 ～等等、～之類、～什麼的

なな **[七]** ① 名 七、七個、第七

ななつ **[七つ]** ② 名 七、七個、七歲

ななめ **[斜め]** ② 名 ナ形 傾斜、不高興

なに／なん **[何]** ① 代 什麼、哪個

なに **[何]** ① 副 什麼（事情）都～

① 感 （表驚訝、懷疑）什麼、（表否定）沒什麼

なにか **[何か]** 連語 某種、什麼、總覺得、或者

なにしろ 1 副 無論怎樣、總之、因為

なになに [何々] 1 2 代 什麼什麼、某某

1 感 什麼什麼、怎麼

なにぶん [何分] 0 名 多少、某些

0 副 請、無奈、畢竟

なにも 0 1 副 什麼也、又何必

0 1 連語 一切都～、什麼都～、（後接否定）一點都～

なのか [七日] 0 名 七號、七日

なべ [鍋] 1 名 鍋子、火鍋

なま [生] 1 名 ナ形 生、鮮、自然

なま～ [生～] 接頭 不成熟、不充分、有點

なまいき [生意気] 0 名 ナ形 傲慢、狂妄

なまえ [名前] 0 名 名字、名氣、名義

なまける [怠ける] 3 他動 懶惰

なみ [波] 2 名 波浪、波、浪潮、高低起伏

なみき [並木] 0 名 行道樹

なみだ [涙] 1 名 眼涙、同情

なやむ [悩む] 2 自動 煩惱、感到痛苦

ならう [習う] 2 他動 學習、練習

ならう [倣う] 2 自動 模仿、效法

ならす [鳴らす] 0 他動 鳴、出名、嘮叨

ならす [慣らす] 2 他動 使習慣

ならびに【並びに】0 接續 以及

ならぶ【並ぶ】0 自動 排、並排、擺滿、匹敵

ならべる【並べる】0 他動 排列、擺、列舉、比較

なる【鳴る】0 自動 鳴、響、聞名

なるべく 0 3 副 盡量、盡可能

なるほど 0 副 的確、果然、怪不得

0 感 原來如此、怪不得

なれる【慣れる】2 自動 習慣、熟練

なれる【馴れる】2 自動 親近、混熟

なわ【縄】2 名 繩子

なん～【何～】接頭 若干、幾

なんかい【難解】0 名 ナ形 難懂

なんきょく【南極】0 名 南極

なんだい【難題】0 名 難題

～なんて 副助 所說的、～之類的、表感到意外

なんで【何で】1 副 什麼、為什麼

なんでも【何でも】0 1 副 不管什麼、無論如何、多半是

0 1 連語 一切、全部

なんとか【何とか】1 副 想辦法、總算

1 連語 某某、這個那個

なんとなく 4 副 不由得、無意中

なんとも 1 0 副 怎麼也、無關緊要、真的

ナンバー 1 名 數字、號碼牌、牌照、期、曲目

なんべい **[南米]** 0 名 南美（洲）

なんぼく **[南北]** 1 名 南方和北方

隨堂測驗

(1) 次の言葉の正しい読み方を一つ選びなさい。

（　）① 斜め

1. なみめ　　2. ななめ
3. なわめ　　4. なまめ

（　）② 涙

1. なみた　　2. なみだ
3. なまた　　4. なまだ

（　）③ 内容

1. ないろん　　2. ないよう
3. ないよん　　4. ないろう

(2) 次の言葉の正しい漢字を一つ選びなさい。

（　）④ なやむ

1. 慣む　　2. 流む
3. 悩む　　4. 鳴む

（　）⑤ なかば

1. 中ば　　2. 半ば
3. 途ば　　4. 仲ば

（　）⑥ なつかしい

1. 慣かしい　　2. 想かしい
3. 馴かしい　　4. 懐かしい

(1) ① 2　② 2　③ 2

(2) ④ 3　⑤ 2　⑥ 4

に・ニ

に [二] ① 名 二、第二、其次

に [荷] ①⓪ 名 貨物、行李、責任、累贅

にあう [似合う] ② 自動 合適、相稱

にいさん [兄さん] ① 名 「哥哥」親暱的尊敬語、對年輕男性的親切稱呼

にえる [煮える] ⓪ 自動 煮、煮熟、非常氣憤

におい [匂い] ② 名 氣味、香氣、風格、臭味、跡象

におう [匂う] ② 自動 散發香味、發臭、隱約發出

にがい [苦い] ② イ形 苦的、痛苦的、不高興的

にがす [逃がす] ② 他動 放、沒有抓住、錯過

にがて [苦手] ⓪③ 名 ナ形 棘手的（人、事）、不擅長

にぎやか [賑やか] ② ナ形 熱鬧、繁盛、華麗

にぎる [握る] ⓪ 他動 握、抓、掌握

にく [肉] ② 名 肉、肌肉、潤飾

にくい [憎い] ② イ形 憎恨的、漂亮的、令人欽佩的

～にくい [～難い] 接尾 難以～、不好～

にくむ [憎む] ② 他動 憎恨、厭惡

にくらしい [憎らしい] ④ イ形 討厭的、憎恨的、令人羨慕的

にげる [逃げる] ② 自動 逃跑、躲避、甩開

にこにこ ① 副 笑眯眯

にごる **[濁る]** ② 自動 渾濁、不清晰、起邪念、發濁音

にし **[西]** ⓪ 名 西方、西方極樂世界

にじ **[虹]** ⓪ 名 彩虹

にち **[日]** ① 名 星期日、日本

～にち **[～日]** 接尾 ～天、～日、第～天

にちじ **[日時]** ① 名 日期和時間

にちじょう **[日常]** ⓪ 名 日常、平時

にちよう / にち **[日曜 / 日]** ③⓪ / ① 名 星期日

にちようひん **[日用品]** ⓪ 名 日常用品

にっか **[日課]** ⓪ 名 每天的習慣或活動

にっき **[日記]** ⓪ 名 日記

にっこう **[日光]** ① 名 陽光

にっこり ③ 副 微微一笑

にっちゅう **[日中]** ⓪ 名 晌午、白天

にってい **[日程]** ⓪ 名 每天的計畫

にっぽん / にほん **[日本]** ③ / ② 名 日本

にぶい **[鈍い]** ② イ形 鈍的、遲鈍的、不強烈的、不清晰的、遲緩的

にもつ **[荷物]** ① 名 貨物、行李、負擔

にゅういん **[入院]** ⓪ 名 住院

にゅういんする **[入院する]** ⓪ 自動 住院

にゅうがく **[入学]** ⓪ 名 入學

にゅうがくする **[入学する]** 0 自動 入學

にゅうしゃ **[入社]** 0 名 進公司

にゅうじょう **[入場]** 0 名 入場

ニュース 1 名 消息、新聞

にょうぼう **[女房]** 1 名 妻子、老婆

にらむ 2 他動 盯視、怒目而視、仔細觀察、估計

にる **[似る]** 0 自動 相似、像

にる **[煮る]** 0 他動 煮、燉、熬、燜

にわ **[庭]** 0 名 院子、庭園、場所

にわか 1 ナ形 突然、立刻、暫時

～にん **[～人]** 接尾 （人數）～名、～個人

にんき **[人気]** 0 名 聲望、人緣、受歡迎、行情

にんきもの **[人気者]** 0 名 受歡迎的人

にんぎょう **[人形]** 0 名 娃娃、玩偶、傀儡

にんげん **[人間]** 0 名 人、品格、為人

隨堂測驗

（1）次の言葉の正しい読み方を一つ選びなさい。

（ ）① 日記

1. にき　　2. にっき

3. にいき　　4. にしる

(　) ② 日程

1. にてい　　2. にってい

3. にほど　　4. にてん

(　) ③ 兄さん

1. にいさん　　2. にきさん

3. にんさん　　4. にくさん

(2) 次の言葉の正しい漢字を一つ選びなさい。

(　) ④ にょうぼう

1. 女房　　2. 女方

3. 女将　　4. 女家

(　) ⑤ にげる

1. 逃げる　　2. 投げる

3. 避げる　　4. 煮げる

(　) ⑥ にぎる

1. 掴る　　2. 持る

3. 握る　　4. 把る

(1) ① 2　② 2　③ 1

(2) ④ 1　⑤ 1　⑥ 3

ぬ・ヌ

ぬう **[縫う]** 1 他動 縫紉、縫合、穿過

ぬく **[抜く]** 0 他動 抽出、超過、去除

ぬぐ **[脱ぐ]** 1 他動 脫掉

ぬける **[抜ける]** 0 自動 脫落、漏掉、退出

ぬすむ **[盗む]** 2 他動 偷竊、抽空

ぬの **[布]** 0 名 布

ぬらす **[濡らす]** 0 他動 浸溼、沾溼

ぬる **[塗る]** 0 他動 塗、擦、擦粉

ぬるい **[温い]** 2 イ形 溫的、溫和的

ぬれる **[濡れる]** 0 自動 淋溼、沾溼

隨堂測驗

(1) 次の言葉の正しい読み方を一つ選びなさい。

(　) ① 布

1. ぬの　　2. ぬお
3. ぬあ　　4. ぬも

(　) ② 盗む

1. ぬくむ　　2. ぬすむ
3. ぬるむ　　4. ぬたむ

(　) ③ 温い

1. ぬまい　　2. ぬらい
3. ぬるい　　4. ぬくい

(2) 次の言葉の正しい漢字を一つ選びなさい。

(　) ④ ぬぐ

1.湿ぐ　2.濡ぐ

3.脱ぐ　4.塗ぐ

(　) ⑤ ぬう

1.穿う　2.縫う

3.織う　4.紡う

(　) ⑥ ぬける

1.抹ける　2.抜ける

3.引ける　4.脱ける

(1) ① 1　② 2　③ 3

(2) ④ 3　⑤ 2　⑥ 2

ね・ネ

ね 1 感 呼喚對方或想引起對方注意時的用語

ね **[根]** 1 名 根、根據、根本

ね **[値]** 0 名 價值、價格

ねえ 1 感 （表請求、同意）喂

ねえさん **[姉さん]** 1 名 「姊姊」親暱的尊敬語、對年輕女性的親切稱呼

ねがい **[願い]** 2 名 願望、請求、申請書

ねがう **[願う]** 2 他動 請求、願望、祈禱

ネクタイ 1 名 領帶

ねこ **[猫]** 1 名 貓

ねじ 1 名 螺絲釘

ねじる 2 他動 扭轉、捻

ねずみ 0 名 老鼠

ねだん **[値段]** 0 名 價格

ねつ **[熱]** 2 名 熱、發燒、熱情

ネックレス 1 名 項鍊

ねっしん **[熱心]** 1 3 名 ナ形 熱心、熱誠

ねっする **[熱する]** 0 3 自他動 發熱、加熱、熱衷

ねったい **[熱帯]** 0 名 熱帶

ねっちゅう **[熱中]** 0 名 熱衷、入迷

ねぼう **[寝坊]** 0 名 ナ形 睡懶覺、賴床

ねまき **[寝巻 / 寝間着]** 0 名 睡衣

ねむい [眠い] ⓪② イ形 睏的、想睡覺的

ねむる [眠る] ⓪ 自動 睡覺、安息、閒置

ねらい [狙い] ⓪ 名 瞄準、目標

ねらう [狙う] ⓪ 他動 瞄準、尋找～的機會

ねる [寝る] ⓪ 自動 睡覺、躺

～ねん [～年] 接尾 ～年

ねんかん [年間] ⓪ 名 年代、時期、一年

ねんげつ [年月] ① 名 年月、歲月

ねんじゅう [年中] ① 名 副 全年、一年到頭

～ねんせい [～年生] 接尾 ～年級

ねんだい [年代] ⓪ 名 年代、時代

ねんど [年度] ① 名 年度、屆

ねんれい [年齢] ⓪ 名 年齡

隨堂測驗

(1) 次の言葉の正しい読み方を一つ選びなさい。

(　) ① 年間

1. ねんかく　2. ねんがく
3. ねんがん　4. ねんかん

(　) ② 熱する

1. ねっする　2. ねつする
3. ねんする　4. ねまする

(　) ③ 願う

1. ねがう　　2. ねかう
3. ねもう　　4. ねこう

(2) 次の言葉の正しい漢字を一つ選びなさい。

(　) ④ ねこ

1. 獣　　2. 狸
3. 猫　　4. 狐

(　) ⑤ ねだん

1. 値価　　2. 値段
3. 価段　　4. 定価

(　) ⑥ ねぼう

1. 睡坊　　2. 睡過
3. 寝過　　4. 寝坊

(1) ① 4　② 1　③ 1
(2) ④ 3　⑤ 2　⑥ 4

の・ノ

の **[野]** ① 名 原野、田地、野生

のう **[能]** ⓪① 名 能力、本事、功效

のうか **[農家]** ① 名 農民、農家

のうぎょう **[農業]** ① 名 農業

のうさんぶつ **[農産物]** ③ 名 農產品

のうそん **[農村]** ⓪ 名 農村、鄉村

のうど **[濃度]** ① 名 濃度

のうみん **[農民]** ⓪ 名 農民

のうやく **[農薬]** ⓪ 名 農藥

のうりつ **[能率]** ⓪ 名 效率、勞動生產率

のうりょく **[能力]** ① 名 能力

ノート ① 名 筆記、注解、筆記本

のき **[軒]** ⓪ 名 屋簷

のこぎり ③④ 名 鋸

のこす **[残す]** ② 他動 留下、遺留、殘留

のこらず **[残らず]** ②③ 副 全部、一個不剩

のこり **[残り]** ③ 名 剩餘

のこる **[残る]** ② 自動 留下、留傳（後世）、殘留、剩下

のせる **[乗せる]** ⓪ 他動 搭乘

のせる **[載せる]** ⓪ 他動 載運、裝上、放、刊登

のぞく **[覗く]** ⓪ 自他動 露出、窺視、往下望、瞧瞧

のぞく **[除く]** 0 他動 消除、除外

のぞみ **[望み]** 0 名 希望、要求、抱負

のぞむ **[望む]** 0 2 他動 眺望、期望、要求

のち **[後]** 2 0 名 之後、未來、死後

ノック 1 名 敲打、敲門、打（棒球）

のど **[喉]** 1 名 喉嚨、脖子、嗓音

のばす **[伸ばす / 延ばす]** 2 他動 留、伸展、延長、拖延

のびる **[伸びる / 延びる]** 2 自動 伸長、舒展、擦勻、延長、擴大

のべる **[述べる]** 2 他動 陳述、申訴、闡明

のぼり **[上り]** 0 名 攀登、上坡、上行

のぼる **[上る / 昇る / 登る]** 0 自動 攀登、上升、高升、達到

のみもの **[飲（み）物]** 3 2 名 飲料

のむ **[飲む]** 1 他動 喝、吃（藥）、吞下去

のり **[糊]** 2 名 漿糊、膠水

のりかえ **[乗（り）換え]** 0 名 轉乘、換乘

のりかえる **[乗（り）換える]** 4 3 自他動 轉乘、倒換、改行

のりこし **[乗（り）越し]** 0 名 坐過站

のりもの **[乗（り）物]** 0 名 交通工具

のる **[乗る]** 0 自動 坐、騎、開、站上、乘勢、上當

のる **[載る]** 0 自動 載、裝、刊登、記載

のろい **[鈍い]** 2 イ形 緩慢的、遲鈍的、磨蹭的

のろう [呪う] ② 他動 詛咒、懷恨

のろのろ ① 副 慢吞吞地

のんき [呑気] ① 名 ナ形 悠閒自在、不慌不忙、不拘小節、漫不經心

のんびり ③ 副 悠閒自在、無拘無束

隨堂測驗

(1) 次の言葉の正しい読み方を一つ選びなさい。

( ) ① 喉

1. のと　　2. のど
3. のた　　4. のだ

( ) ② 残る

1. のそる　　2. のまる
3. のかる　　4. のこる

( ) ③ 農家

1. のういえ　　2. のうか
3. のうち　　4. のうじゃ

(2) 次の言葉の正しい漢字を一つ選びなさい。

( ) ④ のうりつ

1. 優率　　2. 効率
3. 有率　　4. 能率

( ) ⑤ のち

1. 後　　2. 先
3. 前　　4. 横

(　) ⑥ のり

1.糧　　2.粉

3.糊　　4.粒

(1) ① 2　② 4　③ 2

(2) ④ 4　⑤ 1　⑥ 3

は・ハ

は【歯】1 名 牙齒、齒

は【葉】0 名 葉子

～は【～派】接尾 ～派

ば【場】0 名 場所、情況、機會

はあ 1 感 （表回答對）是、（表疑問、反問）啊

ばあい【場合】0 名 場合、情況、時候

パーセント 3 名 百分率

パーティー 1 名 舞會、聚會、派對

パート 1 名 部分、兼職、兼職人員

パートタイム 4 名 兼職

はい【灰】0 名 灰

～はい【～杯】接尾 ～杯、～碗、～桶

ばい【倍】0 名 倍、加倍

～ばい【～倍】接尾 ～倍

はいいろ【灰色】0 名 灰色、可疑、暗淡

ばいう【梅雨】1 名 梅雨

バイオリン 0 名 小提琴

ハイキング 1 名 郊遊

はいく【俳句】0 名 俳句

はいけん【拝見】0 名 拜讀

はいけんする【拝見する】0 他動 （「見（み）る」的謙讓語）拜讀

はいざら **[灰皿]** 0 名 菸灰缸

はいしゃ **[歯医者]** 1 名 牙醫

はいたつ **[配達]** 0 名 送、投遞

ばいてん **[売店]** 0 名 小賣部、販賣部

バイバイ 1 感 掰掰

ばいばい **[売買]** 1 名 買賣、交易

パイプ 0 名 管、管道、菸斗、管樂器、聯絡（人）

はいゆう **[俳優]** 0 名 演員

はいる **[入る]** 1 自動 進入、混有、參加、容納、收入

パイロット 1 3 名 領航員、飛行員

はう **[這う]** 1 自動 爬、攀緣

はえる **[生える]** 2 自動 生、長

はか **[墓]** 2 名 墳墓

ばか **[馬鹿]** 1 名 ナ形 笨蛋、愚蠢、無聊、異常、失靈

はがす 2 他動 剝下、撕下

はかせ **[博士]** 1 名 博士、博學之士

ばからしい **[馬鹿らしい]** 4 イ形 愚蠢的、無聊的、不值得的

はかり **[秤]** 0 3 名 秤、天平

ばかり 副助 僅、光是、只有、左右、接下來、剛剛、幾乎

はかる **[計る / 量る / 測る]** 2 他動 量、衡量、測量、估計

はきけ **[吐気]** 3 名 噁心、想要嘔吐
はきはき 1 副 乾脆、敏捷、活潑伶俐
はく **[穿く]** 0 他動 穿（裙子、褲子）
はく **[履く]** 0 他動 穿（鞋類）
はく **[掃く]** 1 他動 打掃
はく **[吐く]** 1 他動 吐出、嘔吐、噴出、吐露
～はく **[～泊]** 接尾 ～宿、～晚、～夜
はくしゅ **[拍手]** 1 名 鼓掌、掌聲
ばくだい **[莫大]** 0 名 莫大、巨大
ばくはつ **[爆発]** 0 名 爆炸、爆發
はくぶつかん **[博物館]** 4 名 博物館
はぐるま **[歯車]** 2 名 齒輪
はげしい **[激しい]** 3 イ形 激烈的、強烈的、厲害的
バケツ 0 名 水桶
はこ **[箱]** 0 名 箱子、盒子
はこぶ **[運ぶ]** 0 自他動 運送、進行、前往、動
はさまる **[挟まる]** 3 自動 夾、卡
はさみ 3 名 剪刀、剪票鉗、螯足
はさむ **[挟む]** 2 他動 夾
はさん **[破産]** 0 名 破產
はし **[橋]** 2 名 橋樑、天橋
はし **[端]** 0 名 端、邊、起點、開端
はし **[箸]** 1 名 筷子
はじまり **[始まり]** 0 名 開始、緣起

はじまる **[始まる]** ⓪ 自動 開始、發生、起源、犯（老毛病）

はじめ **[始め / 初め]** ⓪ 名 開始、第一次、最初、原先、開頭

はじめて **[初めて]** ② 副 第一次

はじめまして。 **[初めまして。]** 初次見面。

はじめる **[始める]** ⓪ 他動 開始、開創

～はじめる **[～始める]** 接尾 開始～

ばしょ **[場所]** ⓪ 名 地方、地址

はしら **[柱]** ③⓪ 名 柱子、杆子、支柱、靠山

はしる **[走る]** ② 自動 跑、行駛、綿延、掠過、轉向、追求

はず ⓪ 名 應該、理應、預計

バス ① 名 浴室、公車、巴士

パス ① 名 免票、身分證明、月票、及格、錄取、不叫牌、通過

はずかしい **[恥ずかしい]** ④ イ形 害羞的、不好意思的

はずす **[外す]** ⓪ 他動 取下、解開、錯過、離開、除去、躲過

パスポート ③ 名 護照

はずれる **[外れる]** ⓪ 自動 脫落、偏離、不中、落空、除去

パソコン ⓪ 名 個人電腦

はた **[旗]** ② 名 旗幟

はだ **[肌]** ① 名 肌膚、表面、氣質

バター ① 名 奶油

パターン ② 名 模式、模型、圖案

はだか **[裸]** ⓪ 名 裸體、精光、身無一物、裸露

はだぎ **[肌着]** ③⓪ 名 貼身襯衣、內衣、汗衫

はたけ **[畑]** ⓪ 名 田地、專業的領域

はたして **[果たして]** ② 副 果然、到底

はたち **[二十 / 二十歳]** ① 名 二十歲

はたらき **[働き]** ⓪ 名 工作、功勞、功能、作用、生活能力

はたらく **[働く]** ⓪ 自他動 工作、勞動、起作用、活動

はち **[八]** ② 名 八、第八個

はち **[鉢]** ② 名 盆、缽、花盆

～はつ **[～発]** 接尾 ～顆、～發、～出發

ばつ **[×]** ① 名 叉

はつおん **[発音]** ⓪ 名 發音

はつか **[二十日]** ⓪ 名 二十號、二十日

はっき **[発揮]** ⓪ 名 發揮、施展

はっきり ③ 副 清楚、明確、爽快、清醒

バッグ ① 名 包包

はっけん **[発見]** ⓪ 名 發現

はっこう **[発行]** ⓪ 名 發行、發售、發放

はっしゃ **[発車]** ⓪ 名 開車、發車

はっしゃ **[発射]** ⓪ 名 發射

ばっする **[罰する]** ⓪③ 他動 處罰、定罪

はっそう **[発想]** ⓪ 名 構思、主意

はったつ **[発達]** ⓪ 名 發育、發達、發展

ばったり ③ 副 突然（相遇）、突然（停止）、突然（倒下）

はってん **[発展]** ⓪ 名 發展

はつでん **[発電]** ⓪ 名 發電

はつばい **[発売]** ⓪ 名 發售、出售

はっぴょう **[発表]** ⓪ 名 發表、發布、公布

はつめい **[発明]** ⓪ 名 發明

はで **[派手]** ② 名 ナ形 鮮豔、華麗、闊綽

はな **[花]** ② 名 花

はな **[鼻]** ⓪ 名 鼻子

はなし **[話]** ③ 名 說話、談話、話題、故事、商量

はなしあい **[話し合い]** ⓪ 名 商量、協商

はなしあう **[話し合う]** ④ 他動 談話、商量、談判

はなす **[話す]** ② 他動 說、講、告訴、商量

はなす **[離す]** ② 他動 放開、間隔

はなす **[放す]** ② 自他動 放掉、置之不理

はなはだしい ⑤ イ形 甚、非常的

はなび **[花火]** ① 名 煙火

はなみ **[花見]** ③ 名 賞花、賞櫻花

はなよめ **[花嫁]** ② 名 新娘

はなれる **[離れる]** ③ 自動 分離、間隔、離開

はなれる [放れる] ③ 自動 脫離
はね [羽] ⓪ 名 羽毛、翅膀、翼
はね [羽根] ⓪ 名 羽毛球
ばね ① 名 發條、彈簧、彈力
はねる [跳ねる] ② 自動 跳、飛濺、散場、裂開
はは [母] ① 名 母親
はば [幅] ⓪ 名 寬度、幅面、差距、差價
ははおや [母親] ⓪ 名 母親
はぶく [省く] ② 他動 除去、節省、省略
はへん [破片] ⓪ 名 碎片
はみがき [歯磨き] ② 名 刷牙、牙刷、牙膏
ばめん [場面] ①⓪ 名 場面、情景
はやい [早い / 速い] ② イ形 早的、快的、簡單的
はやくち [早口] ② 名 說話快、繞口令
はやし [林] ③⓪ 名 林、樹林
はやる [流行る] ② 自動 流行、興旺、蔓延
はら [腹] ② 名 腹、腹部、想法、心情
はら [原] ① 名 平原、荒地
はらいこむ [払（い）込む] ④⓪ 他動 繳納、交納
はらいもどす [払（い）戻す] ⑤⓪ 他動 退還
はらう [払う] ② 自他動 拂、趕去、支付、傾注
バランス ⓪ 名 平衡
はり [針] ① 名 針、刺
はりがね [針金] ⓪ 名 鐵絲、銅絲、鋼絲

はる **[春]** 1 名 春天、青春期、極盛時期

はる **[張る]** 0 自他動 拉、覆蓋、裝滿、膨脹、挺、伸展

はる **[貼る / 張る]** 0 他動 黏貼

はれ **[晴れ]** 2 名 晴天、隆重、公開、正式、消除

はれる **[晴れる]** 2 自動 放晴、消散、消除、愉快

はん **[半]** 1 名 半、一半、奇數

はん～ **[反～]** 接頭 反～、非～

ばん **[晩]** 0 名 晚上

ばん **[番]** 1 名 輪班、看守

パン 1 名 麵包

はんい **[範囲]** 1 名 範圍、界限

はんえい **[反映]** 0 名 反映

ハンカチ 3 0 名 手帕

ばんぐみ **[番組]** 0 名 節目

はんけい **[半径]** 1 名 半徑

はんこ **[判子]** 3 名 印章

はんこう **[反抗]** 0 名 反抗

ばんごう **[番号]** 3 名 號碼

はんざい **[犯罪]** 0 名 犯罪

ばんざい **[万歳]** 3 名 萬幸、可喜、可賀、束手無策

3 感 萬歲、太好了

ハンサム 1 ナ形 英俊瀟灑、帥

はんじ **[判事]** ① 名 法官

はんする **[反する]** ③ 自動 違反、相反、造反

はんせい **[反省]** ⓪ 名 反省

はんたい **[反対]** ⓪ 名 ナ形 相反、反對、不同意

はんたいする **[反対する]** ⓪ 自動 反對

はんだん **[判断]** ① 名 判斷

ばんち **[番地]** ⓪ 名 門牌號碼、住處

パンツ ① 名 內褲、褲子

はんとう **[半島]** ⓪ 名 半島

ハンドバッグ ④ 名 手提包

ハンドル ⓪ 名 方向盤、車手把、把手、柄

はんにん **[犯人]** ① 名 犯人、罪人

ハンバーグ ③ 名 漢堡排

はんばい **[販売]** ⓪ 名 銷售、出售

はんぶん **[半分]** ③ 名 一半、二分之一

～ばんめ **[～番目]** 接尾 第～號

隨堂測驗

（1）次の言葉の正しい読み方を一つ選びなさい。

（　）① 歯磨き

1. はみかき　　2. はみがき

3. はみこき　　4. はみごき

(　) ② 針金

1. はりきん　　2. はりぎん
3. はりかね　　4. はりがね

(　) ③ 省く

1. はもく　　2. はあく
3. はふく　　4. はぶく

(2) 次の言葉の正しい漢字を一つ選びなさい。

(　) ④ はやくち

1.話口　　2.快口
3.早口　　4.速口

(　) ⑤ はんこ

1.印子　　2.判子
3.証子　　4.章子

(　) ⑥ はたけ

1.畦　　2.畔
3.田　　4.畑

(1) ① 2　② 4　③ 4
(2) ④ 3　⑤ 2　⑥ 4

ひ・ヒ

ひ【日】0 名 太陽、日光、白天、天數、日期

ひ【火】1 名 火、熱、火災

ひ【灯】1 名 燈、燈光

ひ～【非～】接頭 非～、不～

～ひ【～費】接尾 ～費、～費用

ひあたり【日当り】0 名 向陽、向陽處

ピアノ 0 名 鋼琴

ビール 1 名 啤酒

ひえる【冷える】2 自動 變冷、感覺冷、變冷淡

ひがい【被害】1 名 受害、受災、損失

ひがえり【日帰り】0 4 名 當天來回

ひかく【比較】0 名 比、比較

ひかくてき【比較的】0 副 比較

ひがし【東】0 3 名 東方

ぴかぴか 0 ナ形 亮晶晶、雪亮、閃閃發光

2 1 副 閃閃發光

ひかり【光】3 名 光、光線、希望

ひかる【光る】2 自動 發光、出類拔萃

～ひき【～匹】接尾 ～隻、～條、～頭、～匹

ひきうける【引（き）受ける】4 他動 負責、答應、保證、接受

ひきかえす【引（き）返す】3 自動 返回、折回

ひきざん **[引（き）算]** ② 名 減法

ひきだし **[引（き）出し]** ⓪ 名 提取、抽屜

ひきだす **[引（き）出す]** ③ 他動 抽出、拉出、引出、提取

ひきとめる **[引（き）止める]** ④ 他動 制止、拉住、挽留、阻止

ひきょう **[卑怯]** ② 名 ナ形 膽怯、懦弱、卑鄙、無恥

ひきわけ **[引（き）分け]** ⓪ 名 和局、不分勝負

ひく **[引く]** ⓪ 自他動 拉、拖、減去、減價、劃線、吸引、查（字典）、引用

ひく **[弾く]** ⓪ 他動 彈、拉

ひくい **[低い]** ② イ形 低的、矮的

ピクニック ①③② 名 郊遊、野餐、遠足

ひげ ⓪ 名 鬍鬚、鬚

ひげき **[悲劇]** ① 名 悲劇

ひこう **[飛行]** ⓪ 名 飛行、航空

ひこうじょう **[飛行場]** ⓪ 名 機場

ひざ **[膝]** ⓪ 名 膝蓋

ひざし **[日差し / 陽射し]** ⓪ 名 陽光照射

ひさしぶり **[久しぶり]** ⓪⑤ 名 ナ形 （隔了）好久、許久

ひじ **[肘]** ② 名 手肘、（椅子）扶手

ビジネス ① 名 事務、工作、商業

びじゅつかん **[美術館]** ③ 名 美術館

ひじょう **[非常]** 0 名 ナ形 緊急、非常、特別

ひじょうに **[非常に]** 0 副 非常

びじん **[美人]** 1 0 名 美女

ピストル 0 名 手槍

ひたい **[額]** 0 名 額頭

ビタミン 2 0 名 維生素、維他命

ひだり **[左]** 0 名 左邊、左手、左側、左派

ぴたり 2 3 副 緊密、說中、突然停止

ひっかかる **[引っかかる]** 4 自動 掛上、卡住、牽連、上當、沾

ひっかける **[引っかける]** 4 他動 掛上、披上、勾引、喝酒、借機會

ひっき **[筆記]** 0 名 筆記

びっくり 3 副 吃驚、嚇一跳

ひっくりかえす **[引っくり返す]** 5 他動 弄倒、翻過來、推翻

ひっくりかえる **[引っくり返る]** 5 自動 翻倒、顛倒過來

びっくりする 3 自動 吃驚、嚇一跳

ひづけ **[日付け]** 0 名 年月日、日期

ひっこし **[引っ越し]** 0 名 搬家

ひっこす **[引っ越す]** 3 自動 搬家

ひっこむ **[引っ込む]** 3 自動 縮進、退隱、凹入

ひっし **[必死]** 0 名 ナ形 必死、拚命

ひっしゃ **[筆者]** 1 名 筆者、作者

ひつじゅひん **[必需品]** 0 名 必需品

ぴったり 3 ナ形 恰好、剛好

3 副 緊密、恰好、說中、突然停止

ひっぱる **[引っ張る]** 3 他動 拉、扯、帶領、引誘、強拉走

ひつよう **[必要]** 0 名 ナ形 必要、必需

ひてい **[否定]** 0 名 否定、否認

ビデオ 1 名 錄影機、攝影機、錄影帶

ひと **[人]** 0 名 人、人類、他人、人品、人才

ひと～ **[一～]** 接頭 一個～、一回～、稍～

ひどい 2 イ形 殘酷的、過分的、激烈的、嚴重的

ひとこと **[一言]** 2 名 一句話、三言兩語

ひとごみ **[人込み]** 0 名 人群、人山人海

ひとさしゆび **[人差し指]** 4 名 食指

ひとしい **[等しい]** 3 イ形 相同的、等於的

ひとつ **[一つ]** 2 名 副 一、一個、一歲、稍微、一樣、一種

ひととおり **[一通り]** 0 名 大概、普通、整套、全部

ひとどおり **[人通り]** 0 名 人來人往、通往

ひとまず 2 副 暫時、姑且

ひとみ **[瞳]** 0 名 眼睛、瞳孔

ひとやすみ **[一休み]** 2 名 休息片刻

ひとり **[一人 / 独り]** 2 名 一人、一個人、單身

ひとり [独り] ② 名 副 獨自、只、光

ひとりごと [独り言] 連語 自言自語

ひとりでに ⓪ 副 自己、自動地、自然而然地

ひとりひとり [一人一人] ④⑤ 名 每個人、各自

ビニール ② 名 塑膠

ひにく [皮肉] ⓪ 名 ナ形 挖苦、諷刺、令人啼笑皆非

ひにち [日にち] ⓪ 名 天數、日子、日期

ひねる ② 他動 擰、扭、殺、絞盡腦汁、別出心裁

ひのいり [日の入り] ⓪ 名 日落、黃昏

ひので [日の出] ⓪ 名 日出

ひはん [批判] ⓪ 名 批評、指責

ひび [日々] ① 名 天天

ひびき [響き] ③ 名 聲音、回聲、振動

ひびく [響く] ② 自動 傳出聲音、響亮、影響

ひひょう [批評] ⓪ 名 批評、評論

ひふ [皮膚] ① 名 皮膚

ひま [暇] ⓪ 名 ナ形 閒工夫、餘暇、休假

ひみつ [秘密] ⓪ 名 ナ形 秘密、機密

びみょう [微妙] ⓪ 名 ナ形 微妙

ひも ⓪ 名 細繩、帶子、條件

ひゃく [百] ② 名 百、一百

ひやけ [日焼け] ⓪ 名 （被太陽）曬黑

ひやす [冷やす] ② 他動 冰鎮、冰、使～冷靜

ひゃっかじてん **[百科辞典 / 百科事典]** 4 名 百科辭典、百科全書

ひよう **[費用]** 1 名 費用、開支、經費

ひょう **[表]** 0 名 表格、圖表

びよう **[美容]** 0 名 美貌、美容

びょう **[秒]** 1 名 秒

～びょう **[～病]** 接尾 ～病

びょういん **[病院]** 0 名 醫院

ひょうか **[評価]** 1 名 估價、評價、承認

びょうき **[病気]** 0 名 疾病、缺點、癖好

ひょうげん **[表現]** 3 名 表現、表達

ひょうし **[表紙]** 3 0 名 封面、書皮

ひょうしき **[標識]** 0 名 標誌、標示、標記、牌子

ひょうじゅん **[標準]** 0 名 標準、水準

ひょうじょう **[表情]** 3 名 表情

びょうどう **[平等]** 0 名 ナ形 平等、同等

ひょうばん **[評判]** 0 名 ナ形 評論、名聲、傳聞

ひょうほん **[標本]** 0 名 標本、樣本

ひょうめん **[表面]** 3 名 表面

ひょうろん **[評論]** 0 名 評論

ひらがな **[平仮名]** 3 名 平假名

ひらく **[開く]** 2 自他動 （花）綻放、（門）開、拉開、打開、開始、舉辦

ビル 1 名 （「ビルディング」的簡稱）大樓、高樓、大廈、帳單

ひる [昼] 2 名 白天、中午、午餐

ビルディング 1 名 大樓、高樓、大廈

ひるね [昼寝] 0 名 午睡

ひるま [昼間] 3 名 白天

ひるやすみ [昼休み] 3 名 午休

ひろい [広い] 2 イ形 廣闊的、寬敞的、廣泛的、寬宏的

ひろう [拾う] 0 他動 撿、挑出、攔、收留、意外得到

ひろがる [広がる] 0 自動 擴大、拓寬、展現、蔓延

ひろげる [広げる] 0 他動 擴大、拓寬、攤開

ひろさ [広さ] 1 名 面積、寬度、廣博

ひろば [広場] 1 名 廣場

ひろびろ [広々] 3 副 寬廣、開闊

ひろめる [広める] 3 他動 擴大、普及、宣揚

ひん [品] 0 名 品格、品質、貨

びん [瓶] 1 名 瓶子

びん [便] 1 名 郵寄、班（車、輪、機）

ピン 1 名 大頭針、別針、髮夾、旗竿、最上等、（骨牌或骰子的點數）一

ピンク 1 名 桃紅色、粉紅色

びんづめ [瓶詰め] 0 4 名 瓶裝

隨堂測驗

(1) 次の言葉の正しい読み方を一つ選びなさい。

(　) ① 日の入り

1. ひのはいり　　2. ひのはり
3. ひのいり　　4. ひのきり

(　) ② 一言

1. ひという　　2. ひとごん
3. ひとこと　　4. ひとばな

(　) ③ 引っ越す

1. ひっゆす　　2. ひっえす
3. ひっこす　　4. ひっごす

(2) 次の言葉の正しい漢字を一つ選びなさい。

(　) ④ ひざし

1. 日刺し　　2. 陽挿し
3. 日差し　　4. 陽入し

(　) ⑤ ひがし

1. 東　　2. 西
3. 南　　4. 北

(　) ⑥ ひろめる

1. 拡める　　2. 大める
3. 広める　　4. 増める

解答

(1) ① 3　② 3　③ 3
(2) ④ 3　⑤ 1　⑥ 3

ふ・フ

ふ～ / ぶ～ **[不～ / 無～]** 接頭 不～、無～

ぶ **[分]** 0 名 程度、形勢

ぶ **[部]** 1 0 名 部分、部門

～ぶ **[～分]** 接尾 十分之一、（溫度的度數）～度、（音長的等分）～音符

～ぶ **[～部]** 接尾 ～部、～本、～冊、～份

ファスナー 1 名 拉鍊

ファックス 1 名 傳真、傳真機

ふあん **[不安]** 0 名 ナ形 不安、擔心

フィルム 1 名 底片

～ふう **[～風]** 接尾 ～風格、～樣子、～方法、～習慣

ふうけい **[風景]** 1 名 景色、風光、狀況

ふうせん **[風船]** 0 名 氣球

ふうとう **[封筒]** 0 名 信封、封皮

ふうふ **[夫婦]** 1 名 夫妻

プール 1 名 游泳池

ふうん **[不運]** 1 名 ナ形 不幸、倒楣

ふえ **[笛]** 0 名 笛子、哨子

ふえる **[増える]** 2 自動 增加

フォーク 1 名 叉子

ふか **[不可]** 2 1 名 不可、不行、不及格

ふかい **[深い]** 2 イ形 深的、重的、濃的

ふかまる **[深まる]** ③ 自動 加深、變深

ぶき **[武器]** ① 名 武器

ふきそく **[不規則]** ②③ 名 ナ形 不規則、不整齊

ふきゅう **[普及]** ⓪ 名 普及

ふきん **[付近 / 附近]** ②① 名 附近、一帶

ふく **[吹く]** ①② 自他動 刮、吹、吹奏、噴、吹牛

ふく **[拭く]** ⓪ 他動 擦、抹、拭

ふく **[服]** ② 名 衣服

ふく **[福]** ② 名 ナ形 幸福、幸運

ふく～ **[副～]** 接頭 副～

ふくざつ **[複雑]** ⓪ 名 ナ形 複雜

ふくし **[副詞]** ⓪ 名 副詞

ふくしゃ **[複写]** ⓪ 名 複寫、複印、謄寫

ふくしゅう **[復習]** ⓪ 名 複習、溫習

ふくすう **[複数]** ③ 名 複數、幾個

ふくそう **[服装]** ⓪ 名 服裝、服飾

ふくむ **[含む]** ② 他動 含、帶有、包括、考慮

ふくめる **[含める]** ③ 他動 包含、指導

ふくらます ⓪ 他動 使鼓起來

ふくらむ ⓪ 自動 鼓起、膨脹、凸起

ふくろ **[袋]** ③ 名 袋、口袋

ふけつ **[不潔]** ⓪ 名 ナ形 不乾淨、骯髒、不純潔、不道德

ふける **[更ける]** ② 自動 深

ふこう [不幸] ② 名 ナ形 不幸、厄運、死亡

ふごう [符号] ⓪ 名 符號、記號

ふさい [夫妻] ①② 名 夫妻

ふさがる [塞がる] ⓪ 自動 關、塞、占用

ふさぐ [塞ぐ] ⓪ 自他動 堵、填、擋、占地方、盡責、鬱悶

ふざける ③ 自動 開玩笑、戲弄、打鬧

ぶさた [無沙汰] ⓪ 名 ナ形 久疏問候、久違

ぶし [武士] ① 名 武士

ぶじ [無事] ⓪ 名 ナ形 平安無事、健康、圓滿

ふしぎ [不思議] ⓪ 名 ナ形 奇怪、不可思議

ふじゆう [不自由] ① 名 ナ形 有殘疾、不方便、不自由

ふじん [夫人] ⓪ 名 夫人

ふじん [婦人] ⓪ 名 婦女、女子

ふせい [不正] ⓪ 名 ナ形 不正當

ふせぐ [防ぐ] ② 他動 防止、預防

ふそく [不足] ⓪ 名 ナ形 不夠、缺乏、不滿

ふぞく [付属] ⓪ 名 附屬

ふた ⓪ 名 蓋子

ぶた [豚] ⓪ 名 豬

ぶたい [舞台] ① 名 舞台、表演

ふたご [双子] ⓪ 名 雙胞胎、孿生子

ふたたび [再び] ⓪ 名 再、又、重

ふたつ [二つ] 3 名 二、兩個、兩歲、兩方、第二

ふたり [二人] 3 名 兩個人

ふたん [負担] 0 名 承擔、負擔

ふだん [普段] 1 名 平常、平日

ぶちょう [部長] 0 名 部長、處長

ぶつ 1 他動 打、擊、演講

～ぶつ [～物] 接尾 ～物

ふつう [普通] 0 名 ナ形 普通、平常

0 副 一般

ふつう [不通] 0 名 斷絕、不通

ふつか [二日] 0 名 二號、二日

ぶっか [物価] 0 名 物價

ぶつかる 0 自動 碰、撞、遇上、爭吵、直接試試、趕上

ぶつける 0 他動 投、摔、碰上、發洩、對付

ぶっしつ [物質] 0 名 物質

ぶっそう [物騒] 3 名 ナ形 不安定、危險

ぶつぶつ 0 名 一顆顆

1 副 抱怨、牢騷

ぶつり [物理] 1 名 物理

ふで [筆] 0 名 筆、毛筆、寫、畫

ふと 0 1 副 偶然、突然

ふとい [太い] 2 イ形 粗的、膽子大的、無恥的

ぶどう 0 名 葡萄

ふとる **[太る]** ② 自動 胖、發福、發財

ふとん **[布団]** ⓪ 名 被子

ふなびん **[船便]** ⓪ 名 海運、通航

ふね **[舟 / 船]** ① 名 船

ぶひん **[部品]** ⓪ 名 配件、零件

ふぶき **[吹雪]** ① 名 暴風雪

ぶぶん **[部分]** ① 名 一部分

ふへい **[不平]** ⓪ 名 ナ形 牢騷、不滿意

ふべん **[不便]** ① 名 ナ形 不方便

ふぼ **[父母]** ① 名 父母、家長

ふまん **[不満]** ⓪ 名 ナ形 不滿足、不滿意

ふみきり **[踏（み）切り]** ⓪ 名 平交道、起跳點

ふみこみ **[踏（み）込み]** ⓪ 名 深入

ふむ **[踏む]** ⓪ 他動 踏、踩、跺腳、踏上、實踐、估計、經歷

ふもと ③ 名 山腳、山麓

ふやす **[増やす / 殖やす]** ② 他動 增加、增添

ふゆ **[冬]** ② 名 冬天

フライパン ⓪ 名 平底鍋、煎鍋

ブラウス ② 名 （女性的）襯衫、罩衫

ぶらさげる **[ぶら下げる]** ⓪ 他動 佩帶、懸掛、提

ブラシ ①② 名 刷子

プラス ⓪① 名 加號、好處、加上、正數、陽性

プラスチック ④ 名 塑膠

プラットホーム 5 名 月台、（電腦）平台

プラン 1 名 計畫、設計圖

ふり **[不利]** 1 名 ナ形 不利

～ぶり **[～振り]** 接尾 樣子、狀態、經過～之後又～

フリー 2 名 ナ形 自由、無拘束、免費

ふりがな **[振（り）仮名]** 0 3 名 注音假名

ふりむく **[振（り）向く]** 3 自他動 回頭、理睬

プリント 0 名 印刷、印刷品、印花、油印

ふる **[降る]** 1 自動 下、降

ふる **[振る]** 0 他動 揮、搖、撒、丟、拒絕、分配

ふる～ **[古～]** 接頭 舊～、使用過的～

ふるい **[古い]** 2 イ形 老的、陳舊的、古老的、不新鮮的

ブルー 2 名 ナ形 青色、藍色、憂鬱

ふるえる **[震える]** 0 自動 震動、發抖

ふるさと **[故郷 / 郷里]** 2 名 故鄉、老家

ふるまう **[振るまう]** 3 自他動 行動、請客、招待

ふるわせる **[震わせる]** 0 他動 使～振動、使～發抖

ブレーキ 2 名 煞車器、阻礙

ぶれい **[無礼]** 1 2 名 ナ形 沒有禮貌、不恭敬

プレゼント 2 名 禮物、送禮

ふれる **[触れる]** 0 自他動 觸、碰、打動、談到、觸犯、傳播

ふろ [風呂] ②① 名 浴室、浴缸

プロ ① 名 專業、職業

ブローチ ② 名 別針、胸針

プログラム ③ 名 節目、說明書、計畫

ふわふわ ⓪ ナ形 輕飄飄、軟綿綿

① 副 輕飄飄、不沉著、軟綿綿、心神不定、浮躁

～ふん [～分] 接尾 ～分鐘、（角度）～分

ぶん [分] ① 名 ナ形 部分、分量、本分、狀態

ぶん [文] ① 名 文章、句子

ふんいき [雰囲気] ③ 名 氣氛、空氣

ふんか [噴火] ⓪ 名 火山噴發

ぶんか [文化] ① 名 文化

ぶんかい [分解] ⓪ 名 拆開、分解

ぶんがく [文学] ① 名 文學

ぶんげい [文芸] ⓪① 名 文藝

ぶんけん [文献] ⓪ 名 文獻、參考資料

ぶんしょう [文章] ① 名 文章

ふんすい [噴水] ⓪ 名 噴泉、噴水池、噴出的水

ぶんせき [分析] ⓪ 名 分析、化驗

ぶんたい [文体] ⓪ 名 文體、風格

ふんだん ⓪ ナ形 副 大量、很多

ぶんぷ [分布] ⓪ 名 分布

ぶんぽう [文法] ⓪ 名 文法、語法

ぶんぼうぐ **[文房具]** ③ 名 文具

ぶんみゃく **[文脈]** ⓪ 名 文章的脈絡

ぶんめい **[文明]** ⓪ 名 文明、文化

ぶんや **[分野]** ① 名 領域、範圍

ぶんりょう **[分量]** ③ 名 分量、重量

ぶんるい **[分類]** ⓪ 名 分門別類、分類

隨堂測驗

(1) 次の言葉の正しい読み方を一つ選びなさい。

( ) ① 負担

1. ふたん　　2. ふだん

3. ふかつ　　4. ふがつ

( ) ② 再び

1. ふたふび　　2. ふたたび

3. ふまたび　　4. ふたらび

( ) ③ 塞がる

1. ふらがる　　2. ふまがる

3. ふさがる　　4. ふかがる

(2) 次の言葉の正しい漢字を一つ選びなさい。

( ) ④ ふくめる

1.圧める　　2.括める

3.包める　　4.含める

(　)⑤ ふえ

1.管　　2.筒
3.笛　　4.竹

(　)⑥ ぶさた

1.無問候　　2.無沙汰
3.無久問　　4.無疎汰

(1) ① 1　② 2　③ 3

(2) ④ 4　⑤ 3　⑥ 2

へ・ヘ

へい [塀] ⓪ 名 圍牆、牆壁、柵欄

へいかい [閉会] ⓪ 名 閉會、閉幕

へいき [平気] ⓪ 名 ナ形 冷靜、鎮靜、不在乎、不要緊

へいきん [平均] ⓪ 名 平均、平均值

へいこう [平行] ⓪ 名 ナ形 平行

へいじつ [平日] ⓪ 名 平常、平日

へいたい [兵隊] ⓪ 名 軍人、軍隊

へいぼん [平凡] ⓪ 名 ナ形 平凡、平庸

へいや [平野] ⓪ 名 平原

へいわ [平和] ⓪ 名 ナ形 和平、平安

ページ ⓪ 名 頁

へた [下手] ② 名 ナ形 笨拙、不擅長

へだてる [隔てる] ③ 他動 隔開、間隔、遮擋、離間

べつ [別] ⓪ 名 ナ形 分別、另外、例外、特別

べっそう [別荘] ③ 名 別墅

ベッド ① 名 床

ペット ① 名 寵物

べつべつ [別々] ⓪ 名 ナ形 分別、各自

ベテラン ⓪ 名 老手、熟練者

へや [部屋] ② 名 房間、屋子

へらす [減らす] ⓪ 他動 減少、縮減、餓

ぺらぺら 1 副 （外語）流利、一頁接一頁（翻頁）

1 ナ形 （外語）流利、單薄

ヘリコプター 3 名 直昇機

へる [減る] 0 自動 減少、下降、磨損、餓

ベル 1 名 鈴、鐘、電鈴

ベルト 0 名 腰帶、皮帶、地帶

へん [変] 1 名 變化、（意外的）事件、事變

1 ナ形 奇怪、異常

へん [辺] 0 名 附近、大致、邊

～へん [～編] 接尾 ～篇、～本

～へん [～遍] 接尾 ～遍、～次、～回

ペン 1 名 筆

べん [便] 1 名 ナ形 便利、方便、大小便

へんか [変化] 1 名 變化、變更

ペンキ 0 名 油漆

べんきょう [勉強] 0 名 用功、讀書、經驗

へんこう [変更] 0 名 變更、改變、更正

へんじ [返事] 3 名 回答、回信

へんしゅう [編集] 0 名 編輯

べんじょ [便所] 3 名 廁所

ベンチ 1 名 長凳、長椅

ペンチ 1 名 鉗子

べんとう [弁当] 3 名 便當

べんぴ [便秘] 0 名 便秘

べんり [便利] 1 名 ナ形 方便、便利

隨堂測驗

(1) 次の言葉の正しい読み方を一つ選びなさい。

(　) ① 別々

1. へつへつ　　2. べつべつ
3. へつべつ　　4. べつへつ

(　) ② 部屋

1. へや　　2. へあ
3. へま　　4. へそ

(　) ③ 便利

1. べんり　　2. へんり
3. べいり　　4. へいり

(2) 次の言葉の正しい漢字を一つ選びなさい。

(　) ④ べっそう

1. 別家　　2. 別装
3. 別荘　　4. 別屋

(　) ⑤ へん

1. 便　　2. 弁
3. 化　　4. 変

(　) ⑥ へいわ

1. 平日　　2. 平成
3. 平気　　4. 平和

解答

(1) ① 2　② 1　③ 1
(2) ④ 3　⑤ 4　⑥ 4

ほ・ホ

ほう [方] 1 名 ナ形 方向、領域、類、方面

ほう [法] 0 名 法律、方法、禮節、理由、式

ぼう [棒] 0 名 棍子、竿子、棒子、指揮棒

ぼう [某] 1 代 某

ぼうえき [貿易] 0 名 貿易

ぼうえんきょう [望遠鏡] 0 名 望遠鏡

ほうがく [方角] 0 名 方向、方位

ほうき 0 1 名 掃帚

ほうげん [方言] 3 0 名 方言、地方話

ぼうけん [冒険] 0 名 冒險

ほうこう [方向] 0 名 方向、方針

ほうこく [報告] 0 名 報告

ぼうさん [坊さん] 0 名 和尚

ぼうし [帽子] 0 名 帽子

ぼうし [防止] 0 名 防止

ほうしん [方針] 0 名 方針、磁針

ほうせき [宝石] 0 名 寶石

ほうそう [放送] 0 名 廣播、播放

ほうそうする [放送する] 0 他動 廣播、播放

ほうそう [包装] 0 名 包裝

ほうそく [法則] 0 名 法則、定律

ほうたい [包帯] 0 名 繃帶

ぼうだい **[膨大]** ⓪ 名 ナ形 巨大、膨脹

ほうちょう ⓪ 名 菜刀、烹調、廚師

ほうていしき **[方程式]** ③ 名 方程式

ぼうはん **[防犯]** ⓪ 名 防止犯罪

ほうふ **[豊富]** ⓪① 名 ナ形 豐富

ほうほう **[方法]** ⓪ 名 方法、方式

ほうぼう **[方々]** ① 名 到處、各處

ほうめん **[方面]** ③ 名 地區、方向、領域

ほうもん **[訪問]** ⓪ 名 訪問、拜訪

ぼうや **[坊や]** ① 名 小朋友、男孩子

ほうりつ **[法律]** ⓪ 名 法律

ほうる **[放る]** ⓪ 他動 扔、丟開、不理睬

ボート ① 名 小船

ボーナス ① 名 獎金、分紅、津貼

ホーム ① 名 月台

ボール ⓪ 名 球、（棒球）壞球

ボールペン ⓪ 名 原子筆

ほか **[他 / 外]** ⓪ 名 別處、外地、別的、除了～以外

ほがらか **[朗らか]** ② ナ形 開朗、爽快

ぼく **[僕]** ① 代 （男子對同輩、晚輩的自稱）我

ぼくじょう **[牧場]** ⓪ 名 牧場、牧地

ぼくちく **[牧畜]** ⓪ 名 畜牧

ポケット ②① 名 口袋、袖珍、小型

ほけん **[保健]** ⓪ 名 保健

ほこり [誇り] ⓪ 名 驕傲、自尊心、榮譽

ほこり ⓪ 名 塵埃、灰塵

ほし [星] ⓪ 名 星星、星號、明星、輸贏、命運、斑點

ほしい [欲しい] ② イ形 想要的、希望的

ぼしゅう [募集] ⓪ 名 募集、招募

ほしょう [保証] ⓪ 名 保證、擔保

ほす [干す] ① 他動 曬、曬乾、喝乾、冷落

ポスター ① 名 海報

ポスト ① 名 郵筒、信箱、地位、職位

ほそい [細い] ② イ形 細的、狹窄的、微弱的

ほぞん [保存] ⓪ 名 保存、儲存

ボタン ⓪ 名 鈕扣、扣子、按鈕

ほっきょく [北極] ⓪ 名 北極

ホテル ① 名 飯店、旅館

ほど [程] ⓪② 名 程度、限度、不久

ほどう [歩道] ⓪ 名 人行道

ほとけ [仏] ⓪③ 名 佛、佛像、死者

ほとんど ② 副 名 大部分、大概、幾乎

ほね [骨] ② 名 ナ形 骨頭、骨架、核心、骨氣、費力氣的事

ほのお [炎] ① 名 火燄、火舌

ほほ / ほお [頬] ①/① 名 臉、臉頰

ほぼ ① 副 大體上、基本上

ほほえむ **[微笑む]** ③ 自動 微笑、（花）初開

ほめる **[褒める]** ② 他動 稱讚、表揚

ほる **[掘る]** ① 他動 挖掘、刨

ほる **[彫る]** ① 他動 雕刻、紋身

ぼろ ① 名 ナ形 破布、破衣服、破舊

ほん **[本]** ① 名 書、書籍

ほん～ **[本～]** 接頭 此～、正式～

～ほん **[～本]** 接尾 ～條、～支、～巻、～棵、～根、～瓶

ほんとう **[本当]** ⓪ 名 ナ形 真實、真正的、正常、確實

ほんにん **[本人]** ① 名 本人

ほんの～ ⓪ 連體 實在～、不過～、些許～

ほんぶ **[本部]** ① 名 總部

ほんもの **[本物]** ⓪ 名 真貨、正規、真的

ほんやく **[翻訳]** ⓪ 名 翻譯、筆譯、譯本

ほんやくする **[翻訳する]** ⓪ 他動 翻譯

ぼんやり ③ 名 呆子、糊塗的人、大意的人
③ 副 模模糊糊、隱隱約約

ほんらい **[本来]** ① 名 本來、應該

隨堂測驗

(1) 次の言葉の正しい読み方を一つ選びなさい。

(　) ① 方面
1. ほうづら　2. ほうつら
3. ほんめん　4. ほうめん

(　) ② 本物
1. ほんぶつ　2. ほんもつ
3. ほんもの　4. ほんもん

(　) ③ 誇り
1. ほこり　2. ほきり
3. ほしり　4. ほいり

(2) 次の言葉の正しい漢字を一つ選びなさい。

(　) ④ ほとけ
1. 神　2. 仏
3. 上　4. 帝

(　) ⑤ ほそい
1. 微い　2. 小い
3. 細い　4. 狭い

(　) ⑥ ぼく
1. 私　2. 己
3. 僕　4. 俺

(1) ① 4　② 3　③ 1
(2) ④ 2　⑤ 3　⑥ 3

ま・マ

まあ [間] 0 名 間隔、空間、空隙、時機、機會

まあ 1 感 （表驚訝或佩服，多為女性使用）哇、啊

マーケット 1 名 市場、商場、市集

まあまあ 1 3 ナ形 普普通通、尚可
1 副 夠了

まい～ [毎～] 接頭 每～

～まい [～枚] 接尾 ～張、～件

マイク 1 名 （「マイクロホン」的簡稱）麥克風

まいご [迷子] 1 名 迷路的孩子、與群體失散的個體

まいすう [枚数] 3 名 張數、件數

まいど [毎度] 0 名 每次、總是

マイナス 0 名 減法、負號、虧損、赤字、陰性

まいる [参る] 1 自他動 「行（い）く」（去）及「来（く）る」（來）的謙讓語及禮貌語、參拜、認輸、受不了、死、迷戀、敬呈、「食（く）う」（吃）及「飲（の）む」（喝）的尊敬語

まえ [前] 1 名 前方、前面、前端、之前、前科

～まえ [～前] 接尾 相當於～、表某項特質非常出色

まかせる [任せる] 3 他動 任憑、聽任、順其自然

まがる **[曲がる]** 0 自動 彎曲、轉彎、傾斜、（心術）不正

まく **[巻く]** 0 自他動 捲、擰、包圍、盤據、纏繞

まく **[幕]** 2 名 布幕、場合

まくら **[枕]** 1 名 枕頭、枕邊、開場白

まけ **[負け]** 0 名 敗北、損害、減價、贈送

まける **[負ける]** 0 自動 輸、過敏、減價、贈送、忍讓、聽從

まげる **[曲げる]** 0 他動 彎曲、扭曲、抑制

まご **[孫]** 2 名 孫子、孫輩

まごまご 1 副 迷惘徬徨、張惶失措

まさか 1 名 現在、目前

1 副 該不會、一旦

まさつ **[摩擦]** 0 名 摩擦

まさに 1 副 正好、的確、即將、理應

まざる **[混ざる / 交ざる]** 2 自動 混合

まじめ 0 名 ナ形 認真、實在、有誠意

まじる **[混じる / 交じる]** 2 自動 夾雜、混入、攙

ます **[増す]** 0 自他動 （數量、程度）增加、優越、增長

まず 1 副 首先、總之

まずい 2 イ形 難吃的、拙劣的、不當的、難看的

マスク 1 名 面具、口罩、面罩、面膜

まずしい **[貧しい]** 3 イ形 貧困、貧乏、貧弱

ますます ② 副 更加

まぜる [混ぜる / 交ぜる] ② 他動 攙、混、攪拌

また ⓪ 副 再、又、也、更加

⓪ 接續 或是、但是

まだ ① 副 尚、還、依然、只有、更加

またぐ ② 他動 跨、跨過

または ② 接續 或是

まち [町 / 街] ② 名 城鎮、市街

まちあいしつ [待合室] ③ 名 （候診、候車）等候室

まちあわせる [待（ち）合（わ）せる] ⑤⓪ 他動 等候碰面

まちがい [間違い] ③ 名 錯誤、失敗、事故

まちがう [間違う] ③ 自他動 錯誤、弄錯

まちがえる [間違える] ④③ 他動 錯誤、弄錯

まつ [待つ] ① 他動 等待

まっか [真っ赤] ③ 名 ナ形 鮮紅、純粹

まっくら [真っ暗] ③ 名 ナ形 漆黑、沒有希望

まっくろ [真っ黒] ③ 名 ナ形 烏黑、黝黑

まっさお [真っ青] ③ 名 ナ形 湛藍、（臉色）鐵青

まっさき [真っ先] ③④ 名 ナ形 最初、首先

まっしろ [真っ白] ③ 名 ナ形 純白、雪白

まっしろい [真っ白い] ④ イ形 純白的、雪白的

まっすぐ [真っすぐ] ③ 名 ナ形 副 筆直、直接、正直

まったく **[全く]** 0 副 完全、全然、實在

まつり **[祭（り）]** 0 名 祭祀、祭典、慶典

まつる **[祭る]** 0 他動 祭祀、供奉

まど **[窓]** 1 名 窗

まどぐち **[窓口]** 2 名 窗戶、窗口

まとまる 0 自動 統一、歸納、決定、完成

まとめる 0 他動 匯集、整理、解決、完成

まなぶ **[学ぶ]** 0 他動 學習、體驗

まにあう **[間に合う]** 3 自動 趕得上、來得及、有用

まね 0 名 模仿、行為

まねく **[招く]** 2 他動 招手、招待、招致

まねる 0 他動 模仿

まぶしい 3 イ形 炫目的、耀眼的

まぶた 1 名 眼皮、眼瞼

マフラー 1 名 圍巾、消音器

～まま 接尾 維持～的狀態

まめ **[豆]** 2 名 豆

まもなく **[間も無く]** 2 副 不久、馬上

まもる **[守る]** 2 他動 防衛、遵守、注視、守護

まよう **[迷う]** 2 自動 迷惑、迷失、迷戀、迷執

マラソン 0 名 馬拉松

まる **[丸 / 円]** 0 名 圓形、球形、圓圈、完全

まるい **[丸い / 円い]** 0 2 イ形 圓形的、球形的、環狀的、圓滿的

まるで 0 副 全然、簡直、好像

まれ 02 名 罕有、稀少

まわす **[回す]** 0 他動 旋轉、圍繞、周轉

まわり **[回り / 周り]** 0 名 迴轉、旋轉、巡迴、周圍

まわりみち **[回り道]** 30 名 繞道、彎路

まわる **[回る]** 0 自動 旋轉、轉動、繞圈、依序移動、繞道、時間流逝

まん **[万]** 1 名 萬

まんいち / まんがいち **[万一 / 万が一]** 1/1 名 副 萬一

まんいん **[満員]** 0 名 客滿

まんが **[漫画]** 0 名 漫畫

マンション 1 名 大廈

まんぞく **[満足]** 1 名 ナ形 滿足、完全

まんてん **[満点]** 3 名 滿分、滿足

まんなか **[真ん中]** 0 名 正中央、中心

まんねんひつ **[万年筆]** 3 名 鋼筆

隨堂測驗

(1) 次の言葉の正しい読み方を一つ選びなさい。

( ) ① 貧しい

1. まつしい　　2. ますしい

3. まずしい　　4. まづしい

(　) ② 豆
1. まめ　　2. まあ
3. まお　　4. まの

(　) ③ 窓口
1. まとくち　　2. まどくち
3. まどぐち　　4. まとぐち

(2) 次の言葉の正しい漢字を一つ選びなさい。

(　) ④ まよう
1. 迷う　　2. 悩う
3. 待う　　4. 任う

(　) ⑤ まんいん
1. 客満　　2. 満員
3. 万員　　4. 満人

(　) ⑥ まなぶ
1. 習ぶ　　2. 学ぶ
3. 勉ぶ　　4. 究ぶ

(1) ① 3　② 1　③ 3
(2) ④ 1　⑤ 2　⑥ 2

み・ミ

み [身] ⓪ 名 身體、自身、身分、立場、肉、容器

み [実] ⓪ 名 果實、種子、內容

み～ [未～] 接頭 未～

～み 接尾 表程度、狀態或場所

みあげる [見上げる] ⓪③ 他動 仰望、景仰

みえる [見える] ② 自動 看得見、看得清楚、似乎、「来る」（來）的尊敬語

みおくり [見送り] ⓪ 名 送行、觀望、眼睜睜錯失機會

みおくる [見送る] ⓪ 他動 送行、目送、送終、觀望、錯失

みおろす [見下ろす] ⓪③ 他動 俯瞰、蔑視

みがく [磨く] ⓪ 他動 擦、刷、修飾、鍛鍊

みかけ [見かけ] ⓪ 名 外觀

みかた [見方] ③② 他動 看法、觀點、見解

みかた [味方] ⓪ 名 同夥、偏袒

みかづき [三日月] ⓪ 名 新月

みぎ [右] ⓪ 名 右

みごと [見事] ① ナ形 副 漂亮、好看、精采、出色、完全

みこむ [見込む] ⓪② 他動 期待、預料、估計、緊盯

みじかい [短い] ③ イ形 簡短的、短暫的、短淺的

みじめ ① 名 ナ形 悲慘

ミシン ① 名 縫紉機

ミス ① 名 錯誤、小姐

みず [水] ⓪ 名 水、飲用水、液體

みずうみ [湖] ③ 名 湖

みずから [自ら] ① 名 自己、自身

① 代 我

① 副 親自、親身

みずぎ [水着] ⓪ 名 泳裝

みせ [店] ② 名 商店

みせる [見せる] ② 他動 讓人看、表現出來、展現、讓（醫生）診察

みそ [味噌] ① 名 味噌、蟹黃

みそしる [味噌汁] ③ 名 味噌湯

～みたい 助動 像～一樣

みだし [見出し] ⓪ 名 （報紙、雜誌）標題、目次、索引、（字典）詞條

みち [道] ⓪ 名 道路、途徑、距離、道理、方法

みちじゅん [道順] ⓪ 名 順道

みちる [満ちる] ② 自動 充滿、滿月、滿潮、期滿

みつ [蜜] ① 名 蜂蜜、花蜜、甜的液體

みっか [三日] ⓪ 名 三號、三日、比喻極短的期間

みつかる [見つかる] ⓪ 自動 被發現、被看見、被找到

みつける [見つける] ⓪ 他動 發現、發覺、眼熟

みっつ [三つ] ③ 名 三個、三歲

みっともない ⑤ イ形 不像樣的、丟臉的、難看的

みとめる [認める] ⓪ 他動 看見、判斷、認同、允許

みどり [緑] ① 名 綠色、綠色的植物

みな / みんな [皆] ②/③ 名 全部、大家

②/③ 代 你們

みなおす [見直す] ⓪③ 他動 重看、再檢討、改觀、（病況、景氣）好轉

みなと [港] ⓪ 名 港口、出海口

みなみ [南] ⓪ 名 南

みなれる [見慣れる] ⓪ 自動 眼熟

みにくい [醜い] ③ イ形 難看的、醜陋的

みのる [実る] ② 自動 結果

みぶん [身分] ① 名 身分、階級、地位、遭遇

みほん [見本] ⓪ 名 樣品、模範

みまい [見舞い] ⓪ 名 探病、慰問、慰問品、訪問、巡視

みまう [見舞う] ②⓪ 他動 探病、賑災、訪問、巡視

みまん [未満] ① 名 未滿

みみ [耳] ② 名 耳朵、聽力、（物品的）邊緣、（物品的）把手

みやげ [土産] ⓪ 名 伴手禮、手信、土產

みやこ [都] 0 名 皇宮、首都、政經中心
みょう [妙] 1 名 ナ形 巧妙、微妙、不可思議
みょう～ [明～] 接頭 明～
みょうごにち [明後日] 1 名 後天
みょうじ [名字] 1 名 姓
みらい [未来] 1 名 未來、將來
ミリ 1 名 毫米、公厘、公釐
みりょく [魅力] 0 名 魅力
みる [見る] 1 他動 看、觀察、觀賞、閱讀
みる [診る] 1 他動 診察、看病
ミルク 1 名 牛奶、乳品、煉乳
みんかん [民間] 0 名 民間、世間
みんしゅ [民主] 1 名 民主
みんよう [民謡] 0 名 民謠

隨堂測驗

(1) 次の言葉の正しい読み方を一つ選びなさい。

( ) ① 短い
1. みぢかい　　2. みじかい
3. みちかい　　4. みじがい

( ) ② 水着
1. みすき　　2. みずき
3. みずぎ　　4. みすちゃく

（ ）③ 道順

1. みちじゅん　　2. みちすん
3. みちじゃん　　4. みちかん

(2) 次の言葉の正しい漢字を一つ選びなさい。

（ ）④ みやげ

1. 土商物　　2. 土産品
3. 商品　　4. 土産

（ ）⑤ みなれる

1. 見成れる　　2. 見生れる
3. 見為れる　　4. 見慣れる

（ ）⑥ みなと

1. 岸　　2. 港
3. 津　　4. 浜

(1) ① 2　② 3　③ 1
(2) ④ 4　⑤ 4　⑥ 2

む・ム

むかい **[無]** 1 0 名 無、不存在

むいか **[六日]** 0 名 六號、六日

むかい **[向（か）い]** 0 名 對面、對向

むかいあう **[向（か）い合う]** 4 自動 相對、面對面

むかう **[向（か）う]** 0 自動 向、朝、接近、面對、對抗、匹敵、對面

むかえ **[迎え]** 0 名 迎接

むかえる **[迎える]** 0 他動 迎接、迎合、歡迎、迎擊

むかし **[昔]** 0 名 從前、過去、故人、前世

むかしばなし **[昔話]** 4 名 故事、傳說

むかつく 0 自動 反胃、噁心、想吐、發怒、生 氣

むかんしん **[無関心]** 2 名 ナ形 不關心、不感興趣

むき **[向き]** 1 名 （轉換）方向、意向、（行為）傾向、適合

むく **[向く]** 0 自動 轉向、面向、意向、相稱、趨向、服從

～むけ **[～向け]** 接尾 面向～

むける **[向ける]** 0 他動 向、對、派遣、挪用、弭兵

むげん **[無限]** 0 名 ナ形 無限

むこう **[向こう]** 2 0 名 前方、對面、那邊

むし **[虫]** 0 名 虫、昆蟲、害蟲、情緒或意識的變化

むし **[無視]** 1 名 無視

むじ **[無地]** 1 名 （布料、紙）沒有花紋、素色

むしあつい **[蒸（し）暑い]** 4 イ形 溽暑的、高溫多濕的

むしば **[虫歯]** 0 名 蛀牙、齲齒

むじゅん **[矛盾]** 0 名 矛盾

むしろ 1 副 寧可、寧願

むす **[蒸す]** 1 自動 蒸、感覺潮濕悶熱

むすう **[無数]** 2 0 名 ナ形 無數

むずかしい **[難しい]** 4 0 イ形 困難的、難懂的、難解的、麻煩的

むすこ **[息子]** 0 名 兒子

むすこさん **[息子さん]** 0 名 （尊稱他人的兒子）令郎

むすぶ **[結ぶ]** 0 自他動 繫、聯繫、締結、緊閉、緊握、結果、盤髮髻

むすめ **[娘]** 3 名 女兒、未婚女性

むすめさん **[娘さん]** 0 名 （尊稱他人的女兒）令嬡

むだ **[無駄]** 0 名 ナ形 徒勞、無用、浪費

むちゅう **[夢中]** 0 名 ナ形 夢裡、熱衷、忘我

むっつ **[六つ]** 3 名 六個、六歲

むね **[胸]** 2 名 胸部、乳房、心臟、肺臟、胃、心中

むら **[村]** 2 名 村落、村莊、鄉村

むらさき **[紫]** ② 名 紫草、紫色、醬油

むり **[無理]** ① 名 ナ形 無理、勉強、強迫

むりょう **[無料]** ⓪ 名 免費

むれ **[群れ]** ② 名 群體、黨羽

隨堂測驗

(1) 次の言葉の正しい読み方を一つ選びなさい。

( ) ① 昔

1. むかわ　　2. むまえ
3. むまに　　4. むかし

( ) ② 結ぶ

1. むかぶ　　2. むらぶ
3. むしぶ　　4. むすぶ

( ) ③ 迎える

1. むわえる　　2. むあえる
3. むしえる　　4. むかえる

(2) 次の言葉の正しい漢字を一つ選びなさい。

( ) ④ むしば

1. 虫刃　　2. 蟲歯
3. 蟲葉　　4. 虫歯

( ) ⑤ むちゅう

1. 夢情　　2. 夢中
3. 熱中　　4. 熱情

（ ）⑥ むだ

1.浪駄　　2.無用

3.徒労　　4.無駄

(1) ① 4 ② 4 ③ 4

(2) ④ 4 ⑤ 2 ⑥ 4

め・メ

め **[目]** ① 名 眼睛、眼球、目光、視力、點、網眼、木紋

め **[芽]** ① 名 芽、事物發展的起頭

～め **[～目]** 接尾 （表順序）第～、～分界、（表程度或份量）～一些

めい **[姪]** ① 名 姪女、外甥女

めい～ **[名～]** 接頭 名～

～めい **[～名]** 接尾 （表人數）～人

めいかく **[明確]** ⓪ 名 ナ形 明確

めいさく **[名作]** ⓪ 名 名著、名作

めいし **[名刺]** ⓪ 名 名片

めいし **[名詞]** ⓪ 名 名詞

めいしょ **[名所]** ⓪③ 名 名勝

めいじる / めいずる **[命じる / 命ずる]** ⓪③ / ⓪③ 他動 命令、任命、命名

めいしん **[迷信]** ⓪③ 名 迷信、誤信

めいじん **[名人]** ③ 名 知名人士、（圍棋稱號）名人

めいぶつ **[名物]** ① 名 名產、聞名、著名、名器

めいめい **[銘々]** ③ 名 各自、每個人

めいれい **[命令]** ⓪ 名 命令

めいわく **[迷惑]** ① 名 ナ形 困擾、困惑、給人添麻煩

めうえ **[目上]** [0][3] 名 尊長、長輩、上司

メーター [0] 名 測量表、公尺

メートル [0] 名 公尺

メール [0][1] 名 （「e（イー）メール」或「E（イー）メール」的簡稱）電子郵件

めがね **[眼鏡]** [1] 名 眼鏡

めぐまれる **[恵まれる]** [0][4] 自動 受惠、幸運

めぐる **[巡る]** [0] 自動 繞、循環、周遊、迴轉、輪迴、時間流逝

めざす **[目指す]** [2] 他動 目標、目的

めざまし **[目覚（ま）し]** [2] 名 提神、（「目覚（めざま）し時計（どけい）／目覚（めざ）まし時計（どけい）」的簡稱）鬧鐘

めし **[飯]** [2] 名 米飯、三餐

めしあがる **[召（し）上（が）る]** [0][4] 他動 「食（く）う」（吃）、「飲（の）む」（喝）的尊敬語

めした **[目下]** [0][3] 名 部下、晚輩

めじるし **[目印]** [2] 名 標記、記號

めずらしい **[珍しい]** [4] イ形 珍貴的、稀有的、罕見的、新奇的

めだつ **[目立つ]** [2] 自動 顯眼、醒目

めちゃくちゃ [0] 名 ナ形 亂七八糟

めっきり [3] 副 急遽、明顯、顯著

メッセージ [1] 名 訊息、消息、留言、聲明

めった **[滅多]** [1] ナ形 任意、胡亂

メニュー [1] 名 菜單、選單

めまい [2] 名 暈眩、目眩

メモ [1] 名 筆記

めやす **[目安]** [0][1] 名 標準、目標、條文

めん **[面]** [1][0] 名 臉、顏面、面具、平面、方面、表面、版面

めん **[綿]** [1] 名 棉、棉花

めんきょ **[免許]** [1] 名 執照、許可、真傳

めんぜい **[免税]** [0] 名 免稅

めんせき **[面積]** [1] 名 面積

めんせつ **[面接]** [0] 名 面試

めんどう **[面倒]** [3] 名 ナ形 麻煩、費事、照料

めんどうくさい / めんどくさい [6] / [5] イ形 麻煩的

メンバー [1] 名 成員、會員

隨堂測驗

（1）次の言葉の正しい読み方を一つ選びなさい。

（ ）① 目安

1. めあん　　2. めあす
3. めやす　　4. めやん

（ ）② 珍しい

1. めじらしい　　2. めがらしい
3. めずらしい　　4. めぐらしい

(　) ③ 飯

1. めん　　2. めし
3. めす　　4. めい

(2) 次の言葉の正しい漢字を一つ選びなさい。

(　) ④ めいわく

1. 憂迷　　2. 迷困
3. 困惑　　4. 迷惑

(　) ⑤ めした

1. 眼舌　　2. 眼下
3. 目下　　4. 目後

(　) ⑥ めいじる

1. 迷じる　　2. 命じる
3. 明じる　　4. 令じる

解答

(1) ① 3　② 3　③ 2
(2) ④ 4　⑤ 3　⑥ 2

も・モ

もう ①⓪ 副 已經、即將、更加

もうかる ③ 自動 賺錢、獲利

もうける ③ 他動 獲利、得子

もうしあげる **[申（し）上げる]** ⑤⓪ 他動（「言（い）う」的謙讓語）說、講

もうしいれる **[申（し）入れる]** ⑤⓪ 他動 提出要求、招待

もうしわけ **[申（し）訳]** ⓪ 名 辯解、藉口

もうしわけない **[申（し）訳ない]** ⑥ イ形 抱歉的、不好意思的

もうす **[申す]** ① 自動（「言（い）う」的謙讓語）說、（「願（ねが）う」、「請（こ）う」的謙讓語）請求、（「する」、「行（おこな）う」的謙讓語）做

もうすぐ 連語 即將

もうふ **[毛布]** ① 名 毛毯

もえる **[燃える]** ⓪ 自動 著火、燃燒、發亮

モーター ① 名 馬達、電動機、發動機、汽車

もくざい **[木材]** ②⓪ 名 木材

もくじ **[目次]** ⓪ 名 目次、目錄

もくてき **[目的]** ⓪ 名 目的

もくひょう **[目標]** ⓪ 名 目標、標的、標記

もくよう / もく **[木曜 / 木]** ③⓪/① 名 星期四

もぐる ② 自動 潛入（水底）、鑽入、潛伏

もし ① 副 如果、萬一、假如

もじ / もんじ **[文字]** ①/① 名 文字、文章、用語、詞彙、音節

もしかしたら ① 副 萬一、或許

もしかすると ① 副 萬一、或許

もしくは ① 副 或許、說不定

① 接續 或者、或

もしも ① 副 假使、萬一、如果

もしもし ① 感 （電話用語、呼喚他人）喂

もたれる ③ 他動 依靠、消化不良、依賴

モダン ⓪ ナ形 摩登、現代

もち **[餅]** ⓪ 名 年糕

～もち **[～持ち]** 接尾 擁有～的人、負擔～

もちあげる **[持（ち）上げる]** ⓪ 他動 舉起、奉承

もちいる **[用いる]** ③⓪ 他動 使用、錄用、採用、用心、必要

もちろん ② 副 當然、自不待言

もつ **[持つ]** ① 他動 持、握、拿、攜帶、有、負擔、使用

もったいない ⑤ イ形 可惜的、不適宜的、不敢當的

もっと ① 副 更加

もっとも **[最も]** ③ 副 最

モデル ①⓪ 名 型式、款式、模型、樣本、模特兒

もと **[元]** ① 名 以前、從前

もと **[基 / 素]** ②⓪ 名 起源、基礎、理由、原料、原價

もどす **[戻す]** ② 他動 回到（原點）、回復（原狀）、倒退、嘔吐、回復（水準）

もとづく **[基づく]** ③ 自動 基於、根基、由於

もとめる **[求める]** ③ 他動 追求、尋求、要求、購買

もともと **[元々]** ⓪ 名 ナ形 不賠不賺、同原來一樣

⓪ 副 本來、原來

もどる **[戻る]** ② 自動 返回、退回、回復

もの **[物]** ②⓪ 名 物體、物品、事理、道理、表抽象事物

もの **[者]** ② 名 人

ものおき **[物置]** ③④ 名 儲藏室

ものおと **[物音]** ③④ 名 聲音、聲響

ものがたり **[物語]** ③ 名 談話、故事、傳說

ものがたる **[物語る]** ④ 他動 講述、說明

ものごと **[物事]** ② 名 事物

ものさし **[物差し]** ③④ 名 尺、尺度、基準

ものすごい ④ イ形 恐怖的、非常的

モノレール ③ 名 單軌（電車）

もみじ **[紅葉]** ① 秋天樹葉轉紅、槭樹科植物的統稱

もむ **[揉む]** ⓪ 他動 揉、按摩、擁擠、推擠、爭論、鍛鍊

もめん **[木綿]** ⓪ 名 棉花、棉線、棉布

もやす **[燃やす]** 0 他動 燃燒

もよう **[模様]** 0 名 花樣、狀態、情況

もよおし **[催し]** 0 名 舉辦、集會、活動

もらう 0 他動 獲得、接受、讓他人成為己方一員、承擔

もり **[森]** 0 名 森林、（日本姓氏）森

もる **[盛る]** 0 1 他動 盛、裝、堆積、調製、以文章表現思想、標記刻度

もん **[門]** 1 名 門、家、家族

～もん **[～問]** 接尾 （接於數字之後，表題數）～題

もんく **[文句]** 1 名 文章詞句、抱怨

もんだい **[問題]** 0 名 問題、課題、麻煩、引人注目

もんどう **[問答]** 3 名 問答

隨堂測驗

(1) 次の言葉の正しい読み方を一つ選びなさい。

( ) ① 文句

1. もんつ　　2. もんく
3. もんし　　4. もんこ

( ) ② 木綿

1. もあん　　2. もめん
3. ものん　　4. もおん

(　) ③ 求める

1. もとめる　　2. もくめる
3. もしめる　　4. もろめる

(2) 次の言葉の正しい漢字を一つ選びなさい。

(　) ④ もともと

1. 前々　　2. 原々
3. 元々　　4. 源々

(　) ⑤ ものおき

1. 物置　　2. 物場
3. 物室　　4. 物蔵

(　) ⑥ もうふ

1. 毛布　　2. 毛服
3. 毛衣　　4. 毛料

(1) ① 2 ② 2 ③ 1
(2) ④ 3 ⑤ 1 ⑥ 1

や・ヤ

〜や **[〜屋]** 接尾 〜店、〜商號、〜匠、具有〜特質

〜や **[〜夜]** 接尾 〜夜

やおや **[八百屋]** 0 名 蔬果店

やがて 0 副 不久、馬上、即將、結局、終究

やかましい 4 イ形 吵鬧的、議論紛紛的、吹毛求疵的

やかん **[夜間]** 1 0 名 夜間

やく **[焼く]** 0 他動 焚燒、燒烤、燒製、日曬、腐蝕、烙印、操心

やく **[役]** 2 名 職務、職位、任務、角色

やく **[約]** 1 名 約定
1 副 大約、大概

やく **[訳]** 1 2 名 翻譯

やくしゃ **[役者]** 0 名 演員、有本事的人

やくしょ **[役所]** 3 名 公家機關

やくす / やくする **[訳す / 訳する]** 2 / 3 他動 翻譯、解釋

やくそく **[約束]** 0 名 約定、規則、（注定的）命運

やくそくする **[約束する]** 0 他動 約定、命中注定

やくだつ **[役立つ]** 3 自動 有用、有效

やくにたつ **[役に立つ]** 連語 有用、有效

やくにん [役人] 0 名 公務員、官員、有職務的人、演員

やくひん [薬品] 0 名 藥品、藥劑

やくめ [役目] 3 名 職責

やくわり [役割] 3 0 名 分配職務、分配職務的人、分配的職務

やけど 0 名 灼傷、燙傷

やける [焼ける] 0 自動 燒、燙、烤、加熱、曬、操心、（胸）悶

やこう [夜行] 0 名 在夜間活動、夜班列車、夜遊

やさい [野菜] 0 名 蔬菜

やさしい [易しい] 0 3 イ形 容易的、簡單的、易懂的、平易的

やさしい [優しい] 0 3 イ形 溫柔的、溫和的、親切的、慈祥的

やじるし [矢印] 2 名 箭號

やすい [安い] 2 イ形 便宜的、親密的、平靜的、輕鬆的

～やすい 接尾 易於～的

やすみ [休み] 3 名 休息、休假、假日、就寢

やすむ [休む] 2 自他動 休息、請假、間斷、睡覺

やせる 0 自動 瘦、（土壤）貧瘠

やちん [家賃] 1 名 房租

やっかい 1 名 ナ形 麻煩、照顧、寄宿的人、難對付的人

やっきょく [薬局] 0 名 藥局、藥房

やっつ [八つ] 3 名 八個、八歲

やっと 0 副 終於、好不容易、勉勉強強

やど [宿] 1 名 住家、自宅、旅途住宿的地方、當家的人

やとう [雇う] 2 他動 僱用、利用

やぬし [家主] 1 0 名 一家之主、屋主、房東

やね [屋根] 1 名 屋頂、篷

やはり / やっぱり 2 / 3 副 依舊、同樣、畢竟、果然

やぶく [破く] 2 他動 弄破

やぶる [破る] 2 他動 弄破、破壞、打破、違反、打敗、傷害

やぶれる [破れる] 3 自動 破裂、破損、破壞、破滅、負傷

やむ [止む] 0 自動 停止、終止、中止

やむをえない 連語 不得已、沒有辦法

やめる [止める] 0 他動 中止、作罷、病癒、戒掉

やめる [辞める] 0 他動 辭職

やや 1 副 稍微、暫時、略微

やる 0 他動 做、派、前進、託付、練習、給、送

やわらかい [柔らかい / 軟らかい] 4 イ形 柔軟的、溫和的、靈巧的

隨堂測驗

(1) 次の言葉の正しい読み方を一つ選びなさい。

( ) ① 役者
1. やんしゃ　2. やくしゃ
3. やくちゃ　4. やんちゃ

( ) ② 矢印
1. やいん　2. やしるし
3. やじるし　4. やこく

( ) ③ 雇う
1. やわう　2. やとう
3. やおう　4. やろう

(2) 次の言葉の正しい漢字を一つ選びなさい。

( ) ④ やね
1. 家屋　2. 屋上
3. 屋頂　4. 屋根

( ) ⑤ やぶれる
1. 崩れる　2. 裂れる
3. 壊れる　4. 破れる

( ) ⑥ やくそくする
1. 約定する　2. 注束する
3. 約束する　4. 注定する

解答

(1) ① 2　② 3　③ 2
(2) ④ 4　⑤ 4　⑥ 3

ゆ・ユ

ゆ **[湯]** 1 名 熱水、溫泉

ゆいいつ **[唯一]** 1 名 唯一

ゆうえんち **[遊園地]** 3 名 遊樂園

ゆうがた **[夕方]** 0 名 傍晚、黃昏

ゆうかん **[夕刊]** 0 名 晚報

ゆうき **[勇気]** 1 名 勇氣

ゆうこう **[友好]** 0 名 友好

ゆうこう **[有効]** 0 名 ナ形 有效

ゆうしゅう **[優秀]** 0 名 ナ形 優秀

ゆうしょう **[優勝]** 0 名 優勝

ゆうじょう **[友情]** 0 名 友情

ゆうじん **[友人]** 0 名 友人、朋友

ゆうそう **[郵送]** 0 名 郵寄

ゆうだち **[夕立]** 0 名 （夏日午後的）雷陣雨、驟雨、西北雨

ゆうのう **[有能]** 0 名 ナ形 有才能

ゆうはん **[夕飯]** 0 名 晚餐

ゆうひ **[夕日]** 0 名 夕陽

ゆうびん **[郵便]** 0 名 郵政、郵件

ゆうびんきょく **[郵便局]** 3 名 郵局

ゆうべ **[夕べ]** 3 0 名 傍晚、昨晚、晚會

ゆうめい **[有名]** 0 名 ナ形 有名、知名

ユーモア 1 名 幽默

ゆうり [有利] 1 名 ナ形 有利、有益

ゆうりょう [有料] 0 名 收費

ゆか [床] 0 名 地板

ゆかい [愉快] 1 名 ナ形 愉快

ゆかた [浴衣] 0 名 浴衣

ゆき [雪] 2 名 雪、雪白

ゆくえ [行方] 0 名 行蹤、下落、前途

ゆげ [湯気] 1 名 水蒸氣、熱氣

ゆけつ [輸血] 0 名 輸血

ゆしゅつ [輸出] 0 名 輸出、出口

ゆずる [譲る] 0 他動 讓渡、謙讓、賣出、讓步

ゆそう [輸送] 0 名 輸送

ゆたか [豊か] 1 ナ形 豐富、富裕、充實、豐滿

ゆだん [油断] 0 名 大意、輕忽

ゆっくり 3 副 慢慢地、充分地

ゆでる 2 他動 煮、熱敷

ゆにゅう [輸入] 0 名 進口、引進

ゆにゅうする [輸入する] 0 他動 進口、引進

ゆのみ [湯飲み] 3 名 茶杯

ゆび [指] 2 名 手指、腳趾

ゆびわ [指輪] 0 名 戒指

ゆめ [夢] 2 名 夢、夢想、空想

ゆるい ② イ形 鬆弛的、緩和的、緩慢的、稀的、鬆散的

ゆるす **[許す]** ② 他動 原諒、容許、赦免、承認、釋放、鬆懈

ゆれる **[揺れる]** ⓪ 自動 晃動、動搖、動盪

隨堂測驗

(1) 次の言葉の正しい読み方を一つ選びなさい。

( ) ① 優秀

1. ゆんしゅう　2. ゆうじゅう
3. ゆうしゅう　4. ゆんじゅう

( ) ② 豊か

1. ゆいか　2. ゆたか
3. ゆあか　4. ゆわか

( ) ③ 夕べ

1. ゆいべ　2. ゆちべ
3. ゆうべ　4. ゆたべ

(2) 次の言葉の正しい漢字を一つ選びなさい。

( ) ④ ゆげ

1. 湯霧　2. 湯熱
3. 湯気　4. 湯水

( ) ⑤ ゆうはん

1. 夕事　2. 夕食
3. 夕飯　4. 夕飲

（ ）⑥ ゆくえ

1.行落　　2.行方

3.行途　　4.行先

(1) ① 3 ② 2 ③ 3

(2) ④ 3 ⑤ 3 ⑥ 2

よ・ヨ

よ [夜] 1 名 夜晚

よあけ [夜明け] 3 名 清晨、拂曉、（新時代或新事物的）開端

よいしょ 1 感 （扛起重物時發出的聲音）嘿咻、嘿喲

よう [用] 1 名 要事、用處、便溺、費用

よう [様] 1 名 樣子、樣式、方法、理由、同類

よう [酔う] 1 自動 酒醉、暈（車、船）、陶醉

ようい [用意] 1 名 準備、有深意

よういする [用意する] 1 自他動 準備、預備

ようい [容易] 0 名 ナ形 容易

ようか [八日] 0 名 八號、八日

ようき [容器] 1 名 容器

ようき [陽気] 0 名 天候、氣候、時節
1 名 陽氣
0 名 ナ形 活潑、開朗

ようきゅう [要求] 0 名 要求

ようご [用語] 0 名 用語、術語

ようし [要旨] 1 名 要旨、主旨

ようし [用紙] 0 1 名 用紙

ようじ [用事] 0 名 要事、便溺

ようじ [幼児] 1 名 幼兒

ようじん [用心] 1 名 警戒、注意

ようす [様子] 0 名 情況、狀態、姿態、表情、跡象、緣由

ようするに [要するに] 3 副 總之

ようせき [容積] 1 名 容量、體積

ようそ [要素] 1 名 因素、要素

ようち [幼稚] 0 名 ナ形 幼稚、不成熟、單純

ようちえん [幼稚園] 3 名 幼稚園

ようてん [要点] 3 名 要點、重點

ようと [用途] 1 名 用途

ようび [曜日] 0 名 構成一星期的七天

～ようび [～曜日] 接尾 星期～

ようひんてん [洋品店] 3 名 服裝店、舶來品店

ようふく [洋服] 0 名 （特別指西式服飾）衣服

ようぶん [養分] 1 名 養分

ようもう [羊毛] 0 名 羊毛

ようやく 0 副 好歹、總算、漸漸

ようりょう [要領] 3 名 要點、要領、手段

ヨーロッパ 3 名 歐洲

よき [予期] 1 名 預期

よく 1 副 好好地、充分地、時常、經常、屢屢

よく～ [翌～] 接頭 （接在時間、日期之前）次～、隔～

よくばり [欲ばり] 3 4 名 ナ形 貪婪

よけい [余計] 0 名 ナ形 多餘

0 副 分外、多

よこ **[横]** ⓪ 名 横、側、旁、緯、局外、歪斜

よこぎる **[横切る]** ③ 他動 横越

よこす ② 他動 寄送、交遞、派來

よごす **[汚す]** ⓪ 他動 弄髒、玷汙、玷辱

よごれる **[汚れる]** ⓪ 自動 弄髒、汙染、丟臉、玷汙

よさん **[予算]** ⓪ 名 預算

よしゅう **[予習]** ⓪ 名 預習

よす **[止す]** ① 他動 停止、作罷

よせる **[寄せる]** ⓪ 自他動 靠近、集中、吸引、加、投（身）

よそう **[予想]** ⓪ 名 預想、預料

よそく **[予測]** ⓪ 名 預測

よっか **[四日]** ⓪ 名 四號、四日

よつかど **[四つ角]** ⓪ 名 四個角、十字路口

よっつ **[四つ]** ③ 名 四個、四歲

～（に）よって 連語 基於～

ヨット ① 名 帆船、遊艇

よっぱらい **[酔っ払い]** ⓪ 名 喝醉的人、醉漢

よてい **[予定]** ⓪ 名 預定

よなか **[夜中]** ③ 名 半夜

よのなか **[世の中]** ② 名 世間、社會、俗世、時代

よび **[予備]** ① 名 預備、準備

よびかける **[呼（び）かける]** ④ 他動 號召、喚起、呼籲

よびだす **[呼（び）出す]** ③ 他動 傳喚、呼喚、邀請

よぶ **[呼ぶ]** ⓪ 他動 喊叫、邀請、稱呼、招致

よぶん **[余分]** ⓪ 名 ナ形 多餘、格外

よほう **[予報]** ⓪ 名 預報、天氣預報

よぼう **[予防]** ⓪ 名 預防

よみ **[読み]** ② 名 唸、讀、讀法

よむ **[読む]** ① 他動 讀、唸、閱讀、觀察

よめ **[嫁]** ⓪ 名 媳婦、新娘、老婆

よやく **[予約]** ⓪ 名 預約

よゆう **[余裕]** ⓪ 名 餘裕、從容

より ⓪ 副 更加

よる **[夜]** ① 名 夜晚、夜間

よる **[寄る]** ⓪ 自動 接近、靠近、聚集、年齡增長、順道

よる **[因る]** ⓪ 自動 起因、根據、因為、基於、憑、靠

～（に）よると 連語 根據～

よろこぶ **[喜ぶ]** ③ 自動 開心、喜悅、祝福、樂意

よろしい ③⓪ イ形 好的、容許的、適當的

どうぞ、よろしく。 請多關照、請多指教。

よわい **[弱い]** ② イ形 軟弱的、貧乏的、不牢固的、不擅長的

よん **[四]** ① 名 四

隨堂測驗

(1) 次の言葉の正しい読み方を一つ選びなさい。

( ) ① 陽気

1. よんけ　2. よんき
3. ようけ　4. ようき

( ) ② 様子

1. ようこ　2. ようす
3. よんこ　4. よんす

( ) ③ 横切る

1. よこきる　2. よこぎる
3. よわきる　4. よわぎる

(2) 次の言葉の正しい漢字を一つ選びなさい。

( ) ④ よあけ

1.夜開け　2.夜空け
3.夜明け　4.夜清け

( ) ⑤ よのなか

1.余の中　2.代の中
3.時の中　4.世の中

( ) ⑥ よめ

1.嫁　2.婦
3.姑　4.娘

解答

(1) ① 4　② 2　③ 2
(2) ④ 3　⑤ 4　⑥ 1

ら・ラ

〜ら [〜等] 接尾 〜們、〜等

らい〜 [来〜] 接頭 （接續日期、時間等）來〜、下〜

ライター 1 名 打火機

ライト 1 名 光、光線、照明

らいにち [来日] 0 名 （外國人）赴日

らいひん [来ひん] 0 名 來賓

らく [楽] 2 名 ナ形 安樂、舒適、寬裕、輕鬆

らくだい [落第] 0 名 落榜、留級、沒有達到水準

ラケット 2 名 球拍

ラジオ 1 名 廣播、收音機

ラッシュ 1 名 （「ラッシュアワー」的簡稱）尖峰時段、蜂擁而至

ラッシュアワー 4 名 尖峰時段

らん [欄] 1 名 欄杆、表格欄位、專欄

ランチ 1 名 午餐

ランニング 0 名 跑步、運動背心、（帆船）順風行駛

らんぼう [乱暴] 0 名 ナ形 粗暴、暴力

らんよう [濫用] 0 名 濫用

隨堂測驗

(1) 次の言葉の正しい読み方を一つ選びなさい。

( ) ① 楽
1. らく　　2. らい
3. らき　　4. らし

( ) ② 来日
1. らいにち　　2. らいじつ
3. らいひ　　4. らいか

( ) ③ ～等
1. ～ら　　2. ～な
3. ～かた　　4. ～たち

(2) 次の言葉の正しい漢字を一つ選びなさい。

( ) ④ らんよう
1. 適用　　2. 準用
3. 濫用　　4. 爛用

( ) ⑤ らくだい
1. 落第　　2. 落留
3. 落榜　　4. 落級

( ) ⑥ らいひん
1. 来ひん　　2. 客ひん
3. 賓ひん　　4. 席ひん

解答

(1) ① 1 ② 1 ③ 1
(2) ④ 3 ⑤ 1 ⑥ 1

り・リ

りえき [利益] ① 名 利益、獲利

りか [理科] ① 名 自然科學

りかい [理解] ① 名 理解、了解

りがい [利害] ① 名 利害、得失

りく [陸] ⓪ 名 陸地、硯心

りこう [利口] ⓪ 名 ナ形 聰明、伶俐、機伶

りこん [離婚] ⓪ 名 離婚

リズム ① 名 律動、韻律、節拍、節奏

りそう [理想] ⓪ 名 理想

りつ [率] ① 名 比例

リットル ⓪ 名 公升

りっぱ [立派] ⓪ ナ形 卓越、堂堂正正、充分、宏偉、偉大

リボン ① 名 絲帶、（打字機）色帶

りゃくす / りゃくする [略す / 略する] ② / ③ 他動 省略、簡略、掠奪

りゆう [理由] ⓪ 名 理由、藉口

〜りゅう [〜流] 接尾 〜流派、〜派別

りゅういき [流域] ⓪ 名 流域

りゅうがく [留学] ⓪ 名 留學

りゅうこう [流行] ⓪ 名 流行

りよう [利用] ⓪ 名 利用、運用

りょう **[量]** 1 名 數量、程度

りょう **[寮]** 1 名 宿舍、茶寮、別墅

りょう **[両]** 1 名 雙、兩

りょう～ **[両～]** 接頭 雙～、雙方～、兩～

～りょう **[～両]** 接尾 ～輛

～りょう **[～料]** 接尾 ～的費用、～的材料

～りょう **[～領]** 接尾 ～領地、（鎧甲的單位）～件

りょうがえ **[両替]** 0 名 兌換（貨幣或有價證券）

りょうがわ **[両側]** 0 名 兩側

りょうきん **[料金]** 1 名 費用

りょうし **[漁師]** 1 名 漁夫

りょうじ **[領事]** 1 名 領事

りょうしゅう **[領収]** 0 名 領收、領受

りょうほう **[両方]** 3 0 名 雙方、兩方、兩邊、兩側

りょうり **[料理]** 1 名 烹飪、調理、菜餚、處理

りょかん **[旅館]** 0 名 日式旅館

～りょく **[～力]** 造語 ～力

りょこう **[旅行]** 0 名 旅行、旅遊

りょこうする **[旅行する]** 0 自動 旅行、旅遊

りんじ **[臨時]** 0 名 臨時、暫時

隨堂測驗

（1）次の言葉の正しい読み方を一つ選びなさい。

（　）① 離婚
1. りかん　　2. りふん
3. りこん　　4. りあん

（　）② 流行
1. りょうこう　　2. りゃうこう
3. りゅうこう　　4. りうこう

（　）③ 両方
1. りうほう　　2. りゅうほう
3. りゃうほう　　4. りょうほう

（2）次の言葉の正しい漢字を一つ選びなさい。

（　）④ りょうきん
1.費金　　2.料金
3.費用　　4.料用

（　）⑤ りか
1.理科　　2.然科
3.自科　　4.利科

（　）⑥ りょうし
1.漁士　　2.漁夫
3.漁人　　4.漁師

解答

（1）① 3　② 3　③ 4
（2）④ 2　⑤ 1　⑥ 4

る・ル

るい [類] 1 名 同類、種類

ルール 1 名 規則、規定、章程

るす [留守] 1 名 不在家、外出、忽略

るすばん [留守番] 0 名 看家、看家的人、守門人

隨堂測驗

(1) 次の言葉の正しい読み方を一つ選びなさい。

( ) ① 留守

1. るま　　2. るも
3. るさ　　4. るす

( ) ② 類

1. るう　　2. るい
3. るえ　　4. るん

(2) 次の言葉の正しい漢字を一つ選びなさい。

( ) ③ るすばん

1. 留守号　　2. 留守家
3. 留守番　　4. 留守班

解答

(1) ① 4 ② 2
(2) ③ 3

れ・レ

れい [例] 1 名 舉例、先例、慣例

れい [礼] 1 0 名 禮儀、行禮、禮物

れい [零] 1 名 零

れいがい [例外] 0 名 例外

れいぎ [礼儀] 3 名 禮節、謝禮

れいせい [冷静] 0 名 ナ形 冷靜、沉著

れいぞうこ [冷蔵庫] 3 名 冰箱

れいてん [零点] 3 0 名 零分、沒有資格

れいとう [冷凍] 0 名 冷凍

れいとうこ [冷凍庫] 3 名 冷凍庫

れいぼう [冷房] 0 名 冷氣

レインコート 4 名 雨衣

れきし [歴史] 0 名 歷史、來歷、史學

レクリエーション 4 名 娛樂、消遣、休養

レコード 2 名 紀錄、唱片

レジ 1 名 收銀機、收銀台、收銀員

レジャー 1 名 閒暇、悠閒、娛樂、休閒

レストラン 1 名 餐廳

れつ [列] 1 名 行列、同伴、數列

れっしゃ [列車] 0 1 名 列車

れっとう [列島] 0 名 列島

レベル 1 名 水準、程度、水平線、水平儀

レポート / リポート ② / ② 名 報告

れんあい [恋愛] ⓪ 名 戀愛

れんごう [連合] ⓪ 名 聯合、日本勞動組合總聯合會（JTUC）的簡稱

レンジ ① 名 爐、幅度、範圍

れんじつ [連日] ⓪ 名 連日、每天

れんしゅう [練習] ⓪ 名 練習

レンズ ① 名 鏡片、鏡頭、水晶體、透鏡

れんそう [連想] ⓪ 名 聯想

れんぞく [連続] ⓪ 名 連續

れんらく [連絡] ⓪ 名 聯絡、聯繫、聯運

隨堂測驗

(1) 次の言葉の正しい読み方を一つ選びなさい。

( ) ① 歴史

1. れいし　　2. れきし
3. れいす　　4. れきす

( ) ② 列車

1. れっちょ　　2. れっしょ
3. れっちゃ　　4. れっしゃ

( ) ③ 冷凍

1. れいとん　　2. れいぞう
3. れいとう　　4. れいそん

（2）次の言葉の正しい漢字を一つ選びなさい。

（ ）④ れいてん

1.零分　　2.零点

3.零典　　4.零個

（ ）⑤ れいぼう

1.冷坊　　2.冷機

3.冷気　　4.冷房

（ ）⑥ れつ

1.伴　　2.行

3.排　　4.列

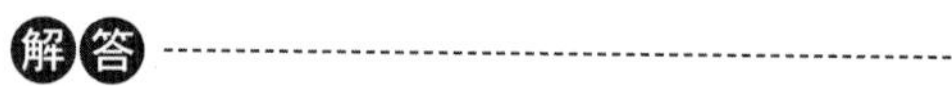

（1） ① 2　② 4　③ 3

（2） ④ 2　⑤ 4　⑥ 4

ろ・ロ

ろうか [廊下] 0 名 走廊、沿著溪谷的山徑

ろうか [老化] 0 名 老化、衰老

ろうご [老後] 0 名 晚年

ろうじん [老人] 0 名 老人

ろうそく 3 4 名 蠟燭

ろうどう [労働] 0 名 勞動

ろうどく [朗読] 0 名 朗讀

ローマじ [ローマ字] 3 0 名 羅馬字、拉丁文

ろく [六] 2 名 六、第六

ろくおん [録音] 0 名 錄音

ろくに 0 副 （後接否定）滿意、充分、很好

ロケット 2 名 火箭

ロッカー 1 名 鎖櫃、（投幣式）置物櫃

ロビー 1 名 大廳、（議會）會客室

～ろん [～論] 接尾 ～論、～學說

ろんじる / ろんずる [論じる / 論ずる] 0 3 / 3 0 他動 論述、談論、爭論

ろんそう [論争] 0 名 爭論

ろんぶん [論文] 0 名 論文

隨堂測驗

（1）次の言葉の正しい読み方を一つ選びなさい。

（　）① 録音

1. ろくあん　　2. ろくおん

3. ろくおと　　4. ろくじつ

（　）② 老化

1. ろくか　　2. ろんか

3. ろうか　　4. ろか

（　）③ 老人

1. ろうにん　　2. ろうがん

3. ろうじん　　4. ろうひん

（2）次の言葉の正しい漢字を一つ選びなさい。

（　）④ ろうか

1. 歩廊　　2. 廊行

3. 走廊　　4. 廊下

（　）⑤ ろんそう

1. 争論　　2. 論争

3. 闘論　　4. 論闘

（　）⑥ ろうご

1. 老時　　2. 老晩

3. 老後　　4. 老期

解答

（1） ① 2　② 3　③ 3

（2） ④ 4　⑤ 2　⑥ 3

わ・ワ

わ [輪] 1 名 圓圈、環狀物、車輪

わ～ [和～] 接頭 日本～、日本式的～

～わ [～羽] 接尾 （兔子或鳥類）～隻

ワイシャツ 0 名 男襯衫

ワイン 1 名 葡萄酒

わえい [和英] 0 名 日本與英國、日語與英語、（「和英辞典（わえいじてん）」的簡稱）日英辭典

わが～ [我が～] 1 連體 我的～、我們的～

わかい [若い] 2 イ形 年輕的、不成熟的、有活力的

わかす [沸かす] 0 他動 使～沸騰、讓～興奮、讓（金屬）熔解、讓～發酵

わがまま 3 4 名 ナ形 任性、恣意

わかる [分かる] 2 自動 知道、判明、了解

わかれ [別れ] 3 名 分離、死別、旁系

わかれる [分かれる / 別れる] 3 自動 區別、分歧、差異、離開、離婚

わかわかしい [若々しい] 5 イ形 朝氣蓬勃的、顯得年輕的、不成熟的

わき [脇] 2 名 腋下、旁邊、他處

わく [沸く] 0 自動 沸騰、水勢激烈、興奮、（金屬）熔解、發酵

わく [湧く] 0 自動 湧出、噴出、長出、產生、鼓起

わくわく 1 副 緊張不安

わけ [訳] 1 名 原因、理由、內容、常識、道理、內情

わける [分ける] 2 自動 分割、分類、區分、仲裁、判斷、分配、撥開

わざと 1 副 刻意地、正式地

わずか 1 名 ナ形 僅僅、稍微、一點點

わずかに 1 副 僅、勉勉強強

わすれもの [忘れ物] 0 名 忘記帶走、忘記帶的物品

わすれる [忘れる] 0 他動 忘記、忘懷、忘記（帶走）、遺忘

わた [綿] 2 名 棉

わだい [話題] 0 名 話題

わたす [渡す] 0 他動 渡河、搭、交遞、給予

わたる [渡る] 0 自動 度過、經過、度日、拿到

わふう [和風] 0 名 日式、溫暖的春風

わらい [笑い] 0 名 笑、笑聲

わらう [笑う] 0 自他動 笑、嘲笑、（衣服、花朵）綻開

わりあい [割合] 0 名 比例、比率、雖然～但是～
0 副 比較地、意外地

わりあいに [割合に] 0 副 意外地

わりあて [割（り）当て] 0 名 分配、分擔

わりこむ [割（り）込む] 3 自他動 擠進、插入

わりざん [割（り）算] 2 名 除法

わりに / わりと [割に / 割と] 0 / 0 副 比較地、格外地

わりびき [割引] 0 名 折扣

わる [割る] 0 他動 切開、劈開、打破、切割、破壞、分配、（除法）除以～

わるい [悪い] 2 イ形 不好的、醜的、劣等的、錯誤的、惡劣的、抱歉的

わるくち [悪口] 2 名 說人壞話、中傷

わるもの [悪者] 0 名 壞人

われ [我] 1 名 自己、本身、己方
1 代 我

われる [割れる] 0 自動 破壞、碎裂、分裂、裂開、除盡

われわれ [我々] 0 名 一個一個
0 代 我們、我

わん [湾] 1 名 海灣

わん [椀 / 碗] 0 名 碗

ワンピース 3 名 連身洋裝

あ行 か行 さ行 た行 な行 は行 ま行 や行 ら行 わ行

隨堂測驗

(1) 次の言葉の正しい読み方を一つ選びなさい。

( ) ① 和風

1. わふん　　2. わかぜ
3. わふう　　4. わほん

( ) ② 悪い

1. わるい　　2. わらい
3. わろい　　4. わかい

( ) ③ 割引

1. わりひき　　2. わりびき
3. わるひき　　4. わるびき

(2) 次の言葉の正しい漢字を一つ選びなさい。

( ) ④ わりあい

1. 例合　　2. 率合
3. 割合　　4. 比合

( ) ⑤ わん

1. 岸　　2. 湾
3. 港　　4. 浜

( ) ⑥ わかす

1. 惑かす　　2. 沸かす
3. 騰かす　　4. 蒸かす

解答

(1) ① 3 ② 1 ③ 2
(2) ④ 3 ⑤ 2 ⑥ 2

Part 2

模擬試題＋完全解析

三回模擬試題，讓您在學習之後立即能測驗自我實力。若有不懂之處，中文翻譯及解析更能幫您了解盲點所在，補強應考戰力。

模擬試題第一回

問題1

＿＿＿のことばの読み方として最もよいものを、1・2・3・4から一つえらびなさい。

（　）① これを縮小してコピーしてください。

1. ちぢしょう　2. しゃくしょう
3. しゅくしょう　4. しょくしょう

（　）② 迷惑メールはすでに削除しました。

1. さくちょ　2. さくじょ
3. しゃくちょ　4. しゃくじょ

（　）③ 新製品の予約注文は予想をだいぶ上回った。

1. うえめいった　2. うえまわった
3. うわめいった　4. うわまわった

（　）④ 玄関で靴を脱いでから、上がってください。

1. げんせき　2. げんかん
3. けんせき　4. けんかん

（　）⑤ 週末、母といっしょに<u>素手</u>で草むしりをしました。

1. そて　2. すて

3. そで　4. すで

（　）⑥ 風邪をひいて<u>寒気</u>がします。

1. さむけ　2. かんけ

3. かんき　4. さむき

（　）⑦ 今ごろ<u>後悔</u>しても遅いです。

1. こうざん　2. こうさん

3. こうかい　4. こうめい

（　）⑧ 地震による<u>被害</u>が拡大しています。

1. こうはい　2. こうがい

3. ひはい　4. ひがい

問題2

＿＿＿のことばを漢字で書くとき、最もよいものを、1・2・3・4から一つえらびなさい。

（　）⑨ 年内は休まず<u>えいぎょう</u>します。

1. 営商　2. 営業

3. 商業　4. 販商

(　) ⑩ 先生が私をすいせんしてくれました。

1. 推宣　2. 薦選

3. 出選　4. 推薦

(　) ⑪ 鈴木くんがまた問題をおこしたそうです。

1. 作こした　2. 発こした

3. 行こした　4. 起こした

(　) ⑫ 送料はこちらでふたんします。

1. 付任　2. 付担

3. 負担　4. 負任

(　) ⑬ 自分一人ではんだんしないほうがいいです。

1. 決断　2. 診断

3. 行断　4. 判断

(　) ⑭ 割れやすいので、ていねいにあつかってください。

1. 扱って　2. 操って

3. 洗って　4. 拭って

問題3

（　　　）に入れるのに最もよいものを、1・2・3・4から一つえらびなさい。

（　）⑮ 広告を出したら、（　　　）電話がかかってきた。

1. 早速　　2. 相当
3. 一層　　4. 即席

（　）⑯ 彼女はアメリカで育ったから、英語が（　　　）です。

1. すらすら　　2. ぺらぺら
3. ふらふら　　4. いらいら

（　）⑰ あそこにサングラスをかけた（　　　）人がいる。

1. あやしい　　2. うすぐらい
3. きつい　　4. くわしい

（　）⑱ 電話がつながらないので、相手の（　　　）が分かりません。

1. 条件　　2. 場面
3. 状況　　4. 行動

（　）⑲ 連絡がとれないので心配しました。
でも、（　　　）でよかったです。
1. 安事　　　　2. 無事
3. 没事　　　　4. 平事

（　）⑳ 合格発表を待つときは（　　　）しました。
1. どきどき　　　　2. ぎりぎり
3. ばらばら　　　　4. にこにこ

（　）㉑ 週末は家で（　　　）したいです。
1. すっきり　　　　2. のんびり
3. うっかり　　　　4. がっかり

（　）㉒ これは弟が心を（　　　）作ったプレゼントです。
1. こめて　　　　2. いれて
3. つれて　　　　4. ためて

（　）㉓ 最近、体の（　　　）はいかがですか。
1. 都合　　　　2. 機能
3. 調子　　　　4. 事態

（　）㉔ ご飯を食べたあと眠くなるのは、

（　　　）ことです。

1. 自然な　　　　2. 天然な

3. 適当な　　　　4. 確かな

（　）㉕ きのうは（　　　）眠れましたか。

1. どっきり　　　　2. じっくり

3. がっかり　　　　4. ぐっすり

問題4

______に意味が最も近いものを、1・2・3・4から一つえらびなさい。

（　）㉖ 掃除したばかりだから、床が<u>きれい</u>です。

1. ぴかぴか　　　　2. からから

3. するする　　　　4. ぼつぼつ

（　）㉗ 許可を<u>もらって</u>から、中に入ってください。

1. 済んで　　　　2. 得て

3. 認めて　　　　4. 応じて

(　) ㉘ あしたはけっして遅刻しないでください。

1. ひじょうに　　2. きがるに

3. ぜったいに　　4. じょじょに

(　) ㉙ グラスにワインを注ぎました。

1. ぬらしました　2. そろえました

3. ながしました　4. いれました

(　) ㉚ 地震が起きたときは、冷静に行動しましょう。

1. なごやかに　　2. しずかに

3. あんしんして　4. おちついて

問題5

つぎのことばの使い方として最もよいものを、一つえらびなさい。

(　) ㉛ せっかく

1. 感謝の気持ちはせっかく忘れません。

2. できるかどうか分かりませんが、せっかくやってみます。

3. せっかく日本に留学したのだから、日本語が上手になりたい。
4. 風邪がせっかく治らなくて困っている。

（　）㉜ めざす

1. 大学合格をめざしてがんばります。
2. 来年の秋には新しいビルがめざす予定です。
3. 友だちがたんじょう日をめざしてくれた。
4. この問題が解決するようめざします。

（　）㉝ うすめる

1. 味が濃すぎるから、もう少しうすめてください。
2. 洗たくしたら、セーターがうすめてしまった。
3. 寒いから、エアコンをうすめてくれますか。
4. 最近すごく太ったので、ご飯の量をうすめてください。

（　）㉞ もしかしたら

1. もしかしたら、近いうちに会いましょう。
2. 便利だけど、もしかしたら、人には勧められないだろう。
3. もしかしたら、来年、仕事をやめるかもしれない。
4. メールか、もしかしたら、ファックスで返事してください。

（　）㉟ さらに

1. 新しくなって、さらに使いやすくなりました。
2. もうすぐお客さんが来るから、さらに掃除します。
3. 今は、さらに富士山に登ってみたいです。
4. この前の話、さらにどうしましたか。

模擬試題第一回　解答

問題1	①3	②2	③4	④2	⑤4
	⑥1	⑦3	⑧4		
問題2	⑨2	⑩4	⑪4	⑫3	⑬4
	⑭1				
問題3	⑮1	⑯2	⑰1	⑱3	⑲2
	⑳1	㉑2	㉒1	㉓3	㉔1
	㉕4				
問題4	㉖1	㉗2	㉘3	㉙4	㉚4
問題5	㉛3	㉜1	㉝1	㉞3	㉟1

模擬試題第一回　中譯及解析

問題1

請從1・2・3・4當中，選出一個＿＿＿＿語彙最正確的唸法。

（　）① これを縮小（しゅくしょう）してコピーしてください。

1. ちぢしょう　　2. しゃくしょう

3. しゅくしょう　　4. しょくしょう

中譯　請把這個縮小後影印。

解析　正確答案選項3的「縮小（しゅくしょう）する」為「動詞」，意為「縮小」。相似的單字「縮（ちぢ）める」（使縮小），發音不同，為「訓讀」唸法，要小心。其餘選項中，選項1無此字；選項2亦無此字；選項4可為「食傷（しょくしょう）」（食物中毒、吃膩）或是「職掌（しょくしょう）」（職務），但均非N3範圍的單字。

（　）② 迷惑（めいわく）メールはすでに削除（さくじょ）しました。

1. さくちょ　　2. さくじょ

3. しゃくちょ　　4. しゃくじょ

中譯　垃圾郵件已經刪除了。

解析　正確答案選項2的「削除（さくじょ）する」為「動詞」，意為「刪除」。其餘選項均非常用漢字或無該字，不需背誦。

（　）③ 新製品（しんせいひん）の予約注文（よやくちゅうもん）は予想（よそう）をだいぶ<u>上回（うわまわ）った</u>。

1. うえめいった　2. うえまわった

3. うわめいった　4. うわまわった

中譯　新產品的預約訂單比想像中多很多。

解析　正確答案選項4的「上回（うわまわ）る」為「動詞」，意為「超過、超出」。此字為「訓讀」唸法，乃「言語知識」科目中常見考題，甚至也會出現在「讀解」、「聽解」科目的考題中，請熟記。其餘選項均為陷阱，不需理會。

（　）④ <u>玄関（げんかん）</u>で靴（くつ）を脱（ぬ）いでから、上（あ）がってください。

1. げんせき　2. げんかん

3. けんせき　4. けんかん

中譯　請在玄關脫鞋後再上來。

解析　正確答案選項2的「玄関（げんかん）」（玄關）為常見生活單字，請熟記。其餘選項中，選項1為

「原籍」（原籍）；選項3為「譴責」（譴責）；選項4為「顕官」（高官），均非N3範圍的單字。

（　）⑤ 週末、母といっしょに素手で草むしりをしました。

1. そて　　2. すて

3. そで　　4. すで

中譯 週末，和媽媽一起赤手拔了草。

解析 「素」這個漢字，有「素敵」（極好的）的「素」、「素朴」（樸素）的「素」等重要唸法；而「手」這個漢字，有「手作り」（手工製）的「手」、「手術」的「手」等重要唸法。無論如何，正確答案選項4的「素手」（光著手、赤手空拳）為特殊唸法，只能背下來。至於其他選項，選項3為「袖」，意為「袖子」；選項1和選項2，無此字。

（　）⑥ 風邪をひいて寒気がします。

1. さむけ　　2. かんけ

3. かんき　　4. さむき

中譯 感冒發冷。

解析 正確答案選項1的「**寒気**（さむけ）」，意為「發冷」。「**寒気がする**（さむけがする）」為固定用法，意為「渾身發冷」，請牢記。其餘選項中，選項2為「**官家**（かんけ）」（朝廷、國家、官家）；選項3可為「**換気**（かんき）」（換氣）、「**歓喜**（かんき）」（歡喜）等多種意思；選項4，無此字。

（　）⑦ 今（いま）ごろ後悔（こうかい）しても遅（おそ）いです。

1. こうざん　　2. こうさん

3. こうかい　　4. こうめい

中譯 現在後悔，為時已晚。

解析 正確答案選項3的「**後悔**（こうかい）」，意為「後悔」。其餘選項中，選項1「**高山**（こうざん）」意為「高山」；選項2可為「**公算**（こうさん）」（可能性）、「**降参**（こうさん）」（投降）、「**鉱産**（こうさん）」（礦產）；選項4可為「**公明**（こうめい）」（公正、光明）、「**高名**（こうめい）」（著名、有名）等。

（　）⑧ 地震（じしん）による被害（ひがい）が拡大（かくだい）しています。

1. こうはい　　2. こうがい

3. ひはい　　4. ひがい

中譯 地震的受害擴大中。

解析 正確答案選項4的「被害（ひがい）」（被害、受害）為年年必考單字，請熟記。其餘選項中，選項1「後輩（こうはい）」意為「學弟妹、晚輩」；選項2可為「郊外（こうがい）」（郊外）或「公害（こうがい）」（公害）等；選項3，無此字。

問題2

請從1・2・3・4當中，選出一個書寫＿＿＿語彙時最正確的漢字。

（　）⑨ 年内（ねんない）は休（やす）まずえいぎょうします。

1. 営商
2. 営業（えいぎょう）
3. 商業（しょうぎょう）
4. 販商（はんしょう）

中譯 營業全年無休。

解析 正確答案為選項2「営業（えいぎょう）」，意為「營業」。其餘選項中，選項1，無此字；選項3為「商業（しょうぎょう）」（商業）；選項4為「販商（はんしょう）」（賣商品的人、商人）。N3的範圍，本題僅先記住選項2和3的單字即可。

（　）⑩ 先生（せんせい）が私（わたし）をすいせんしてくれました。

1. 推宣　　2. 薦選

3. 出選　　4. 推薦（すいせん）

中譯 老師推薦了我。

解析 正確答案為選項4「推薦（すいせん）」，意為「推薦」。選項1、2、3，無此字。

（　）⑪ 鈴木（すずき）くんがまた問題（もんだい）をおこしたそうです。

1. 作こした　　2. 発こした

3. 行こした　　4. 起（お）こした

中譯 鈴木好像又出問題了。

解析 正確答案為選項4動詞「起（お）こす」的過去式「起（お）こした」，意為「引起了」。選項1、2、3，無此字。

（　）⑫ 送料（そうりょう）はこちらでふたんします。

1. 付任　　2. 付担

3. 負担（ふたん）　　4. 負任

中譯 運費由我們這邊負擔。

解析 正確答案為選項3「負担（ふたん）」，意為「負擔」。選項1、2、4，無此字。

（　）⑬ 自分一人（じぶんひとり）で<u>はんだん</u>しないほうがいいです。

1. 決断（けつだん）　　2. 診断（しんだん）

3. 行断　　4. 判断（はんだん）

中譯 不要自己一個人判斷比較好。

解析 正確答案為選項4「判断（はんだん）」，意為「判斷」。其餘選項中，選項1為「決断（けつだん）」（決斷）；選項2為「診断（しんだん）」，意為「診斷」；選項3，無此字。

（　）⑭ 割（わ）れやすいので、ていねいに<u>あつかって</u>ください。

1. 扱（あつか）って　　2. 操（あやつ）って

3. 洗（あら）って　　4. 拭（ぬぐ）って

中譯 由於容易破，所以請小心處理。

解析 正確答案選項1「扱（あつか）って」是動詞「扱（あつか）う」的「て形」，意為「操作、處理、對待」。其餘三個選項，亦為動詞的「て形」。選項2的「操（あやつ）る」，意為「掌握、操縱」；選項3的「洗（あら）う」，意為「洗滌」；選項3的「拭（ぬぐ）う」，意為「擦拭」。本題僅先記住N3範圍的選項1和3的單字即可。

問題3

請從1・2・3・4當中選出一個放入（　　　）中最正確的答案。

（　）⑮ 広告(こうこく)を出(だ)したら、（　　　）電話(でんわ)がかかってきた。

1.早速(さっそく)　　2. 相当(そうとう)

3. 一層(いっそう)　　4. 即席(そくせき)

中譯 廣告一出來，電話立刻就打了過來。

解析 選項1「早速(さっそく)」為「副詞」，意為「立刻、馬上」。選項2「相当(そうとう)」當「副詞」用時，意為「相當、頗為」；選項3「一層(いっそう)」為「副詞」，意為「越發、更加」；選項4「即席(そくせき)」為「名詞」，意為「即席、當場」。根據句意，因為是「電話打了過來」，所以只能選擇副詞用法的選項1。

（　）⑯ 彼女(かのじょ)はアメリカで育(そだ)ったから、英語(えいご)が（　　　）です。

1.すらすら　　2. ぺらぺら

3. ふらふら　　4. いらいら

中譯 因為她是在美國長大的，所以英文很流利。

解析 本題考「擬聲擬態語」。選項1「すらすら」意為「流利、順利」，多用來形容「事情進行得順利」；選項2「ぺらぺら」意為「流利」，多用來形容「語言說得好」；選項3「ふらふら」意為「搖搖晃晃」，多用來形容「步履蹣跚」或是「外出蹓躂」；選項4「いらいら」意為「著急」，多用來形容「心理的狀態」。根據句意，最佳的答案為選項2。

（　）⑰ あそこにサングラスをかけた（　　　）人（ひと）がいる。

1. あやしい　　2. うすぐらい

3. きつい　　4. くわしい

中譯 那裡有個戴著太陽眼鏡的怪人。

解析 本題考「イ形容詞」。選項1「あやしい」漢字為「怪（あや）しい」，意為「奇怪、可疑的」；選項2「うすぐらい」漢字為「薄暗（うすぐら）い」，意為「微暗的」；選項3「きつい」意為「累人的」；選項4「くわしい」漢字為「詳（くわ）しい」，意為「詳細的」。以上四個イ形容詞，雖皆可直接修飾名詞「人（ひと）」

（人），但根據句意，正確答案只有選項1。

（　）⑱ 電話(でんわ)がつながらないので、相手(あいて)の（　　　）が分(わ)かりません。

1. 条件(じょうけん)　　2. 場面(ばめん)

3. 状況(じょうきょう)　　4. 行動(こうどう)

中譯 由於電話不通，所以不知道對方的狀況。

解析 本題考「名詞」。選項1「条件(じょうけん)」意為「條件」；選項2「場面(ばめん)」意為「場面、場所、地方」；選項3「状況(じょうきょう)」意為「狀況」；選項4「行動(こうどう)」意為「行動」。本句只要了解動詞「つながらない」意為「無法接通」，便能知道正確答案為選項3。

（　）⑲ 連絡(れんらく)がとれないので心配(しんぱい)しました。でも、（　　　）でよかったです。

1. 安事　　2. 無事(ぶじ)

3. 没事　　4. 平事

中譯 之前因為無法取得聯繫擔了心。但是，平安無事太好了。

解析 正確答案選項2的「無事(ぶじ)」，意為「平安、太平無事」。其餘選項，均為不存在的字。

（　）⑳ 合格発表(ごうかくはっぴょう)を待(ま)つときは（　　　）しました。

1. どきどき　　2. ぎりぎり

3. ばらばら　　4. にこにこ

中譯　等待合格發表時，心怦怦地跳。

解析　本題考「擬聲擬態語」。選項1「どきどき」意為「心撲通撲通地跳」，多用於「心情上的緊張」；選項2「ぎりぎり」意為「極限」，多用於「時間或空間上的緊迫」；選項3「ばらばら」意為「分散、七零八落」，多用於「家庭或東西的分散各處」；選項4「にこにこ」意為「笑瞇瞇」，用在表情上。因為等待發表的心情一定是緊張的，所以正確答案為選項1。

（　）㉑ 週末(しゅうまつ)は家(うち)で（　　　）したいです。

1. すっきり　　2. のんびり

3. うっかり　　4. がっかり

中譯　週末想在家悠閒地度過。

解析　本題考答案外型相似的「副詞」。選項1「すっきり」多指「心情上的舒暢、暢快」；選項2「のんびり」意為「舒適、悠閒地」；選項3「うっかり」意為「馬虎、不留神地」；選項4「がっかり」意為「失望、灰心地」。因為是週末，想必是想輕鬆度過，所以正確答案為選項2。

(　) ㉒ これは弟（おとうと）が心（こころ）を（　　）作（つく）ったプレゼントです。

1. こめて　　2. いれて

3. つれて　　4. ためて

中譯　這是弟弟用心做的禮物。

解析　「込（こ）める」有「裝填、集中、傾注、包含在內」等多重意義，「心（こころ）を込（こ）める」為固定用法，意為「誠心誠意」，所以正確答案為選項1。

(　) ㉓ 最近（さいきん）、体（からだ）の（　　）はいかがですか。

1. 都合（つごう）　　2. 機能（きのう）

3. 調子（ちょうし）　　4. 事態（じたい）

中譯　最近身體的狀況如何呢？

解析　本題考意思相近的「名詞」。選項1「都合（つごう）」意為「某種關係、理由、情況」，多用於「時間或金錢上的狀況」；選項2「機能（きのう）」意為「機能、功能」；選項3「調子（ちょうし）」意

為「狀況、情況」，可用於「身體的狀況」、「工作的順利與否」、「機械的運轉情況」等，故為正確答案；選項4「事態（じたい）」意為「事情的事態、局勢」。此題四個選項的中文意義非常相似，是容易搞錯的題目，請小心。

（　）㉔ ご飯（はん）を食（た）べたあと眠（ねむ）くなるのは、（　　　）ことです。

1. 自然（しぜん）な　　2. 天然（てんねん）な
3. 適当（てきとう）な　　4. 確（たし）かな

中譯 飯後會想睡是很自然的事。

解析 四個選項都是「ナ形容詞」，接續名詞時要加上「な」。選項1「自然（しぜん）な」意為「自然的」；選項2「天然（てんねん）な」意為「天然、天生的」；選項3「適当（てきとう）な」意為「適當、合適的」；選項4「確（たし）かな」意為「確實、可靠的」。根據句意，選項1為最佳答案。

（　）㉕ きのうは（　　　）眠（ねむ）れましたか。

1. どっきり　　2. じっくり
3. がっかり　　4. ぐっすり

中譯 昨天睡得好嗎？

解析 本題考答案外型相似的「副詞」。四個選項均為「副詞」，用來修飾動詞「眠れる」（能睡著）。選項1「どっきり」意為「嚇一跳、吃一驚」；選項2「じっくり」意為「沉著、穩當地」；選項3「がっかり」意為「失望、灰心地」；選項4「ぐっすり」意為「熟睡、酣睡地」。由於是問人家的睡眠狀況，所以正確的答案為選項4。

問題4

請從1・2・3・4當中，選出一個和＿＿＿意思最相近的答案。

（　）㉖ 掃除(そうじ)したばかりだから、床(ゆか)がきれいです。

1. ぴかぴか　　2. からから
3. するする　　4. ぼつぼつ

中譯 因為剛打掃好，所以地板很乾淨。

解析 本題考「擬聲擬態語」。選項1「ぴかぴか」意為「亮晶晶地」；選項2「からから」意為「喉嚨乾乾地」或是「錢包、書包空空地」；選項3「するする」意為「順利、滑溜溜地」；選項4「ぼつぼつ」

意為「（星光、破洞）呈現點點狀態」或是「緩緩地」。由於題目中提到地板很乾淨，所以正確的答案為選項1。

（　）㉗ 許可(きょか)をもらってから、中(なか)に入(はい)ってください。

1. 済(す)んで　　2. 得(え)て

3. 認(みと)めて　　4. 応(おう)じて

中譯 請獲得許可後，再進來裡面。

解析 四個選項均為「動詞」的「て形」。選項1「済(す)む」意為「解決、結束」；選項2「得(え)る」意為「獲得、得到」；選項3「認(みと)める」意為「斷定、允許、承認」；選項4「応(おう)じる」意為「響應、接受」，常以「～に応(おう)じて」的形式出現。由於題目「許可(きょか)をもらう」意為「獲得許可」，所以正確答案為選項2。四個選項意思相近，但用法不同，要特別小心。

（　）㉘ あしたはけっして遅刻(ちこく)しないでください。

1. ひじょうに　　2. きがるに

3. ぜったいに　　4. じょじょに

中譯 明天請絕對不要遲到。

解析　題目中的「けっして」為「副詞」，後面一定會接續否定語，意為「絕（不）～」，所以答案只能選擇用法相同的選項3「**絶対に**」（絕對（不）～）。其餘選項在背誦時，可連漢字一起記下來。選項1「**非常に**」意為「非常地」；選項2「**気軽に**」意為「輕鬆、爽快地」；選項4「**徐々に**」意為「徐徐地」，均與句意不符，所以非正確答案。

（　）㉙ グラスにワインを注ぎました。

1. ぬらしました　2. そろえました

3. ながしました　4. いれました

中譯　把紅酒注入玻璃杯裡了。

解析　四個選項均為「動詞」的過去式，表示動作的完成。選項1「**濡らす**」意為「弄濕」；選項2「**揃える**」意為「使～備齊」；選項3「**流す**」意為「使～流動」；選項4「**入れる**」意為「放進、加進」，背誦時要連漢字一起記住。由於題目中的「**ワインを注ぐ**」意為「注入紅酒」，所以正確答案為選項4。

（ ）㉚ 地震（じしん）が起（お）きたときは、冷静（れいせい）に行動（こうどう）しましょう。

1. なごやかに　　2. しずかに

3. あんしんして　4. おちついて

中譯 發生地震時，要冷靜行動。

解析 本題考「副詞」用法的單字。選項1「和（なご）やかに」意為「溫和、舒適地」；選項2「静（しず）かに」意為「安靜地」；選項3「安心（あんしん）して」意為「安心地」；選項4「落（お）ち着（つ）いて」意為「沉著、鎮靜地」。所以正確答案，為和句意相似的選項4。

問題5

請選出一個下列語彙最正確的用法。

(　) ㉛ せっかく

1. 感謝(かんしゃ)の気持(きも)ちはせっかく忘(わす)れません。
2. できるかどうか分(わ)かりませんが、せっかくやってみます。
3. せっかく日本(にほん)に留学(りゅうがく)したのだから、日本語(にほんご)が上手(じょうず)になりたい。
4. 風邪(かぜ)がせっかく治(なお)らなくて困(こま)っている。

中譯 難得都到日本留學了，所以想把日文學好。

解析 「せっかく」為「副詞」，意為「特意、好不容易、難得」，所以選項3為正確用法。其餘選項若改成如下，即為正確用法。

1. 感謝(かんしゃ)の気持(きも)ちはけっして忘(わす)れません。
（感謝的心情絕不會忘。）
2. できるかどうか分(わ)かりませんが、一応(いちおう)やってみます。
（雖然不知道能不能做到，但姑且一試。）

4. 風邪（かぜ）がどうしても治（なお）らなくて困（こま）っている。

（感冒怎麼都好不了，傷腦筋。）

（　）㉜ めざす

1. 大学合格（だいがくごうかく）をめざしてがんばります。
2. 来年（らいねん）の秋（あき）には新（あたら）しいビルがめざす予定（よてい）です。
3. 友（とも）だちがたんじょう日（び）をめざしてくれた。
4. この問題（もんだい）が解決（かいけつ）するようめざします。

中譯 以考上大學為目標而努力。

解析 「目指（めざ）す」為「動詞」，意為「以～為目標」，所以選項1為正確用法。其餘選項若改成如下，即為正確用法。

2. 来年（らいねん）の秋（あき）には新（あたら）しいビルが建（た）つ予定（よてい）です。

（預定明年秋天興建新的大樓。）

3. 友（とも）だちがたんじょう日（び）を祝（いわ）ってくれた。

（朋友為我祝賀生日。）

4. この問題（もんだい）が解決（かいけつ）するよう努力（どりょく）します。

（為解決這個問題而努力。）

（　）㉝ うすめる

1. 味（あじ）が濃（こ）すぎるから、もう少（すこ）しうすめてください。
2. 洗（せん）たくしたら、セーターがうすめてしまった。
3. 寒（さむ）いから、エアコンをうすめてくれますか。
4. 最近（さいきん）すごく太（ふと）ったので、ご飯（はん）の量（りょう）をうすめてください。

中譯　因為味道過濃，所以請稍微弄淡些。

解析　「薄（うす）める」為「動詞」，意為「稀釋、弄淡」，所以選項1為正確用法。其餘選項若改成如下，即為正確用法。

2. 洗（せん）たくしたら、セーターが縮（ちぢ）まってしまった。

（一洗，結果毛衣縮水了。）

3. 寒（さむ）いから、エアコンを弱（よわ）めてくれますか。

（因為很冷，可以幫我把冷氣調弱嗎？）

4. 最近（さいきん）すごく太（ふと）ったので、ご飯（はん）の量（りょう）を減（へ）らしてください。

（最近太胖了，所以請減少飯量。）

（　）㉞ もしかしたら

1. もしかしたら、近（ちか）いうちに会（あ）いましょう。

2. 便利（べんり）だけど、もしかしたら、人（ひと）には勧（すす）められないだろう。

3. もしかしたら、来年（らいねん）、仕事（しごと）をやめるかもしれない。

4. メールか、もしかしたら、ファックスで返事（へんじ）してください。

中譯 或許，明年，會辭掉工作也說不定。

解析 「もしかしたら」為「副詞」，意為「萬一、或許」，所以選項3為正確用法。其餘選項若改成如下，即為正確用法。

1. できれば、近（ちか）いうちに会（あ）いましょう。

（如果可以的話，最近見面吧！）

2. 便利（べんり）だけど、恐（おそ）らく人（ひと）には勧（すす）められないだろう。

（雖然很方便，但恐怕還是不能推薦給別人吧！）

4. メールか、あるいはファックスで返事（へんじ）してください。

（請用電子郵件或是傳真回覆。）

（　）㉟ さらに

1. 新（あたら）しくなって、さらに使（つか）いやすくなりました。

2. もうすぐお客（きゃく）さんが来（く）るから、さらに掃除（そうじ）します。

3. 今（いま）は、さらに富士山（ふじさん）に登（のぼ）ってみたいです。

4. この前（まえ）の話（はなし）、さらにどうしましたか。

中譯　更新之後，變得更好用了。

解析　「さらに」為「副詞」，意為「更加、越發」，所以選項1為正確用法。其餘選項若改成如下，即為正確用法。

2. もうすぐお客(きゃく)さんが来(く)るから、急(いそ)いで掃除(そうじ)します。

（客人就要來了，所以快打掃。）

3. 今(いま)は、とても富士山(ふじさん)に登(のぼ)ってみたいです。

（現在，非常想爬富士山看看。）

4. この前(まえ)の話(はなし)、結局(けっきょく)どうしましたか。

（之前的事情，結果怎麼樣了呢？）

模擬試題第二回

問題1

＿＿＿のことばの読み方として最もよいものを、1・2・3・4から一つえらびなさい。

（　）① 申込書に写真を添付する。

1. てんぷ　　2. てんふ
3. そえつき　　4. そえづき

（　）② 弟は4月に転勤します。

1. ころきん　　2. ていきん
3. こうきん　　4. てんきん

（　）③ 姉は来月、子供が誕生する。

1. たんしょう　　2. たんじょう
3. だんしょう　　4. だんじょう

（　）④ 日本の首相は今、誰ですか。

1. しゅうそう　　2. しゅうしょう
3. しゅそう　　4. しゅしょう

(　) ⑤ もうちょっと楽しい話題に変えましょう。

1. わたい　　2. わだい

3. はたい　　4. はだい

(　) ⑥ ここから空港まではかなりの距離がある。

1. ちゅり　　2. きゃり

3. しゅり　　4. きょり

(　) ⑦ 冷めないうちに食べてください。

1. ひめない　　2. つめない

3. さめない　　4. ためない

(　) ⑧ 手続きはとても簡単です。

1. しゅつづき　　2. しゅづつき

3. てつづき　　4. てづつき

問題2

＿＿＿のことばを漢字で書くとき、最もよいものを、1・2・3・4から一つえらびなさい。

(　) ⑨ 日本のしゅとはどこですか。

1. 主県　　2. 主部

3. 首都　　4. 首部

(　)⑩ あまりの暑さでしょくよくがない。

1. 食望　　2. 食欲

3. 食希　　4. 食発

(　)⑪ キャベツをきざんでから炒めます。

1. 割んで　　2. 破んで

3. 刻んで　　4. 切んで

(　)⑫ 他に何かていあんはありませんか。

1. 提見　　2. 提想

3. 提案　　4. 提示

(　)⑬ おひまなときに、いつでもおこしください。

1. 来　　2. 越

3. 行　　4. 呼

(　)⑭ 昨夜はむしばが痛んで眠れませんでした。

1. 虫歯　　2. 菌歯

3. 虫腹　　4. 菌腹

問題3

（　　）に入れるのに最もよいものを、1・2・3・4から一つえらびなさい。

（　）⑮ このレストランはおいしくて（　　　）がいいので、気に入っています。

1. 雰囲気　　2. 雰分気
3. 気囲雰　　4. 気分雰

（　）⑯ その小説の（　　　）を教えてください。

1. 内態　　2. 内話
3. 内容　　4. 内実

（　）⑰ 私と妹は双子なので（　　　）です。

1. じっくり　　2. そっくり
3. すっきり　　4. どっきり

（　）⑱ 電車が遅れるという（　　　）があった。

1. アドバイス　　2. チャンネル
3. アナウンス　　4. デザイン

（　）⑲ 助けてもらったら、お礼をするのは（　　　）のことです。

1. 平等　2. 平凡
3. 正当　4. 当然

（　）⑳ 私が日本に行ったのは、（　　　）前のことです。

1. かなり　2. いっしゅん
3. いったい　4. さっさと

（　）㉑ ここの料理はおいしくて（　　　）安いので、人気がある。

1. それで　2. だけど
3. しかし　4. しかも

（　）㉒ 最近、やさいの（　　　）が上がっているそうだ。

1. 資格　2. 価格
3. 温度　4. 程度

（　）㉓ 彼のことをもっと知り、（　　　）好きになった。

1. たまたま　2. ますます
3. なかなか　4. らくらく

（　）㉔ 雨で試合が来月に（　　　　）。

1. すぎた　　　2. のびた

3. かいた　　　4. ふえた

（　）㉕（　　　　）近いうちに集まって、食事しましょう。

1. また　　　2. もし

3. さて　　　4. だが

問題4

＿＿＿に意味が最も近いものを、1・2・3・4から一つえらびなさい。

（　）㉖ 朝のうちに出発すれば、夕方には九州につくだろう。

1. みれば　　　2. でれば

3. すれば　　　4. くれば

（　）㉗ テストの前、いっしょうけんめい勉強しましたか。

1. しんけんに　　　2. たしかに

3. れいせいに　　　4. さかんに

（　）㉘ 旅行のじゅんびはもうできましたか。

1. 行業　　2. 準行

3. 仕度　　4. 仕業

（　）㉙ 平和ほどきちょうなものはありません。

1. たいせつな　　2. きれいな

3. かくじつな　　4. しんせつな

（　）㉚ 事件はほぼ解決しました。

1. だいたい　　2. だんだん

3. しばしば　　4. とうとう

問題5

つぎのことばの使い方として最もよいものを、一つえらびなさい。

（　）㉛ あこがれる

1. 質問のある人は、手をあこがれてください。

2. 床が汚れているので、あこがれてください。

3. 子供のころは、都会の生活にあこがれていました。

4. このバッグは最近、若い人の間であこがれています。

(　) ㉜ はげしい

1. きずが治るまで、はげしい運動はしないでください。
2. 最近太ったので、ズボンのゴムが少しはげしい。
3. りすの歯ははげしいので、硬い実が食べられます。
4. あの政治家の考え方はいつもはげしいと思います。

(　) ㉝ つうじる

1. 出発の時間をもう少しつうじることにした。
2. 遠くに行っても、よくつうじてください。
3. いつも私とつうじてくれて、ありがとう。
4. 彼とは仕事をつうじて知り合った。

（　）㉞ クラブ

1. 主人の好きな運動はクラブです。
2. 学生のとき、どんなクラブに入っていましたか。
3. 母は近所のスーパーでクラブをしています。
4. 息子は勉強もしないで、クラブばかりしています。

（　）㉟ むける

1. 私にむけた仕事を見つけたいです。
2. ちゃんとこっちをむけて話しなさい。
3. 試験にむけて、いっしょうけんめい勉強しなさい。
4. 両親は弟ばかりに興味をむけています。

模擬試題第二回　解答

問題1	①1	②4	③2	④4	⑤2
	⑥4	⑦3	⑧3		
問題2	⑨3	⑩2	⑪3	⑫3	⑬2
	⑭1				
問題3	⑮1	⑯3	⑰2	⑱3	⑲4
	⑳1	㉑4	㉒2	㉓2	㉔2
	㉕1				
問題4	㉖2	㉗1	㉘3	㉙1	㉚1
問題5	㉛3	㉜1	㉝4	㉞2	㉟3

模擬試題第二回　中譯及解析

問題1

請從1・2・3・4當中，選出一個＿＿＿語彙最正確的唸法。

（　）① 申込書（もうしこみしょ）に写真（しゃしん）を添付（てんぷ）する。

1. てんぷ　　2. てんふ
3. そえつき　　4. そえづき

中譯 報名表附相片。

解析 「申込書（もうしこみしょ）」是「報名表、申請書」，「写真（しゃしん）」是「相片」，「添付（てんぷ）する」是「附上、添上」，皆為重要單字，請熟記。雖然「付」這個漢字也可以唸「付（つ）き」，意為「附帶」，但為陷阱，不需理會。

（　）② 弟（おとうと）は4月（しがつ）に転勤（てんきん）します。

1. ころきん　　2. ていきん
3. こうきん　　4. てんきん

中譯 弟弟四月調任。

解析 選項1無此字；選項2可為「提琴（ていきん）」（提琴），非N3範圍單字；選項3可為「抗菌（こうきん）」（抗菌）或「公金（こうきん）」（公款）或「拘禁（こうきん）」（拘禁）等；選項4「転勤（てんきん）」為正確答案，意為「調任」，通常指工作被轉調到現居地以外的其他地區。

（　）③ 姉（あね）は来月（らいげつ）、子供（こども）が誕生（たんじょう）する。

1. たんしょう　　2. たんじょう

3. だんしょう　　4. だんじょう

中譯 姊姊下個月，小孩要出生了。

解析 正確答案選項2「誕生（たんじょう）する」為「動詞」，意為「出生」，可與「誕生日（たんじょうび）」（生日）一起記起來。其餘選項中，選項1可為「短小（たんしょう）」（矮小）、嘆賞（たんしょう）（讚賞）、「探勝（たんしょう）」（探訪名勝）等；選項3可為「談笑（だんしょう）」（談笑）；選項4可為「壇上（だんじょう）」（講台上），發音均相似，要小心。

（　）④ 日本（にほん）の首相（しゅしょう）は今（いま）、誰（だれ）ですか。

1. しゅうそう　　2. しゅうしょう

3. しゅそう　　4. しゅしょう

中譯 日本的首相，現在是誰呢？

解析 選項1可為「秋霜（しゅうそう）」（烈日秋霜）或「秋爽（しゅうそう）」（秋高氣爽）；選項2可為「終章（しゅうしょう）」（最後一章）或「就床（しゅうしょう）」（就寢）等；

選項3為「酒槽」（酒槽）；選項4為「首相」（首相），是正確答案。

（　）⑤ もうちょっと楽しい話題に変えましょう。

1. わたい　　2. わだい

3. はたい　　4. はだい

中譯 換點更有趣的話題吧！

解析 正確答案選項2「話題」意為「話題」。其餘選項，均無該字。

（　）⑥ ここから空港まではかなりの距離がある。

1. ちゅり　　2. きゃり

3. しゅり　　4. きょり

中譯 從這裡到機場，有點距離。

解析 正確答案為選項4「距離」，意為「距離」。其餘選項中，選項1和2，無此字； 選項3為「手理」（手紋），非N3範圍單字。

（　）⑦ 冷めないうちに食べてください。

1. ひめない　　2. つめない

3. さめない　　4. ためない

中譯 請趁還沒變涼時吃。

解析 「冷」這個漢字有幾個重要唸法，分別為「冷蔵庫」（冰箱）的「冷」；「冷める」（變涼）的「冷」；「冷やす」（冰鎮、冷敷）的「冷」；「冷たい」（冰涼的）的「冷」，均為重要用法，請一併記住，不可張冠李戴，所以答案為選項3。

（　）⑧ 手続きはとても簡単です。

1. しゅつづき　　2. しゅづつき

3. てつづき　　4. てづつき

中譯 手續非常簡單。

解析 「手」這個漢字有「手作り」（手工製造）、「手術」（手術）等重要唸法；「続」這個漢字則有「続く」（繼續、持續）、「継続」（繼續）等重要唸法。無論如何，「手続き」的唸法是固定的，意為「手續」，請牢記。

問題2

請從1・2・3・4當中，選出一個書寫＿＿＿語彙時最正確的漢字。

（　）⑨ 日本のしゅとはどこですか。

1. 主県　　2. 主部（しゅぶ）
3. 首都（しゅと）　　4. 首部（しゅぶ）

中譯 日本的首都是哪裡呢？

解析 正確答案為選項3「首都（しゅと）」，意為「首都」。其餘選項中，選項1，無此字；選項2「主部（しゅぶ）」意為「主要的部分」；選項4「首部（しゅぶ）」意為「事物的開頭、頭部」。

（　）⑩ あまりの暑（あつ）さでしょくよくがない。

1. 食望　　2. 食欲（しょくよく）
3. 食希　　4. 食発

中譯 因為太熱了，沒有食慾。

解析 句中「あまりの暑（あつ）さで」的「で」為「助詞」，用來表示「理由、原因」，所以前半句意為「因為太熱」。因為太熱導致什麼呢？導致沒有食慾，所以可以直接猜出答案為選項2「食欲（しょくよく）」。其餘選項，均無該字。

（　）⑪ キャベツをきざんでから炒(いた)めます。

1. 割んで　　2. 破んで

3. 刻(きざ)んで　　4. 切んで

中譯 高麗菜細切後再炒。

解析 正確答案為選項3，其「原形」為「刻(きざ)む」，意為「細切、剁碎」。其餘選項亦均為動詞「て形」，但除了意思和發音不對以外，變化也有誤。正確的變化方式為：選項1「割(わ)る→割(わ)って」（切開）；選項2「破(やぶ)る→破(やぶ)って」（弄破）；選項4「切(き)る→切(き)って」（切）。

（　）⑫ 他(ほか)に何(なに)かていあんはありませんか。

1. 提見　　2. 提想

3. 提案(ていあん)　　4. 提示(ていじ)

中譯 其他還有什麼建議嗎？

解析 正確答案為選項3「提案(ていあん)」，意為「提案、建議」。其餘選項中，選項1和2，無此字；選項4「提示(ていじ)」意為「提示、出示」。

（　）⑬ おひまなときに、いつでもおこしください。

1. 来　　2. 越
3. 行　　4. 呼

中譯 有空的時候，請隨時來。

解析 動詞「越す」本意為「越過、搬家」，當成敬語時，意思延伸為「來、去」，固定用法為「お＋越し＋ください」，意為「請移駕」，請牢記，其餘選項均為陷阱。

（　）⑭ 昨夜はむしばが痛んで眠れませんでした。

1. 虫歯　　2. 菌歯
3. 虫腹　　4. 菌腹

中譯 昨晚蛀牙疼到睡不著。

解析 「歯」這個漢字有「歯医者」（牙醫）的「歯」，以及「歯科」（牙科）的「歯」等重要唸法，但是當「虫歯」（蛀牙）時要唸「ば」，要小心。其餘選項，均無該字。

問題3

請從1・2・3・4當中選出一個放入（　　）中最正確的答案。

（　）⑮ このレストランはおいしくて（　　）がいいので、気（き）に入（い）っています。

1. 雰囲気（ふんいき）　2. 雰分気

3. 気囲雰　4. 気分雰

中譯 這家餐廳好吃、氣氛也佳，所以很喜歡。

解析 正確答案為選項1「雰囲気（ふんいき）」，意為「氣氛」。其餘選項，均非存在的字。

（　）⑯ その小説（しょうせつ）の（　　）を教（おし）えてください。

1. 内態　2. 内話（ないわ）

3. 内容（ないよう）　4. 内実（ないじつ）

中譯 請告訴我那本小說的內容。

解析 正確答案為選項3「内容（ないよう）」，意為「內容」。其餘選項中，選項1，無此字；選項2「内話（ないわ）」意為「外交官等非正式的對話」；選項4「内実（ないじつ）」意為「內部的實情」。

(　) ⑰ 私(わたし)と妹(いもうと)は双子(ふたご)なので(　　　)です。

1. じっくり　　2. そっくり
3. すっきり　　4. どっきり

中譯 我和妹妹是雙胞胎，所以很像。

解析 本題是答案外型相似的考題。選項1「じっくり」意為「沉著、穩當地」，多用於「深思熟慮」時；選項2「そっくり」意為「一模一樣」，多用於「外型相像」時；選項3「すっきり」意為「舒暢、通順地」，多用於「心情的舒暢、文章的通順」時；選項4「どっきり」意為「嚇一跳、吃一驚」，故答案為選項2。

(　) ⑱ 電車(でんしゃ)が遅(おく)れるという(　　　)があった。

1. アドバイス　　2. チャンネル
3. アナウンス　　4. デザイン

中譯 有電車延遲的播報。

解析 本題考「外來語」。選項1「アドバイス」意為「建議」；選項2「チャンネル」意為「電視、廣播的頻道」；選項3「アナウンス」意為「廣播、播送」；選項4「デザイン」意為「設計」。由於「電車(でんしゃ)が遅(おく)れ

る」意為「電車延遲」，所以答案為選項3。

（　）⑲ 助(たす)けてもらったら、お礼(れい)をするのは（　　　）のことです。

1. 平等(びょうどう)　　2. 平凡(へいぼん)
3. 正当(せいとう)　　4. 当然(とうぜん)

中譯 得到幫助，致謝是理所當然的事。

解析 四個選項均為「名詞」，選項1「平等(びょうどう)」意為「平等」；選項2「平凡(へいぼん)」意為「平凡」；選項3「正当(せいとう)」意為「正當」；選項4「当然(とうぜん)」意為「當然、不用說」。依句意，正確答案為選項4。

（　）⑳ 私(わたし)が日本(にほん)に行(い)ったのは、（　　　）前(まえ)のことです。

1. かなり　　2. いっしゅん
3. いったい　　4. さっさと

中譯 我去日本，是很久以前的事了。

解析 本題考「副詞」。選項1「かなり」意為「相當、很」；選項2「いっしゅん」的漢字是「一瞬(いっしゅん)」，意為「一瞬、剎那」；選項3「いったい」的漢字是「一体(いったい)」，意為

「究竟、到底」；選項4「さっさと」意為「趕快、迅速地」。依句意，正確答案為選項1。

（　）㉑ ここの料理（りょうり）はおいしくて（　　　）安（やす）いので、人気（にんき）がある。

1. それで　　2. だけど

3. しかし　　4. しかも

中譯 這裡的料理好吃，而且便宜，所以受歡迎。

解析 本題考「接續詞」。選項1「それで」用來承接前面的敘述，意為「～，所以～」；選項2「だけど」等於「だけれど」，意為「雖然～，但是～」；選項3「しかし」意為「但是～」；選項4「しかも」意為「並且、而且」。依句意，「おいしい」（好吃的）和「安（やす）い」（便宜的）都是好事，所以正確答案為選項4。

（　）㉒ 最近、やさいの（　　　）が上がっているそうだ。

1. 資格　　2. 価格

3. 温度　　4. 程度

中譯 聽說最近蔬菜價格上漲中。

解析 四個選項均為「名詞」，選項1「**資格**」意為「資格」；選項2「**価格**」意為「價格」；選項3「**温度**」意為「溫度」；選項4「**程度**」意為「程度」。依句意，正確答案為選項2。

（　）㉓ 彼のことをもっと知り、（　　　）好きになった。

1. たまたま　　2. ますます

3. なかなか　　4. らくらく

中譯 越是知道他的事情，就變得越喜歡。

解析 本題是答案外型相似的題目。選項1「たまたま」漢字為「**偶々**」，意為「偶爾、有時」；選項2「**ますます**」漢字為「**益々**」，意為「越發、更加」；選項3「**なかなか**」漢字為「**中々**」意為「相當、很」；選項4「**らくらく**」漢字為「**楽々**」，意為「容易、不費力、快樂」。四個選項均為「副詞」，依句意，能用來修飾「好(す)きになった」（變得喜歡），只有選項2。

（　）㉔ 雨(あめ)で試合(しあい)が来月(らいげつ)に（　　　）。

1. すぎた　　2. のびた

3. かいた　　4. ふえた

中譯 因為下雨，比賽延至下個月。

解析 本題考「動詞」。四個選項均為動詞的「た形」，即動詞的「過去式」，其「原形」分別為：選項1「過(す)ぎる」（經過、越過）；選項2「延(の)びる」（延後、拉長）；選項3「書(か)く」（寫）；選項4「増(ふ)える」（增加）。依句意，正確答案為選項2。

（　）㉕（　　　）近(ちか)いうちに集(あつ)まって、食事(しょくじ)しましょう。

1. また　　2. もし

3. さて　　4. だが

中譯 近期內，再齊聚一堂用餐吧！

解析 選項1「また」為「副詞」，意為「又、再」；選項2「もし」為「副詞」，意為「如果、萬一」；選項3「さて」為「接續詞」，用來承上啟下或另起話題，意為

「那麼」；選項4「だが」為「接續詞」，意為「但是」。由於句意為「近期內聚集用餐」，所以正確答案為選項1。

問題4

請從1・2・3・4當中，選出一個和＿＿＿意思最相近的答案。

（　）㉖ 朝（あさ）のうちに出発（しゅっぱつ）すれば、夕方（ゆうがた）には九州（きゅうしゅう）につくだろう。

1. みれば　　2. でれば

3. すれば　　4. くれば

中譯 早上出發的話，傍晚就會到九州了吧！

解析 選項1「見（み）れば」意為「看的話」；選項2「出（で）れば」意為「出門的話」；選項3「すれば」意為「做的話」；選項4「来（く）れば」意為「來的話」。由於題目中的「出発（しゅっぱつ）すれば」意為「出發的話」，所以正確答案為選項2。

（　）㉗ テストの前（まえ）、いっしょうけんめい勉強（べんきょう）しましたか。

1. しんけんに　　2. たしかに

3. れいせいに　　4. さかんに

中譯 考試前，認真讀書了嗎？

解析 選項1「真剣（しんけん）に」意為「認真、一絲不苟地」；選項2「確（たし）かに」意為「確實地」；選項3「冷静（れいせい）に」意為「冷靜地」；選項4「盛（さか）んに」意為「積極、熱烈地」。由於題目中的「一生懸命（いっしょうけんめい）」意為「拚命、認真地」，所以正確答案為選項1。

（　）㉘ 旅行（りょこう）のじゅんびはもうできましたか。

1. 行業（ぎょうごう）　　2. 準行（じゅんこう）

3. 仕度（したく）　　4. 仕業（しぎょう）

中譯 旅行的準備已經好了嗎？

解析 選項1「行業（ぎょうごう）」意為「佛道的修行」；選項2「準行（じゅんこう）」意為「依法規和前例進行」；選項3「仕度（したく）」意為「準備、預備」；選項4「仕業（しぎょう）」意為「（機械的）操作」。由於題目中的「じゅんび」漢字為「準備（じゅんび）」，意為「準備」，所以正確答案為選項3。

（　）㉙ 平和（へいわ）ほどきちょうなものはありません。

1. たいせつな　　2. きれいな

3. かくじつな　　4. しんせつな

中譯 沒有比和平更寶貴的東西了。

解析 選項1「大切（たいせつ）な」意為「重要的」；選項2「綺麗（きれい）な」意為「漂亮的」；選項3「確実（かくじつ）な」意為「確實的」；選項4「親切（しんせつ）な」意為「親切的」。由於題目中的「きちょうな」漢字為「貴重（きちょう）な」，意為「貴重、寶貴的」，所以正確答案為選項1。

（　）㉚ 事件（じけん）はほぼ解決（かいけつ）しました。

1. だいたい　　2. だんだん

3. しばしば　　4. とうとう

中譯 事情大致解決了。

解析 選項1「大体（だいたい）」意為「大致、大體上」；選項2「段々（だんだん）」意為「逐漸、漸漸」；選項3「しばしば」意為「屢屢、再三」；選項4「とうとう」意為「終於」。由於題目中的「ほぼ」意為「大約、大體上」，所以正確答案為選項1。

問題5

請選出一個下列語彙最正確的用法。

（　）㉛ あこがれる

1. 質問（しつもん）のある人（ひと）は、手（て）をあこがれてください。
2. 床（ゆか）が汚（よご）れているので、あこがれてください。
3. 子供（こども）のころは、都会（とかい）の生活（せいかつ）にあこがれていました。
4. このバッグは最近（さいきん）、若（わか）い人（ひと）の間（あいだ）であこがれています。

中譯　孩提時代，嚮往都市的生活。

解析　「憧（あこが）れる」為「動詞」，意為「憧憬、嚮往」，所以選項3為正確用法。其餘選項若改成如下，即為正確用法。

1. 質問（しつもん）のある人（ひと）は、手（て）をあげてください。
（有問題的人，請舉手。）

2. 床(ゆか)が汚(よご)れているので、拭(ふ)いてください。

（地板很髒，所以請擦拭。）

4. このバッグは最近(さいきん)、若(わか)い人(ひと)の間(あいだ)で流行(はや)っています。

（這個包包最近在年輕人裡面很流行。）

（　）㉜ はげしい

1. きずが治(なお)るまで、はげしい運動(うんどう)はしないでください。

2. 最近太(さいきんふと)ったので、ズボンのゴムが少しはげしい。

3. りすの歯ははげしいので、硬い実が食べられます。

4. あの政治家の考え方はいつもはげしいと思います。

中譯 傷痕痊癒之前，請不要做激烈的運動。

解析 「はげしい」為「イ形容詞」，意為「激烈、猛烈的」，所以選項1為正確用法。其餘選項若改成如下，即為正確用法。

2. 最近太ったので、ズボンのゴムが少しきつい。

（最近變胖了，所以褲子的鬆緊帶有點緊。）

3. りすの歯は頑丈なので、硬い実が食べられます。

（松鼠的牙齒很堅固，所以可以吃堅硬的果實。）

4. あの政治家の考え方はいつも極端だと思います。

（我覺得那個政治家的想法總是很極端。）

（　）㉝ つうじる

1. 出発の時間をもう少しつうじることにした。

2. 遠くに行っても、よくつうじてください。

3. いつも私とつうじてくれて、ありがとう。

4. 彼とは仕事をつうじて知り合った。

中譯　和他透過工作認識。

解析 「つうじる」為「動詞」，漢字為「通じる」，意為「透過、通過」，所以選項4為正確用法。其餘選項若改成如下，即為正確用法。

1. 出発の時間をもう少し早くする / 遅くすることにした。
（決定把出發時間稍微提早 / 延後。）

2. 遠くに行っても、頻繁に連絡してください。
（就算遠行，也請常連絡。）

3. いつも私と一緒にいてくれて、ありがとう。
（謝謝總是陪著我。）

（　）㉞ クラブ

1. 主人の好きな運動はクラブです。
2. 学生のとき、どんなクラブに入っていましたか。
3. 母は近所のスーパーでクラブをしています。
4. 息子は勉強もしないで、クラブばかりしています。

中譯 學生時候，參加什麼樣的社團呢？

解析 「クラブ」為「名詞」，意為「社團、俱樂部」，所以選項2為正確用法。其餘選項若改成如下，即為正確用法。

1. 主人(しゅじん)の好(す)きな運動(うんどう)はテニス / ゴルフです。
（我先生喜歡的運動是網球 / 高爾夫球。）

3. 母(はは)は近所(きんじょ)のスーパーでパートをしています。
（母親在附近的超市打工。）

4. 息子(むすこ)は勉強(べんきょう)もしないで、遊(あそ)んでばかりしています。
（我兒子都不讀書，光是玩。）

（　）㉟ むける

1. 私(わたし)にむけた仕事(しごと)を見(み)つけたいです。
2. ちゃんとこっちをむけて話(はな)しなさい。
3. 試験(しけん)にむけて、いっしょうけんめい勉強(べんきょう)しなさい。
4. 両親(りょうしん)は弟(おとうと)ばかりに興味(きょうみ)をむけています。

中譯 好好面對考試，認真讀書！

解析 「むける」是「動詞」，漢字為「向（む）ける」，意為「向、朝、對」，所以選項3為正確用法。其餘選項若改成如下，即為正確用法。

1. 私（わたし）に合（あ）った仕事（しごと）を見（み）つけたいです。
（想要找適合自己的工作。）

2. ちゃんとこっちを向（む）いて話（はな）しなさい。
（好好面向這裡講話！）

4. 両親（りょうしん）は弟（おとうと）ばかりに関心（かんしん）をむけています。
（父母光只關心弟弟。）

模擬試題第三回

問題1

＿＿＿のことばの読み方として最もよいものを、1・2・3・4から一つえらびなさい。

(　) ① みんなで<u>協力</u>して作りましょう。

1. きょうりき　　2. きょうりょく

3. きょうりゃく　　4. きょうりく

(　) ② たくさん<u>稼いで</u>両親を喜ばせたい。

1. かまいで　　2. かついで

3. かさいで　　4. かせいで

(　) ③ いつか<u>宇宙</u>へ行ってみたい。

1. うちゅう　　2. かちゅう

3. ゆちゅう　　4. あちゅう

(　) ④ 東京と比べると、田舎は<u>物価</u>が安い。

1. ぶつか　　2. ぶっか

3. ものか　　4. もっか

（　）⑤ あんなに大きな会社が倒産するなんて。

1. だっさんする　2. たおさんする

3. とうさんする　4. ていさんする

（　）⑥ 娘はバイオリンを上手に演奏する。

1. えんざいする　2. えんざつする

3. えんぞうする　4. えんそうする

（　）⑦ 知らない土地で迷子になってしまった。

1. まいご　2. まよこ

3. みこ　4. みちご

（　）⑧ 昨日、近所の家に泥棒が入ったそうです。

1. とろぼう　2. でんぼう

3. どろぼう　4. てんぼう

問題2

＿＿＿のことばを漢字で書くとき、最もよいものを、1・2・3・4から一つえらびなさい。

（　）　ルールいはんをしてはいけません。

1. 遺犯　　2. 違反
3. 反則　　4. 犯違

（　）⑩ 面接のときにりれきしょを持って来てください。

1. 履歴表　　2. 履歴証
3. 履歴書　　4. 履歴署

（　）⑪ おせんされた川をきれいにしたい。

1. 排染された　　2. 感染された
3. 除染された　　4. 汚染された

（　）⑫ 新学期のじかんわりが発表されました。

1. 時間表　　2. 時間割
3. 時間分　　4. 時間程

（　）⑬ かぜをひいたので病院に行ったら、ちゅうしゃをされました。

1. 打射　　2. 点滴
3. 注滴　　4. 注射

（　）⑭ いきものを殺してはいけません。

1. 生き物　　2. 活き物

3. 育き物　　4. 命き物

問題3

（　　　）に入れるのに最もよいものを、1・2・3・4から一つえらびなさい。

（　）⑮ 彼女は顔もいいし、（　　　）もいいし、本当にうらやましい。

1. 身材　　2. 体身

3. 体形　　4. 身形

（　）⑯ この地方は、昔から米作りがたいへん（　　　）。

1. 盛んだ　　2. 栄んだ

3. 賑んだ　　4. 豊んだ

（　）⑰ 会議の前までに、資料を（　　　）読んでおいてください。

1. ざっと　　2. がっと

3. ばっと　　4. ずっと

(　)⑱ 今度の週末、(　　　)行かない。

1. どこか　　2. いつか

3. なんか　　4. どうか

(　)⑲ 8時(　　　)に学校につきました。

1. たっぷり　　2. きっぱり

3. さっぱり　　4. ぴったり

(　)⑳ お客さんが来るから、部屋を(　　　)片づけておこう。

1. わざと　　2. さらりと

3. きちんと　　4. ふんわりと

(　)㉑ 新しいお店は8月に(　　　)します。

1. オープン　　2. ノック

3. トースト　　4. セット

(　)㉒ このレストランは(　　　)いたほどは、おいしくなかった。

1. 覚悟して　　2. 歓迎して

3. 期待して　　4. 予知して

（　）㉓（　　　）しながら、彼が来るのを待った。

1. からから　　2. ぱらぱら

3. わくわく　　4. ふらふら

（　）㉔ 彼女は少し変わった（　　　）をしている。

1. 性格　　2. 属性

3. 能力　　4. 人物

（　）㉕ あきらめないで、もう一度（　　　）してみたらどうですか。

1. マニュアル　　2. ユーモア

3. ポイント　　4. チャレンジ

問題4

＿＿＿に意味が最も近いものを、1・2・3・4から一つえらびなさい。

（　）㉖ 彼女は<u>自分勝手な</u>ので、みんなに嫌われている。

1. いじわるな　　2. わがままな

3. ふまじめな　　4. きれいな

(　) ㉗ ご迷惑をおかけして、申し訳ありませんでした。

1. ありがたい　　2. すみません

3. ごちそうさま　4. すばらしい

(　) ㉘ 彼女のお母さんはとても品のある女性です。

1. 品格な　　2. 上品な

3. 気質な　　4. 潔白な

(　) ㉙ 問題のあるところは、削除してください。

1. へらして　　2. けして

3. のびて　　4. ころして

(　) ㉚ このホテルでは、すべての部屋から海が見えます。

1. ちっとも　　2. あらゆる

3. すっかり　　4. ずいぶん

問題5

つぎのことばの使い方として最もよいものを、一つえらびなさい。

（　）㉛ 効く

1. 新しいメンバーがチームに効いた。
2. この薬は頭痛によく効きます。
3. 時期によって宿泊料金が効きます。
4. コーヒーは胸にかなり効きました。

（　）㉜ くっつく

1. ズボンにガムがくっついていますよ。
2. 入院中の父には、看護の人がくっついている。
3. その病気は完全にはくっつかないだろう。
4. トイレで急いで化粧をくっつけた。

（　）㉝ おかしい

1. 戦争のない、おかしい世界になってほしい。
2. 大きな台風のせいで、畑がおかしくなった。

3. この刺身は新鮮で、とてもおかしい。
4. 彼の言ってることはおかしいと思う。

(　) ㉞ まもなく
1. 気になるなら、本人にまもなく聞いてみたら。
2. 子供の写真は、まもなく財布に入れています。
3. 何度も練習したので、まもなく成功しました。
4. まもなく英語のテストが始まります。

(　) ㉟ そのうえ
1. ごちそうになって、そのうえお土産までもらってしまった。
2. 日本語の先生は好きではない。そのうえ、怖いからだ。
3. 彼女はとてもきれいで、そのうえ頭が悪いです。
4. あの店のラーメンはそのうえおいしかったね。

模擬試題第三回　解答

問題1	①2	②4	③1	④2	⑤3
	⑥4	⑦1	⑧3		
問題2	⑨2	⑩3	⑪4	⑫2	⑬4
	⑭1				
問題3	⑮3	⑯1	⑰1	⑱1	⑲4
	⑳3	㉑1	㉒3	㉓3	㉔1
	㉕4				
問題4	㉖2	㉗2	㉘2	㉙2	㉚2
問題5	㉛2	㉜1	㉝4	㉞4	㉟1

模擬試題第三回　中譯及解析

問題1

請從1・2・3・4當中，選出一個＿＿＿語彙最正確的唸法。

（　）① みんなで協力（きょうりょく）して作（つく）りましょう。

1. きょうりき　　2. きょうりょく

3. きょうりゃく　4. きょうりく

中譯　大家同心協力來做吧！

解析　正確答案選項2「協力（きょうりょく）する」為「動詞」，意為「合作、協助」，其餘選項均無該字。「力」這個漢字除了「協力（きょうりょく）」（協力）的「力（りょく）」這個發音之外，還有「力士（りきし）」（相撲力士）的「力（りき）」，以及「力強（ちからづよ）い」（強而有力）的「力（ちから）」等唸法，請一併記住。

（　）② たくさん稼（かせ）いで両親（りょうしん）を喜（よろこ）ばせたい。

1. かまいで　　2. かついで

3. かさいで　　4. かせいで

中譯　想賺很多錢讓父母親高興。

解析　本題考動詞「稼（かせ）ぐ」（做工、賺錢）的唸法，正確答案為選項4。其餘選項中，選項

1「構う」意為「介意、照顧」，其動詞「て形」的變化方式應該為「構って」；選項2「担ぐ→担いで」（扛、挑）的變化沒有錯，但發音和題目無關；選項3，無此字。

（　）③ いつか宇宙へ行ってみたい。

1. うちゅう　　2. かちゅう

3. ゆちゅう　　4. あちゅう

中譯 有朝一日想去外太空看看。

解析 「宇宙」為「名詞」，意為「宇宙、外太空」，「宇宙船」（太空船）、「宇宙飛行士」（太空人）可一併記住。其餘選項中，選項2可為「火中」（火中）；選項3和4，無此字。

（　）④ 東京と比べると、田舎は物価が安い。

1. ぶつか　　2. ぶっか

3. ものか　　4. もっか

中譯 和東京相比的話，鄉下物價便宜。

解析 「物」這個漢字，有「物価」（物價）的「物」、「物理」（物理）的「物」、「食べ物」（食物）的「物」等幾種重要

唸法，正確答案為選項2，其餘均為陷阱，請小心。其餘選項中，選項1，無此字；選項3「ものか」是「終助詞」，和題目無關；選項4可為「目下（もっか）」（目前）或「默過（もっか）」（默認），非N3範圍單字，不需記誦。

（　）⑤ あんなに大（おお）きな会社（かいしゃ）が倒産（とうさん）するなんて。

1. だっさんする　2. たおさんする

3. とうさんする　4. ていさんする

中譯 那麼大的公司，居然會倒閉！

解析 「倒」這個漢字，有「倒産（とうさん）」（倒閉、破產）的「倒（とう）」、「倒（たお）れる」（倒下、倒塌）的「倒（たお）」幾種重要唸法，基本上以二個漢字的方式呈現時，都是音讀唸法「倒（とう）」，所以正確答案為選項3。其餘選項，均無該字。

（　）⑥ 娘（むすめ）はバイオリンを上手（じょうず）に演奏（えんそう）する。

1. えんざいする　2. えんざつする

3. えんぞうする　4. えんそうする

中譯 我女兒小提琴拉得很好。

解析 正確答案選項4「演奏（えんそう）する」為「動詞」，

意為「演奏」。其餘選項中，選項1為「冤罪（えんざい）する」（不白之冤）；選項2，無此字；選項3為「塩蔵（えんぞう）する」（用鹽醃漬），皆非N3範圍單字，不需記誦。

（　）⑦ 知（し）らない土地（とち）で迷子（まいご）になってしまった。

1. まいご　　2. まよこ

3. みこ　　4. みちご

中譯 在不熟悉的地方迷了路。

解析 「迷」這個漢字，有「迷子（まいご）」（走丟、迷路）的「迷（まい）」、「迷路（めいろ）」（迷宮）的「迷（めい）」、「迷う（まよう）」（迷惘、猶豫）的「迷（まよ）」幾種重要唸法。而「子」這個漢字，則有「子孫（しそん）」（子孫）的「子（し）」、「子供（こども）」（小孩）的「子（こ）」幾種重要唸法，且非位於字首時，通常會變成濁音「子（ご）」。正確答案為選項1，其餘均為陷阱。

（　）⑧ 昨日（きのう）、近所（きんじょ）の家（いえ）に泥棒（どろぼう）が入（はい）ったそうです。

1. とろぼう　　2. でんぼう

3. どろぼう　　4. てんぼう

中譯 聽說昨天鄰居家遭小偷。

解析　正確答案選項3「**泥棒**（どろぼう）」為「名詞」，意為「小偷」。其餘選項中，選項1，無此字；選項2「**伝法**（でんぼう）」，意為「流氓、（女人的）俠氣」；選項4「**展望**（てんぼう）」，意為「展望」。

問題2

請從1・2・3・4當中，選出一個書寫______語彙時最正確的漢字。

（　）⑨ ルール<u>いはん</u>をしてはいけません。

1. 遺犯　　2. 違反（いはん）
3. 反則（はんそく）　　4. 犯違

中譯　不可以違反規則。

解析　正確答案為選項2「**違反**（いはん）」，意為「違反」。其餘選項中，選項1和4，無此字；選項3「**反則**（はんそく）」，意為「違反法律或規則」。

（　）⑩ 面接（めんせつ）のときに<u>りれきしょ</u>を持（も）って来（き）てください。

1. 履歴表　　2. 履歴証
3. 履歴書（りれきしょ）　　4. 履歴署

中譯　面試時，請帶履歷表來。

解析　正確答案為選項3「**履歴書**（りれきしょ）」，意為「履歷

表」。其餘選項，均無該字，似是而非，要小心。

（　）⑪ おせんされた川をきれいにしたい。

1. 排染された　　2. 感染された

3. 除染された　　4. 汚染された

中譯 想把被污染的河川弄乾淨。

解析 正確答案為選項4「汚染された」，意為「被污染」，其「原形」為「汚染する」（污染）。其餘選項中，選項1和3，無此字；選項2「感染された」，意為「被感染」。

（　）⑫ 新学期のじかんわりが発表されました。

1. 時間表　　2. 時間割

3. 時間分　　4. 時間程

中譯 新學期的課程表公佈了。

解析 正確答案為選項2「時間割」，意為「課程表、功課表」。其餘選項，均無該字，似是而非，要小心。

（　）⑬ かぜをひいたので病院に行ったら、ちゅうしゃをされました。

1. 打射　　2. 点滴（てんてき）
3. 注滴　　4. 注射（ちゅうしゃ）

中譯 因為感冒到醫院，結果被打了一針。

解析 正確答案選項4「注射（ちゅうしゃ）」，意為「注射、打針」。其餘選項中，選項1和3，無此字；選項2「点滴（てんてき）」，意為「點滴」。

（　）⑭ いきものを殺（ころ）してはいけません。

1. 生（い）き物（もの）　　2. 活き物
3. 育き物　　4. 命き物

中譯 不可以殺生。

解析 正確答案為選項1「生（い）き物（もの）」，意為「生物、有生命的東西」。其餘選項，均無該字，似是而非，要小心。

問題3

請從1・2・3・4當中選出一個放入（　　　）中最正確的答案。

（　）⑮ 彼女（かのじょ）は顔（かお）もいいし、（　　　）もいいし、本当（ほんとう）にうらやましい。

1. 身材　　2. 体身
3. 体形（たいけい）　　4. 身形

中譯 她的臉蛋也好，身材也好，真羨慕。

解析 正確答案為選項3「体形（たいけい）」，指「胖、瘦的體型」。其餘選項，均無該字，似是而非，要小心。

（　）⑯ この地方（ちほう）は、昔（むかし）から米作（こめづく）りがたいへん（　　　）。

1. 盛（さか）んだ　　2. 栄んだ

3. 賑んだ　　4. 豊んだ

中譯 這個地方，自古以來稻作就非常繁盛。

解析 正確答案選項1「盛（さか）んだ」，看似為動詞的「た形」，其實是「ナ形容詞」，意為「繁榮、旺盛」。其餘選項不但意思不對，寫法也不對，正確寫法選項2為「栄（さか）えている或栄（さか）える」（興盛、繁榮）；選項3為「賑（にぎ）やかだ」（熱鬧）；選項4為「豊（ゆた）かだ」（豐富、富裕）。

（　）⑰ 会議（かいぎ）の前（まえ）までに、資料（しりょう）を（　　　）読（よ）んでおいてください。

1. ざっと　　2. がっと

3. ばっと　　4. ずっと

中譯 會議之前，請粗略地先讀一下資料。

解析 本題考答案外型相似的「擬聲擬態語」。選項1「ざっと」為「粗略、簡略地」，多用於「稍微過目一下」；選項2「がっと」為「砰地一聲」，多用於「猛烈的衝擊」；選項3「ばっと」為「突然變化貌」，多用於「突然站起來或突然把錢花光」等；選項4「ずっと」為「一直」，多用於「長時間不曾改變的事」。依句意，選項1為最好的答案。

（　）⑱ 今度（こんど）の週末（しゅうまつ）、（　　　）行（い）かない。

1. どこか　　2. いつか
3. なんか　　4. どうか

中譯 這個週末，要不要去哪裡？

解析 選項1「どこか」意為「哪裡呢」；選項2「いつか」意為「何時呢」；選項3「なんか」等於「なにか」，意為「什麼呢」；選項4「どうか」意為「如何呢」。依句意，選項1為最好的答案。

（　）⑲ 8時（はちじ）（　　　）に学校（がっこう）につきました。

1. たっぷり　　2. きっぱり
3. さっぱり　　4. ぴったり

中譯 正好八點到了學校。

解析 本題考答案外型相似的「副詞」。選項1「たっぷり」意為「充分、足夠地」；選項2「きっぱり」意為「斷然、乾脆地」；選項3「さっぱり」意為「清爽、俐落地」；選項4「ぴったり」意為「緊密、準確無誤地」。以上均為重要單字，請牢記。依語意，選項4為最好的答案。

（　）⑳ お客（きゃく）さんが来（く）るから、部屋（へや）を（　　　）片（かた）づけておこう。

1. わざと　　2. さらりと

3. きちんと　　4. ふんわりと

中譯 因為客人要來，所以先好好整理房間吧！

解析 本題考答案外型相似的「副詞」。選項1「わざと」意為「故意地」；選項2「さらりと」意為「滑溜、乾脆地」；選項3「きちんと」意為「準確、整整齊齊地」；選項4「ふんわりと」意為「輕柔、委婉地」。依語意，選項3為最好的答案。

（　）㉑ 新（あたら）しいお店（みせ）は８月（はちがつ）に（　　　）します。

1. オープン　　2. ノック

3. トースト　　4. セット

中譯 新店面八月開張。

解析 本題考「外來語」。選項1「オープン」（open）意為「開張」；選項2「ノック」（knock）意為「敲打」；選項3「トースト」（toast）意為「吐司」；選項4「セット」（set）意為「安裝、設定」。依語意，選項1為最好的答案。

（　）㉒ このレストランは（　　　）いたほどは、おいしくなかった。

1. 覚悟（かくご）して　　2. 歓迎（かんげい）して
3. 期待（きたい）して　　4. 予知（よち）して

中譯 這家餐廳不如期盼中的好吃。

解析 四個選項均為動詞的「て形」，其「原形」分別為選項1「覚悟（かくご）する」（覺悟）；選項2「歓迎（かんげい）する」（歡迎）；選項3「期待（きたい）する」（期待）；選項4「予知（よち）する」（預知）。依語意，選項3為最好的答案。

（　）㉓（　　　）しながら、彼（かれ）が来（く）るのを待（ま）った。

1. からから　　2. ぱらぱら
3. わくわく　　4. ふらふら

中譯 心砰砰跳地等著他來。

解析 本題考答案外型相似的「擬聲擬態語」。選項1「からから」意為「乾涸、空空地」，多用於「喉嚨很乾或是錢包空空如也」；選項2為「ぱらぱら」意為「稀稀落落、分散貌」，亦可為「連續翻書貌」；選項3「わくわく」意為「緊張不安」，多用於「因高興、期待、擔心所引起的心情不平靜」；選項4「ふらふら」則為「搖晃貌」，多用於「步履蹣跚或是態度搖擺」。依語意，選項3為最好的答案。

（　）㉔ 彼女（かのじょ）は少（すこ）し変（か）わった（　　　）をしている。

1. 性格（せいかく）　　2. 属性（ぞくせい）

3. 能力（のうりょく）　　4. 人物（じんぶつ）

中譯 她的個性有點怪。

解析 考題中的「～をしている」意為「～的狀態」，表示「是～的人」，所以能和「変（か）わった」（奇怪的）搭配的單字，只有選項1「性格（せいかく）」（個性）。其餘選項意思分別為：選項2「属性（ぞくせい）」（屬性）；選項3「能力（のうりょく）」（能力）；選項4「人物（じんぶつ）」（人物）。

(　) ㉕ あきらめないで、もう一度(いちど)(　　　)してみたらどうですか。

1. マニュアル　2. ユーモア

3. ポイント　4. チャレンジ

中譯 不要放棄，再挑戰一次看看如何呢？

解析 本題考「外來語」。選項1「マニュアル」(manual)意為「使用說明書、操作手冊」；選項2「ユーモア」(humor)意為「幽默」；選項3「ポイント」(point)意為「要點」；選項4「チャレンジ」(challenge)意為「挑戰」。依語意，選項4為最好的答案。

問題4

請從1・2・3・4當中，選出一個和＿＿＿意思最相近的答案。

(　) ㉖ 彼女(かのじょ)は<u>自分勝手(じぶんかって)な</u>ので、みんなに嫌(きら)われている。

1.いじわるな　2. わがままな

3. ふまじめな　4. きれいな

中譯 她很自私，所以被大家討厭。

解析 選項1「いじわるな」漢字為「意地悪（いじわる）な」，意為「壞心眼的」；選項2「わがままな」意為「任性的」；選項3「ふまじめな」漢字為「不真面目（ふまじめ）な」，意為「不認真的」；選項4「きれいな」漢字為「綺麗（きれい）な」，意為「漂亮的」。由於題目中的「自分勝手（じぶんかって）な」意為「任性、自私的」，所以正確答案為選項2。

（　）㉗ ご迷惑（めいわく）をおかけして、申（もう）し訳（わけ）ありませんでした。

1. ありがたい　　2. すみません
3. ごちそうさま　　4. すばらしい

中譯 添了麻煩，非常抱歉。

解析 選項1「ありがたい」意為「感謝的」；選項2「すみません」意為「對不起」；選項3「ごちそうさま」意為「吃飽了、謝謝招待」；選項4「すばらしい」意為「了不起的」。由於題目中的「申（もう）し訳（わけ）ありません」意為「非常抱歉」，所以正確答案為選項2。

（　）㉘ 彼女（かのじょ）のお母（かあ）さんはとても品（ひん）のある女性（じょせい）です。

1. 品格（ひんかく）な　　2. 上品（じょうひん）な
3. 気質（きしつ）な　　4. 潔白（けっぱく）な

中譯 她的母親是非常有氣質的女性。

解析 選項1「品格（ひんかく）な」意為「品格的」；選項2「上品（じょうひん）な」意為「文雅、高尚的」；選項3「気質（きしつ）な」為錯誤用法，「気質（きしつ）」為名詞，意為「性情」；選項4「潔白（けっぱく）な」，意為「潔白的」。由於題目中的「品（ひん）」有「品格、氣質、風度」等幾種意思，所以選項2為最好的答案。

（　）㉙ 問題（もんだい）のあるところは、削除（さくじょ）してください。

1. へらして　　2. けして
3. のびて　　4. ころして

中譯 有問題的地方，請刪除。

解析 選項1「減（へ）らして」意為「減少」；選項2「消（け）して」意為「消除、關閉」；選項3「伸（の）びて」意為「延長、拉長」；選項4「殺（ころ）して」，意為「殺」。由於題目中的「削除（さくじょ）して」意為「削除、刪掉」，所以選項2為最好的答案。

（ ）㉚ このホテルでは、すべての部屋（へや）から海（うみ）が見（み）えます。

1. ちっとも　2. あらゆる

3. すっかり　4. ずいぶん

中譯 在這間飯店，從所有的房間都看得到海。

解析 選項1「ちっとも」為「副詞」，意為「一點也～」，後面通常會接續否定；選項2「あらゆる」為「連體詞」，意為「一切、所有的」；選項3「すっかり」為「副詞」，意為「完全、全部」；選項4「ずいぶん」為「副詞」，意為「相當、很」。由於題目中的「全（すべ）ての」意為「所有的」，後面接續名詞「部屋（へや）」（房間），所以答案只能選同樣意思且同樣可以接續名詞的選項2。

問題5

請選出一個下列語彙最正確的用法。

（ ）㉛ 効（き）く

1. 新（あたら）しいメンバーがチームに効（き）いた。

2. この薬（くすり）は頭痛（ずつう）によく効（き）きます。

3. 時期(じき)によって宿泊料金(しゅくはくりょうきん)が効(き)きます。

4. コーヒーは胸(むね)にかなり効(き)きました。

中譯 這種藥對頭痛很有效。

解析 「効(き)く」為「動詞」，意為「有效、起作用、有影響」，所以選項2為正確用法。其餘選項若改成如下，即為正確用法。

1. 新(あたら)しいメンバーがチームで活躍(かつやく)した。
（新的成員在團隊中很活躍。）

3. 時期(じき)によって宿泊料金(しゅくはくりょうきん)が異(こと)なります。
（依時節不同，住宿費也不同。）

4. この薬(くすり)は体(からだ)にかなり効(き)きました。
（這藥對身體相當有效。）

（　）㉜ くっつく

1. ズボンにガムがくっついていますよ。
2. 入院中(にゅういんちゅう)の父(ちち)には、看護(かんご)の人(ひと)がくっついている。
3. その病気(びょうき)は完全(かんぜん)にはくっつかないだろう。
4. トイレで急(いそ)いで化粧(けしょう)をくっつけた。

中譯 褲子黏到口香糖了喔！

解析 「くっつく」為「動詞」，意為「黏住、附著、挨緊」，所以選項1為正確用法。其餘選項若改成如下，即為正確用法。

2. 入院中（にゅういんちゅう）の父（ちち）には、看護（かんご）の人（ひと）がついている。
（住院中的父親，有看護陪著。）

3. その病気（びょうき）は完全（かんぜん）には治（なお）らないだろう。
（那種病無法完全治癒吧！）

4. トイレで急（いそ）いで化粧（けしょう）をした。
（在廁所中急忙化了妝。）

（　）㉝ おかしい

1. 戦争（せんそう）のない、おかしい世界（せかい）になってほしい。
2. 大（おお）きな台風（たいふう）のせいで、畑（はたけ）がおかしくなった。
3. この刺身（さしみ）は新鮮（しんせん）で、とてもおかしい。
4. 彼（かれ）の言（い）ってることはおかしいと思（おも）う。

中譯 我覺得他正在說的話有問題。

解析　「おかしい」為「イ形容詞」，意為「可笑、奇怪、可疑」，所以選項4為正確用法。其餘選項若改成如下，即為正確用法。

1. 戦争（せんそう）のない、平和（へいわ）な世界（せかい）になってほしい。
（期盼有個沒有戰爭、和平的世界。）

2. 大（おお）きな台風（たいふう）のせいで、畑（はたけ）がめちゃくちゃになった。
（因為強颱，田地變得亂七八糟。）

3. この刺身（さしみ）は新鮮（しんせん）で、とてもおいしい。
（這個生魚片很新鮮，非常好吃。）

（　）㉞ まもなく

1. 気（き）になるなら、本人（ほんにん）にまもなく聞（き）いてみたら。
2. 子供（こども）の写真（しゃしん）は、まもなく財布（さいふ）に入（い）れています。
3. 何度（なんど）も練習（れんしゅう）したので、まもなく成功（せいこう）しました。
4. まもなく英語（えいご）のテストが始（はじ）まります。

中譯 再過不久英語考試就要開始了。

解析 「まもなく」為「副詞」，意為「不久、不一會兒」，所以選項4為正確用法。其餘選項若改成如下，即為正確用法。

1. 気（き）になるなら、本人（ほんにん）に直接（ちょくせつ）聞（き）いてみたら。
（在意的話，直接問本人看看呢？）

2. 子供（こども）の写真（しゃしん）は、いつも財布（さいふ）に入（い）れています。
（小孩的照片，總是放在錢包裡。）

3. 何度（なんど）も練習（れんしゅう）したので、ついに成功（せいこう）しました。
（因為練習了好多次，所以終於成功了。）

（　）㉟ そのうえ

1. ごちそうになって、そのうえお土産（みやげ）までもらってしまった。

2. 日本語（にほんご）の先生（せんせい）は好（す）きではない。そのうえ、怖（こわ）いからだ。

3. 彼女（かのじょ）はとてもきれいで、そのうえ頭（あたま）が悪（わる）いです。

4. あの店（みせ）のラーメンはそのうえおいしかったね。

中譯 不但被招待，而且還收到了土產。

解析 「そのうえ」為「接續詞」，意為「而且、並且、加之」，所以選項1為正確用法。其餘選項若改成如下，即為正確用法。

2. 日本語（にほんご）の先生（せんせい）は好（す）きではない。なぜならば、怖（こわ）いからだ。

（我不喜歡日文老師。為什麼呢？因為很恐怖。）

3. 彼女（かのじょ）はとてもきれいで、そのうえやさしいです。

（她非常漂亮，而且很溫柔。）

4. あの店（みせ）のラーメンはとてもおいしかったね。

（那家店的拉麵非常好吃吧！）

國家圖書館出版品預行編目資料

新日檢N3單字帶著背！　全新修訂版 / 元氣日語編輯小組編著
--修訂初版-- 臺北市：瑞蘭國際, 2016.11
416面；10.4 × 16.2公分 --（隨身外語系列；54）
ISBN：978-986-5639-96-9（平裝）
1.日語 2.詞彙 3.能力測驗

803.189　　105019860

隨身外語系列 54

新日檢 N3單字帶著背！ 全新修訂版

作者｜元氣日語編輯小組・責任編輯｜こんどうともこ、葉仲芸、王愿琦
校對｜こんどうともこ、王愿琦、葉仲芸

封面設計｜劉麗雪・版型設計｜張芝瑜
內文排版｜帛格有限公司、余佳憓、陳如琪

董事長｜張暖彗・社長兼總編輯｜王愿琦・主編｜葉仲芸
編輯｜潘治婷・編輯｜紀珊・編輯｜林家如・編輯｜何映萱・設計部主任｜余佳憓
業務部副理｜楊米琪・業務部組長｜林湲洵・業務部專員｜張毓庭
編輯顧問｜こんどうともこ

法律顧問｜海灣國際法律事務所　呂錦峯律師

出版社｜瑞蘭國際有限公司・地址｜台北市大安區安和路一段104號7樓之1
電話｜(02)2700-4625・傳真｜(02)2700-4622・訂購專線｜(02)2700-4625
劃撥帳號｜19914152 瑞蘭國際有限公司
瑞蘭網路書城｜www.genki-japan.com.tw

總經銷｜聯合發行股份有限公司・電話｜(02)2917-8022、2917-8042
傳真｜(02)2915-6275、2915-7212・印刷｜宗祐印刷有限公司
出版日期｜2016年11月修訂初版1刷・定價｜280元・ISBN｜978-986-5639-96-9